Rainer Küster

Schuldenspiele

ein Kriminalroman aus dem Ruhrgebiet

Brockmeyer Verlag, Bochum 2015

Bibliografische Information der Deutschen Nationalbibliothek
Die Deutsche Nationalbibliothek verzeichnet diese Publikation in der Deutschen Nationalbibliografie; detaillierte bibliografische Daten sind im Internet über http://dnb.d-nb.de abrufbar

ISBN 978-3-8196-1015-8
WG 121

Umschlagidee: Hanns Küster

Im Haarmannsbusch 112,
D-44797 Bochum
Telefon +49 (0) 234 9791600,
Telefax +49 (0) 234 9791601
universitaetsverlag.brockmeyer@web.de
Online: www.brockmeyer-verlag.de

Gestaltung und Layout: Helmut Granowski

Gesamtherstellung: Druck Thiebes GmbH
Altenhagener Str. 99, 58097 Hagen, Tel. (02331) 808176
www.DruckThiebes.de

Gedruckt auf chlorfrei gebleichtem Papier.

Meine Kindheit

der jährliche Ausflug
entlang am Hammerteich
zum Hohenstein
auf der Freilichtbühne
schoss mit seiner großen Armbrust
der Landmann Wilhelm Tell
dem blonden Jungen
einen roten Apfel
von seinem kleinen Kopf
(Hugo Ernst Käufer: Kartoffelkrautfeuer)

Das Ruhrgebiet liefert die wichtigste Kulisse zu meinem Roman. An den elf Tagen meiner fiktiven Handlung im Mai 2015 sah es hier begreiflicherweise kaum anders aus als heute. Vielleicht gab es vor einem halben Jahr in Bochum ein paar zusätzliche Baustellen, aber es reicht ja heute immer noch. Die Witterung war so ähnlich, wie im Roman beschrieben, auch in dieser Hinsicht musste erzähltechnisch nicht wesentlich nachgebessert oder manipuliert werden.

Was ein paar besondere Lokalitäten betrifft, so sieht die Sache schon anders aus. Dort, wo ich zum Beispiel die Muckibude ‚Fitness am Hellweg' platziert habe, stehen nur Bäume herum. Das ist auch gut so. Das Innenleben der ‚Villa Wahnsinn' sieht wahrscheinlich etwas anders aus, als ich es beschrieben habe. Gleiches dürfte für das Büro im Bochumer Schauspielhaus gelten, in dem ich eine fiktive Intendantin walten lasse.

Apropos Schauspielhaus: Die Wilhelm Tell-Inszenierung, um die sich manches in meinem Roman dreht, hat es am Schauspielhaus in Bochum nie gegeben. Ich kann mir auch nicht vorstellen, dass es eine solche Inszenierung an diesem ebenso verdienten wie renommierten Haus jemals geben könnte. Auch ist die Figur des Hauptdarstellers Leon Steiner nichts anderes als pure Fiktion, wie überhaupt alle handelnden Personen, die in meinem Roman auftreten, frei erfunden sind. Das gilt sogar für einen Präsidenten, der zwar wie seine reale Kollegin auch in meinem Roman an der Bochumer Uhlandstraße residiert, in dessen Präsidium allerdings – anders als in der wahren Welt – Einwegspiegel benutzt werden. Tut mir leid.

Vielen Menschen bin ich zu Dank verpflichtet, weil sie mir weitergeholfen haben, wenn meine literarische Produktion ins Stocken geriet. Einige von ihnen möchte ich hier nennen. Im Vorfeld des Romans waren mir Gespräche nützlich, die ich mit den pensionierten Hauptkommissaren Heiner Stratmann, Anne und Manfred Kaus führen durfte. Meine beiden Schriftstellerkollegen Michael Starcke und Wolfgang Welt haben immer wieder Tipps beigesteuert. Barbara Winkler, Waltraud Weyers, Günther Hummel und Michael Sigesmund haben geholfen, wenn ich sie brauchte. Mein ehemaliger Schüler Sascha Etterich hat mir in juristischen Fragen Nachhilfe erteilt. Hartwig Küster hat für mich in Hamburg recherchiert. Heiner Ehlers war mein ärztlicher Berater. Rosa Sommer von der LWL Klinik für Psychiatrie hat mich in ihrem Haus herumgeführt.

Unverzichtbar waren die Informationen, die mir Hauptkommissarin Daniela Stiens aus ihrem täglichen Dienst bei der Bochumer Kripo geliefert hat.

Heidrun und Heinz Treske sowie Christine Zehnter haben das Manuskript gründlich gelesen und mich zu wichtigen Korrekturen ermuntert.

Allen sei herzlich gedankt!

Bochum, im Oktober 2015 **R. K.**

Mittwoch,
6. Mai 2015

1. Kapitel

Zweimal hatte er schon auf die Uhr gesehen, während er im Schutz der Autobahnbrücke wartete. Bochum im Nieselregen.

Unmittelbar neben ihm, auf dem verschmutzten Asphalt der Herner Straße, staute sich die unvermeidliche Autoschlange vor einer der Baustellen, mit denen die Stadtverwaltung auch in diesem Jahr ihre Steuerzahler beglückte. Die saßen geduldig in ihren Fahrzeugen, klammerten sich an ihre Lenkräder und lauschten dem Geplapper von Steffi Neu, der beliebten WDR 2-Moderatorin. Über ihnen stampfte im dumpfen Rhythmus der Ruhrschnellweg.

Wie Ameisen, dachte er. Diese Menschen, die alle irgendeinem Ziel zueilten, irgendeinem Plan hinterher liefen, ohne dass ihr Tun einen Sinn ergab. Er konnte jedenfalls keinen erkennen, hätte nie teilhaben können an diesem unwürdigen Gewimmel, stand lieber außerhalb und beobachtete. Nur manchmal mischte er sich ein in das irrsinnige Spiel, wenn ihm jemand einen entsprechenden Auftrag erteilte, der ihn dazu ermutigte, an der einen oder anderen Stelle in den Ameisenhaufen zu stechen und an irgendeinem Punkt das allgemeine Chaos offenzulegen. Wenn es für ihn so etwas wie Glück gab, dann durfte er es in solchen Momenten empfinden.

Als sich sein Smartphone meldete, wendete er sich von der Straße ab und hielt sich das rechte Ohr zu. Der Randstreifen war weitgehend zugeparkt. Was da herumstand, waren nicht gerade Fahrzeuge der Premiumklasse; unter der Brücke hatte man zum Beispiel einen Laster ohne Nummernschilder zurückgelassen, dahinter standen ein paar Lieferwagen und einige PKWs, die wahrscheinlich den Bauarbeitern gehörten. Drüben, auf der gegenüberliegenden Seite, ließ eine Frau ihren Hund in die Einfahrt der Polizeiwache pinkeln.

„Bin ich zu spät?“ fragte eine Stimme am anderen Ende.

„Nein, es ist gut so. Sie müssen nur etwas lauter sprechen“, sagte er, während seine Augen der Frau mit dem Hund folgten.

„Können Sie mich nicht verstehen?“

„Doch, ich höre Sie.“

„Sind Sie allein?“

„Bei der Arbeit immer.“

„Sie wissen, worum es geht?“

„Ja.“

„Sie wissen auch, was zu tun ist?“

„Natürlich.“

„Denken Sie daran: Nach der Vorstellung wird er in eine Kneipe oder in ein Lokal gehen, manchmal ist er allein, manchmal auch mit anderen zusammen. Es ist immer unterschiedlich.“

„Schwierig, wenn er in Begleitung ist.“

„Keiner seiner möglichen Begleiter hat den gleichen Heimweg wie er. Da ist er tatsächlich allein. Sie können ganz sicher sein.“

„Wo wird er das Theater verlassen?“

„An der Pforte, wie die anderen auch. Das ist direkt an der Königsallee, zwischen dem Großen Haus und den Kammerspielen. Bevor er das Haus verlässt, wechselt er gewöhnlich noch ein paar Worte mit dem Nachtwächter.“

„Wird er zu der Kneipe gehen oder fahren?“

„Er geht zu Fuß. Nicht weit.“

„Wohin?“

„Da gibt es nur zwei oder drei Möglichkeiten. Wenn der Durst groß ist, geht er direkt ins ‚Biercafe‘ am Shakespeare Platz. Das ist gleich gegenüber, kann man gar nicht verfehlen.“

„Ich kenne das ‚Biercafe'."

„Wenn er noch etwas essen möchte, begibt er sich wahrscheinlich ins ‚Aubergine', nur ein paar Schritte weiter als das ‚Biercafe', in der Pieperstraße. Oder er geht ins ‚Tucholsky', das ist dann nicht mehr direkt am Schauspielhaus, aber auch nur drei, vier Minuten zu Fuß, schon im Bermudadreieck, an der Viktoriastraße."

„Ich werde sehen, wohin er geht. Das ist kein Problem."

„Gut. Und Sie wissen, was Sie in Erfahrung bringen müssen?"

„Ja. Aber warten Sie einen Moment. Es ist hier gerade sehr laut."

„Wo sind Sie denn?"

Er reagierte nicht auf die Frage, sondern wartete ab, bis der Wagen mit der Aufschrift des Umweltservice Bochum im Geschiebe der Autoschlange vorbeigeschlichen war. Früher war das die Müllabfuhr, dachte er.

„Jetzt geht es wieder", meldete er sich zurück.

„Sie werden erst handeln können, wenn er aus dem Lokal kommt. Vorher ist es zu voll in der Stadt. Man würde Sie sehen."

„Das ist mir klar."

„Auf dem Heimweg geht er die Königsallee entlang. Da gibt es keine Alternative."

„Gut."

„Ich höre dann morgen von Ihnen. Allerdings werde *ich* Sie anrufen. Trotzdem keine Details am Telefon. Benutzen Sie die vereinbarten Abkürzungen. Falls Sie sich doch aus irgendeinem Grund bei mir melden müssen, dann nicht in der Nacht. Ich brauche meinen Schlaf."

„Meine letzte Frage: Wie gehe ich mit ihm um?"

„Das müssen Sie natürlich selber wissen. Im Übrigen verfahren wir nach Plan. Hinterher kann es sein, dass ich ihn Ihrer kreativen Fantasie überlasse. Aber das sehen wir dann."

Er schaltete das Smartphone aus. Oben auf dem Ruhrschnellweg schrillte die Sirene eines Streifenwagens. Als er den Schutz der Brücke verließ, merkte er, dass der Regen stärker geworden war. Er schlug den Kragen seines Mantels hoch und ging die paar Schritte bis zur U-Bahnhaltestelle ‚Zeche Constantin'. Auf den Stufen zum Bahnsteig kam ihm ein junger Mann entgegen, der offensichtlich betrunken war. Er wich ihm aus und steckte sich eine Zigarette an.

2. Kapitel

Auch im Ortsteil Wattenscheid war an diesem Tag Nieselregen angesagt. In der Halle, die den schönen Namen ‚Fitness am Hellweg' trug, roch es nach Schweiß, Duschgel und Intimspray, weil die Dachfenster bei diesem Wetter nicht so weit geöffnet werden konnten. Am Abend waren hier Menschen versammelt, die tagsüber einer geordneten Arbeit nachgingen. Rentner und Studenten kamen lieber am Morgen oder am frühen Nachmittag, wenn der Laden noch nicht so voll war.

Als Erich Rogalla durch die zur Hälfte abgedunkelte Fensterscheibe der Muckibude nach draußen guckte, sah er hinter den Lücken der Bierreklame, dass sich vor dem Gebäude jemand an seinem Fahrrad zu schaffen machte. Es war ein großer Kerl, der sich wegen des Regens eine Kapuze über die Ohren gezogen hatte. Rogalla sprang von der idiotischen Beinpresse herunter und stolperte erst mal über das Gestänge des Geräts. Er fluchte, rappelte sich hoch, lief an der hübschen Blondine vorbei, die hinter dem Tresen stand und ihm irgendetwas zurief, was er nicht verstand, und stürzte nach draußen.

„Hör mal. Lass die Finger von meinem Fahrrad", brüllte er den Muskelprotz an, der gerade seine Sporttasche auf dem Gepäckträger befestigte.

„Wat is los, Oppa?" sagte der ganz ruhig.

„Du sollst mein Fahrrad stehen lassen, habe ich gesagt."

„Wie? Dein Fahrrad?"

„Ich bin von der Polizei. Nimm deine Finger weg von dem Rad", schrie Rogalla und wühlte in der Tasche seines Trainingsanzugs nach der Polizeimarke. Aber die steckte natürlich in der Sporttasche, die er zusammen mit seinem Anorak sorgfältig in einem der Schließfächer verstaut hatte.

„Du hast Humor, Oppa. Dat hab ich gleich gesehen. Auf so'n Blinden wie dich ham die gerade noch gewartet bei den Bullen. Geh zurück zu Omma, oder lass dich gleich in die Klapsmühle einliefern. Die können so'n Clown wie dich gebrauchen."

Rogalla versuchte, dem Mann die Kapuze vom Kopf zu ziehen, doch der baute sich mit seinem gewaltigen Body vor ihm auf, stupste ihn ein paarmal mit der Schulter an und schob ihn locker einen halben Meter vor sich her, bis an das nächste Fahrrad heran, das bei der Aktion über den Ständer kippte und umfiel. Rogalla landete mit seinem Hinterteil direkt auf dem Lenker des Rades, der sich an der empfindlichsten Stelle in seine Trainingshose bohrte. Das hatte ihm gerade noch gefehlt. Als er aufstand, war der Muskelprotz schon losgefahren.

„Wichser!"

Den lakonischen Abschiedsgruß des Kraftaffen vernahm Rogalla, während er sich mühsam aufrichtete und das Fahrrad hoch hob, auf das er gefallen war.

„Selber Wichser!" murmelte er vor sich hin.

Er versuchte, das Rad hinzustellen, was zunächst nicht gelang. Der Lenker hatte sich so verbogen, dass er nun parallel zum Vorderrad stand. Leider musste Rogalla feststellen, dass es sein eigenes Gefährt war. Er hatte die beiden Räder verwechselt. Das Vorderrad klemmte er zwischen beide Beine und drehte den Lenker wieder in die richtige Richtung. Der knackte verdächtig, wahrscheinlich war bei der Aktion etwas kaputt gegangen. Scheißtag auch noch am Abend. Er stapfte in die Halle zurück und dachte missmutig an eine unerfreuliche Begegnung mit dem Polizeipräsidenten, die ihm schon am Vormittag die Laune verdorben hatte.

Um seine Blödheit zu sühnen, bestieg er einen der ungeliebten Crosstrainer und versuchte, mit energischen Arm- und Beinbewegungen seinen Frust abzubauen.

Nach fünf Minuten lief ihm der Schweiß derartig in Strömen den Rücken herunter, dass er erst mal aufhören musste. Außerdem stellte er fest, dass er unglaublich durstig war und dass er sein Handtuch vergessen hatte, das noch immer auf der blöden Beinpresse lag. Auch seine Trinkflasche musste da noch stehen. Als er dort ankam, lag das Handtuch auf dem Fußboden, aber die Trinkflasche war verschwunden. Dieser Abend war einer für die Tonne.

„Na, Schwierigkeiten?“ fragte jemand hinter ihm.

Es war Udo Nowak, der Herr der Halle, den er schon seit gemeinsamen Wattenscheider Schulzeiten kannte.

„Wie jetzt? Schwierigkeiten?“

„Siehst so erschöpft aus.“

„Hör mal, Udo. Mit euren Scheißgeräten komm ich nicht klar. Dieser Crosstrainer da drüben hat auch schon bessere Tage gesehen. Außerdem haben sie mir meine Trinkflasche geklaut.“

„Die sehen alle gleich aus. Musst du aufpassen. Und schieb deine schlechte Laune nicht auf den Crosstrainer. Der ist erst ein gutes Jahr alt.“

„Habt ihr auf dem Schrottplatz gekauft oder beim Klüngelskerl?“

„Quatsch. Hast schlechte Laune, oder? Hab von meiner Bude aus gesehen, dass du dich da draußen verausgabt hast. Wolltest du dem schönen Rudi eine reinhauen?“

„Ich dachte, der wollte mein Fahrrad klauen.“

„Und?“

„War wohl das falsche.“

„Bullenpech.“

„Wer ist der schöne Rudi?“ fragte Rogalla und versuchte von seinem Missgeschick abzulenken.

„Du kennst den nicht? Vom Puff?“

„Puff – das ist wohl eher deine Klientel, wenn ich mir einige der Leute hier so ansehe. Außerdem kann ich doch nicht alle Zuhälter in Bochum kennen, oder?“

„Musst du aber, bist doch Bulle. Beschützer der Witwen und Waisen."

„Von wegen."

„Komm, wir trinken einen in meiner Bude. Hab ein eiskaltes Pils im Kühlschrank stehen, das bringt dich wieder auf die Beine."

Rogalla ließ sich nicht lange bitten. Sie schlängelten sich an ächzenden Männern und Frauen jeder Couleur vorbei, die sich an Brustpressen, an Bauch- und Rudermaschinen abarbeiteten, die auf Sitz- und Liegerädern oder auf Laufbändern die Sau rausließen. Einige Menschen waren dabei, denen man den Migrationshintergrund an ihren gestählten Oberkörpern ansehen konnte. Angesichts seiner eigenen Wampe, die er trotz aller Fitness-Strampeleien nicht wegbekam, war Rogalla froh, als er die Tür zu Nowaks Bude hinter sich schließen konnte.

Der Raum war die Zentrale im sogenannten Verwaltungstrakt, nicht allzu groß, an den Wänden hingen ein paar Regale, in denen eine Menge Ordner standen, die irgendwie durchnummeriert waren. Rogalla wusste nicht, was sich in den Ordnern verbarg, es interessierte ihn auch nicht. Vor den Regalen gab es einen wuchtigen Schreibtisch aus echtem Eichenholz, dessen gediegene Drechselarbeiten eigentlich nicht in eine Fitnesshalle passten. Vielleicht war es ein Erbstück, das Nowak hier untergebracht hatte, weil seine Frau ihm verboten hatte, das Stück zu Hause aufzustellen.

In einem der Regale stand ein Flachbildmonitor, auf dem Rogalla noch nie ein Bild gesehen hatte. Er hatte Nowak mal danach gefragt, aber dessen Antwort war nicht sehr aufschlussreich gewesen. Das sei nur ein x-beliebiger Monitor, hatte er gesagt, aber das hatte sich Rogalla auch schon gedacht. Vielleicht guckte sich Udo Nowak hier seine Pornos an, wenn er sich einsam und von aller Welt verlassen fühlte.

Hier und in den anderen Räumen, die auch noch zum Verwaltungstrakt gehörten, war Nowak jedenfalls der Hausherr, hatte alles im Griff. Geschäftsführer nannte er sich, wenn es ganz offiziell wurde, und war eigentlich immer an Ort und Stelle, wenn man ihn brauchte. Wenn er was getrunken hatte, nannte er sich Geschlechtsführer.

Rogalla wusste aber, dass es über Nowak noch einen obersten Chef gab. Das war der Besitzer einer ganzen Kette von Fitnesshallen, die über das Ruhrgebiet verteilt waren. Der hieß Dr. Weber und ließ sich in der Wattenscheider Filiale nur selten sehen. Vielleicht mochte er Wattenscheid nicht so gern, oder es war ganz schlicht ein Vertrauensbeweis gegenüber Nowak.

Der hatte mal erzählt, dass der Chef im Bergischen Land lebte, irgendwo zwischen Wuppertal und Radevormwald. Dort residierte er prächtig, gut bewacht und vor der Welt verborgen. Verheiratet sei er mit einer Granate, die mal Schauspielerin gewesen war, aber dann den reichen Weber geheiratet hatte. Das war das Ende ihrer Karriere gewesen. Nowak hatte sich mit ihr gut verstanden, als er mal bei den Webers eingeladen war. Frau Weber hatte den gleichen Kinogeschmack wie Nowak. So etwas verband.

Der Geschlechtsführer und Rogalla setzten sich in die beiden Sessel, die in der Ecke des Raums standen; der Hausherr stellte zwei Flaschen auf den kleinen Beistelltisch. Gläser brauchten sie nicht, das war ganz klar. Man trank aus der Flasche. Hier kam niemand rein, der daran hätte Anstoß nehmen können.

„Was macht eigentlich dein Freund?“ fragte Nowak, nachdem sie beide einen kräftigen Schluck genommen hatten.

„Hab‘ keine Freunde“, brummte Rogalla.

„Na hör mal, wenn einer, dann bist du doch der richtige Kumpeltyp. Klaus hieß er, dein Kollege, der manchmal auch hier war.“

„Ach, du meinst Brenner?"
„Richtig, Klaus Brenner, so hieß er. Was macht der denn so? Ihr wolltet mich doch immer mal mitnehmen auf eine von euren Sauftouren."
„Sauftouren? So was machen wir nicht."
„Na, das wüsst' ich aber. Zwei Stunden im ‚Tucholsky', Bier und Schnaps am Fließband."
Rogalla hatte keine Lust, auf Nowaks drastische Darstellung einzugehen.
Er sagte nur: „Brenner ist nicht mehr da."
„Wie? Nicht mehr da?"
„Der ist abgehauen. Zum LKA nach Düsseldorf."
„Wieso das?"
„Wenn ich das wüsste."
„Hatte der nicht auch Frau und Kind?"
„Na klar. Der Junge ist sogar mein Patenkind."
„Und? Hat er seine Familie mitgenommen? Sind die jetzt auch in Düsseldorf?"
„Nee, die sitzen hier immer noch an der Wittener Straße, und der hohe Herr lässt sich nur zu besonderen Anlässen sehen."
„Hauptsache er bezahlt."
„Woher soll ich wissen, ob er bezahlt?"
„War immer ein komischer Kerl. Aber grüß ihn schön, wenn du ihn triffst. Guter Fußballer, übrigens."
Nowak erinnerte sich wohl daran, dass sie mal mit Brenner zusammen in irgendeiner Halle trainiert hatten. Er holte noch eine Flasche Bier aus dem Kühlschrank, denn Rogalla hatte seine bereits ausgetrunken.
„Dann bist du jetzt der Oberchef bei der Kripo", sagte Nowak, als er seinem alten Schulfreund die Bierpulle reichte.
„Ach was, da sind immer noch welche über einem. Viel zu viele. Du kennst ja den Spruch mit den Häuptlingen. Stimmt wirklich."

„Du meinst, ihr hättet zu viele Häuptlinge und zu wenig Indianer?“

„So ähnlich.“

Rogalla hatte keine Lust, dem neugierigen Burschen die genaue Hierarchie bei der Kriminalpolizei zu erklären. Dass der das Thema Brenner aufgeworfen hatte, nervte ihn ein bisschen. Er wollte nicht darüber reden.

„Was macht das Theater?“ fragte Rogalla, um das Thema zu wechseln und eine Möglichkeit zu suchen, Nowak durch den Kakao zu ziehen. Er wusste, dass sein alter Kumpel ein passionierter Theatergänger war. Wie der zu diesem Hobby gekommen war, erschien Rogalla auch heute noch völlig schleierhaft. Das Bochumer Schauspielhaus war praktisch sein zweites Zuhause.

„Du musst dir unbedingt den ‚Wilhelm Tell‘ ansehen.“

„Ist das nicht das Stück, das wir auch an der Schule gelesen haben?“

„Ja klar. In der neunten Klasse.“

„Ich glaube, ich hab‘ das Reclam-Heft noch irgendwo rumliegen. Spielt man so was denn überhaupt noch?“

„Es ist irrsinnig komisch.“

„Hab immer gedacht, das wäre ein ernstes Stück.“

Nowak ging auf den Einwand gar nicht ein: „Musst du unbedingt hingehen. Oder wir machen das mal zusammen. Der Leon Steiner spielt die Hauptrolle. Hinreißend. Zum Niederknien.“

Rogalla amüsierte sich über Nowaks Ausdrucksweise. ‚Hinreißend‘ und ‚zum Niederknien‘. Das hatte er nicht in der Wattenscheider Grundschule gelernt. Auch in der E-Jugend des SV Höntrop, wo sie noch in derselben Mannschaft gespielt hatten, wäre eine solche aufgeblasene Ausdrucksweise ungewöhnlich gewesen. Wahrscheinlich hätte man gleich eine auf die Fresse gekriegt, wenn man in diesem Ton redete. So sprach hier überhaupt keiner. Das musste Nowak in irgendeiner Zeitungskritik gelesen haben. Aber Rogalla wollte Nowaks erlesene Wortwahl lieber nicht kommentieren.

„Leon Steiner? Kenne ich den nicht aus dem Fernsehen? Der spielt doch auch einen Kommissar im Tatort, irgendwie aus dem Süden."

„Nee. Den verwechselst du jetzt. Tatort – so was macht der nicht. Aber geh rein in das Stück, du hast deine Freude dran."

„Na, ich will mal sehen, ob ich meine Frau dazu überreden kann", sagte Rogalla zögernd, während er sich erhob. „Aber die hat wahrscheinlich wieder Schulkonferenz, und zwar gerade dann, wenn das Stück gespielt wird."

„Du hast es schwer", sagte Nowak.

Rogalla stand auf: „Und danke für das Bier. Das war meine Rettung."

„Fall nur nicht vom Fahrrad auf dem Heimweg."

„Ist ja nicht weit."

Es hatte aufgehört zu regnen. Verwundert stellte Rogalla draußen fest, dass sein Fahrrad noch zu gebrauchen war. Es gab auch keine ungewohnten Töne von sich. Als er auf dem Wattenscheider Hellweg an der Kirche St. Maria Magdalena vorbeifuhr, joggte neben ihm auf dem Bürgersteig ein großer Mann, der eine Kapuze trug, obwohl es nicht mehr regnete. Vielleicht war das der schöne Rudi, der hier auf ihn gewartet hatte, um ihm seine Muskeln zu zeigen. Er machte, dass er wegkam, nahm rechts die Höntroper Straße, dann links und noch mal rechts. Zu Hause, in der Emilstraße, ließ er sein Fahrrad nicht wie sonst draußen stehen, sondern stellte es in den Keller und überprüfte das Vorhängeschloss. Man konnte nicht vorsichtig genug sein.

3. Kapitel

Als Frau Dr. Meyer-Strätling am Arm ihres Mannes das Schauspielhaus verließ, wusste sie nicht, ob sie lachen oder weinen sollte.

„Hättest du ihn noch in der Garderobe besuchen wollen?“ frage sie.

Aber Lars Strätling schüttelte nur den Kopf. Er hatte wohl keine Lust, mit dem Star des Abends über dessen Interpretation der Titelrolle zu diskutieren.

Yvonne fragte sich, warum sie sich nur hatte überreden lassen, heute ins Theater zu gehen. Klar, Leon Steiner auf der Bochumer Bühne zu sehen, das war inzwischen schon fast ein Ereignis, denn ihrer Meinung nach lagen die ganz großen Zeiten des Hauses schon ein bisschen zurück. Als Zadek in Bochum regierte, war sie noch ein Kind gewesen. Aber mit Peymanns Inszenierungen war sie aufgewachsen.

Heute war das Haus bis auf den letzten Platz besetzt gewesen, und das dankbare Bochumer Publikum hatte sich jedenfalls königlich amüsiert über diesen ‚Wilhelm Tell‘. Im Programmheft hatte ein kluger Dramaturg wortreich ausgeführt, warum man das Stück eigentlich gar nicht mehr aufführen konnte, jedenfalls nicht so, wie es an Schulen oder in Germanistischen Seminaren gelehrt wurde. Wenn überhaupt, dann ganz anders. Und dieses Versprechen hielt die Inszenierung.

Den Vierwaldstättersee als Badewanne, das hatte man tatsächlich so noch nicht gehabt. Auch dass der Protagonist den flüchtigen Baumgarten in einem von ihm selbst gefalteten und per Hand gesteuerten Papierboot virtuell – so musste man es heutzutage wohl ausdrücken – über den bewegten See schipperte, war neu. Der Fischer, der sich nicht getraut hatte, das Boot zu lenken, rührte derweil mit beiden Händen in der Wanne herum und bewirkte die erwünschte Bewegung im Badewasser. Ein Hirte hielt gleichzeitig einen elektrischen Föhn in der Hand, der in voller Stärke lief und dessen Rauschen offenbar das Unwetter simulieren sollte. Im Publikum wurde es unruhig; einige Besucher hatten wohl befürchtet, der Föhn könne in das Badewasser fallen. Aber nichts dergleichen passierte. Alles sehr komisch. Regietheater eben.

Im zweiten Akt traf sich die künftige Eidgenossenschaft nicht auf einer Bergwiese, sondern auf einem Fußballplatz. Vor Spielbeginn brüllte die um den Anstoßkreis versammelte Gemeinschaft, nachdem man sich mit zusammengesteckten Köpfen im Verschwörungsmodus aufgestellt hatte, den berühmten Rütlischwur: „Wir wollen sein ein einzig Volk von Brüdern, in keiner Not uns trennen und Gefahr."

Statt drei Finger zum Schwur zu erheben, knüpften einige der Versammelten ihre Hosen auf und machten unmissverständliche Handbewegungen.

Dann wurden mehrere Plastikbälle in die Luft geschossen und landeten teils hinter der Bühne, teils im Zuschauerraum. Warum nur? Eine gegnerische Mannschaft war im Übrigen nicht auszumachen. Wie das seltsame Fußballspiel ausging, blieb dem Publikum verschlossen, da ein Aktschluss dazwischenkam.

Höhepunkt der Veranstaltung war die berühmte Apfelschussszene. Allerdings gab es weit und breit keinen Apfel auf der Bühne oder auch nur etwas, das so ähnlich aussah. Stattdessen trug Tell einen Korb mit Bananen am Arm, mit denen er immer wieder versuchte, in einen aufgehängten Seppelhut zu treffen, bis schließlich eine Banane darin liegen blieb. Sein kleiner Sohn hob die herumliegenden Bananen wieder auf, brachte sie dem Vater zurück, der nach dem gelungenen Wurf eine davon mit sichtlichem und durchaus auch hörbarem Genuss zu sich nahm. Vermehrte Heiterkeit, und beim Huttreffer gab es sogar Standing Ovations.

Im vierten Akt war dem Regieteam wohl die provokative Puste ausgegangen. Als Wilhelm Tell den Reichsvogt Geßler erschoss, übrigens mit einer verdreckten Kalaschnikow, glich die Szene, die auf der Bühne entfaltet worden war, tatsächlich einer hohlen Gasse, durch die allerdings ein Wässerchen floss, für dessen Existenz Tell selbst gesorgt hatte, denn beim Warten auf den Reichsvogt war er von einem nur allzu menschlichen Bedürfnis heimgesucht worden.

Der fünfte Akt fand gar nicht erst statt. Es gab ein paar Buh-Rufe von humorlosen Alt-Abonnenten und noch viel mehr Gelächter am Ende. Yvonne Meyer-Strätling war schnell aufgestanden und hätte ihren Ehemann gern sogleich mit sich gezogen. Lars Strätling wollte aber wohl noch die eine oder andere Verbeugung des großen Stars abwarten und ging im Zuge des allgemeinen Aufbruchs einige Schritte näher an die Bühne heran. An der Garderobe traf man sich wieder.

Draußen empfing sie frühsommerliche Abendluft. Es war noch nicht ganz dunkel, denn das Stück hatte aufgrund der massiven Kürzungen nur knapp zwei Stunden gedauert.

„Sollen wir noch etwas trinken gehen? Vielleicht im ‚Tucholsky‘ oder gleich hier, im ‚Jago‘?“ fragte Lars Strätling, ohne dabei allzu große Überzeugungskraft auszustrahlen.

Seine Frau winkte ab: „Lass uns lieber nach Hause fahren. Ich bin müde.“

„Hat es dir nicht gefallen, mein Liebling?“

Yvonne antwortete nicht auf diese Frage, die sie als ungebührlich oder zumindest als rhetorisch empfand. Ihr Kollege David Brühl hätte in dieser Situation gesagt, verarschen könne er sich auch alleine. So ähnlich empfand sie jetzt auch, dazu brauchte sie ihren wie immer sehr korrekt gekleideten Ehemann nicht.

Als sie im Auto saßen, platzte Yvonne dann heraus: „Es ist doch eigentlich empörend, dass sich Leon Steiner dazu hergibt, in einer solchen Inszenierung den Hauptpart zu übernehmen. Hat er das wirklich nötig?"

„Vielleicht ist dir entgangen, dass es sich bei der Inszenierung um eine Übernahme vom Schauspielhaus Zürich handelt. Das ist immerhin das Haus, an dem er seit Jahren seine großen Erfolge feiert."

„Natürlich weiß ich das, du brauchst mir das nicht zu sagen. Aber man muss ja nicht jeden Blödsinn mitmachen."

„Man wird ihn gut bezahlen."

„Hat er das nötig?"

„Woher soll ich das wissen? Ich habe keine Ahnung, was er mit seinem Geld macht, wenn er nicht gelegentlich mal ein Bild bei mir kauft", sagte Lars, als sie aus der Tiefgarage herausfuhren.

„Ich dachte, du kennst ihn besser. Ist das nicht so?"

„Ein bisschen besser als flüchtig. Wir sind uns immer mal wieder in Düsseldorf bei einer Vernissage begegnet. Außerdem – warum fragst du? Er kennt dich doch auch. Unsere gemeinsame Karte habe ich auf die Bühne geworfen. Man wird sie ihm sicher in die Garderobe bringen."

Zwischen dem Theatervorplatz und dem Bermudadreieck liefen viele junge Menschen herum, Schüler und Studenten, denen es am Abend in Bochum-Querenburg zu langweilig war. Stadtauswärts wurde es auf der Königsallee ruhiger. An der Markstraße bogen sie links ab, dann wieder rechts in die Baumhofstraße. Nachdem Lars Strätling den Maserati in der Einfahrt zur Villa des Ehepaars abgestellt hatte, machte er keine

Anstalten, die Garage mit der Fernbedienung zu öffnen. Außerdem stand das weiße BMW-Cabrio seiner Ehefrau davor.

„Was ist los, soll ich den BMW wegfahren?“ fragte Yvonne.

„Ich habe es mir anders überlegt“, sagte Lars.

„Was hast du vor?“

„Ich fahre noch nach Düsseldorf.“

„Heute Abend? Das ist doch Unsinn.“

„Wir fangen morgen sehr früh mit den Vorbereitungen für die Ausstellung an. Das ist dann einfacher für mich, wenn ich schon vor Ort bin.“

„Na gut, tu, was du nicht lassen kannst. Aber das hättest du mir auch früher sagen können.“

„Ich hab’s mir ja eben erst überlegt. Wenn wir noch irgendwohin gegangen wären, dann würde ich hierbleiben. Aber so … Es ist ja noch nicht so spät.“

„Na gut“, sagte sie, milde lächelnd, „dann bis morgen.“

„Ja, oder bis übermorgen. Je nachdem, wie wir mit der Arbeit zurechtkommen.“

Yvonne Meyer-Strätling öffnete die Eingangstür und ging ins Haus, ohne sich noch einmal nach ihrem Ehemann umzusehen.

4. Kapitel

Warum hatte er sich nur auf diese vertrackte Abmachung eingelassen? Aber wäre ihm überhaupt eine andere Chance geblieben? Die Frau hatte auf eine geradezu charmante und zugleich zynische Art Druck gemacht, hatte ihm ganz locker Dinge gesagt, die sie eigentlich nicht wissen konnte, nicht wissen durfte. Woher bloß hatte sie diese Informationen bekommen? Er wusste nicht, ob er das jemals herauskriegen würde.

Aber nun, da er sich darauf eingelassen hatte, war es entscheidend, dass die Frau sich an ihre gemeinsamen Absprachen halten würde. Er hatte eigentlich nichts in der Hand, wusste kaum etwas über sie, konnte sich also nur auf ihre Zusagen verlassen; da war ihm tatsächlich keine Alternative geblieben.

Andererseits lag in der gestellten Aufgabe, wenn man die Angelegenheit mit kühlem Kopf betrachtete, auch so etwas wie eine professionelle Herausforderung. Er hatte die bisherigen Anrufe wie Bühnenauftritte erledigt, dabei ein bisschen aufdringlich den alemannischen Akzent forciert, wie man es von ihm gewünscht hatte, das war ja gar kein Problem.

Jetzt saß er hier im ‚Tucholsky', hatte einen Salat gegessen, ein paar Gläser Bier getrunken, nicht übermäßig viel, aber doch ein solches Quantum, dass er sich nicht mehr über die schwachsinnige Inszenierung, deren Hauptpart er nun schon seit einigen Wochen spielte, ärgern musste.

An solchen Abenden sehnte er sich zurück in seine schweizerische Heimat. Er könnte jetzt am Fenster seines Hauses am Genfer See stehen, über das dunkle Wasser gucken. Das gegenüberliegende Ufer würde durch den Dunst fast nur zu ahnen sein, vielleicht konnte man ein paar Lichter erspähen, beobachten, wie sie nach und nach erloschen.

Wenn sich der Dunst verzog, würde er Evian-les-Bains und Thonon-les-Bains, die französischen Kurorte am Südufer des Sees, sehen können. Eine Flasche mit weißem Merlot aus dem Tessin, gut temperiert, würde auf dem Tisch stehen, halb voll. Er könnte mit dem Weinglas in der Hand nach draußen gehen, die nächtliche Luft der Romandie einatmen und versuchen, nicht an den nächsten Morgen zu denken.

Stattdessen hielt er sich in diesem gottverlassenen Bochum auf und musste allen Leuten, die ihn danach fragten, auch noch vorlügen, wie schön es hier sei. So grün überall und gar nicht das Ruhrgebiet, das er erwartet hatte; so oder so ähnlich lauteten die Floskeln, die er immer wieder stumpfsinnig strapazierte, wenn er mit der hiesigen Bevölkerung ins Gespräch kam.

Er hatte schon Anwandlungen, fühlte sich seit Tagen beobachtet in dieser Stadt, auf deren Existenz die Welt aus seiner Sicht ohne Weiteres verzichten konnte. Vielleicht litt er auch schon unter Verfolgungswahn; einen Schweizer in Deutschland, der nicht ein bisschen paranoid war, gab es ohnehin nicht.

Besonders die Sprache der Leute im Ruhrgebiet nervte ihn. Das war doch eigentlich eine linguistische Fehlentwicklung, so hart und vulgär, wie sie klang. Da war eine bäuerliche Brutalität in diesem westfälischen Idiom, die nichts mit dem Charme des alemannischen Akzents zu tun hatte, den er in Zürich mit der Muttermilch aufgesogen hatte. Er wusste, dass es mal eine starke Zuwanderung aus Polen ins Ruhrgebiet gegeben hatte; vielleicht war die Qualität des Deutschen in dieser Region durch die Einwanderer aus dem Osten zusätzlich verdorben worden. Er hatte nichts gegen die Polen, aber die Mischung stimmte einfach nicht.

Und in dieser Stadt stand er, Leon Steiner, Träger der Gustav-Gründgens-Medaille, nun alle paar Tage auf der Bühne und ließ sich von den Bochumer Zuschauern feiern. Musste ihm der Erfolg nicht eigentlich peinlich sein? Konnte man denn hier in der westfälischen Provinz überhaupt die sprachliche Raffinesse seines Bühnenspiels würdigen?

Wenn er den Tell gewissermaßen gegen die Inszenierung interpretierte, versuchte er, der wunderbaren Schillerschen Diktion, an der man trotz unsinniger Kürzungen zum Glück nicht bis zur Unkenntlichkeit herumpfuschen konnte, einen alemannischen Unterton beizumischen, nicht zu viel, aber doch spürbar. Auch das Deutsch der Schweizer war ein anständiger Dialekt, nicht so eine verbale Holzhackerei, wie sie ihm hier im Ruhrgebiet dauernd begegnete.

Das Essen, das ihm in den Bochumer Gaststätten vorgesetzt wurde, schmecke ihm nur dann, wenn es ihm gelang, westfälische Spezialitäten zu umgehen. Was ihm jedoch grundsätzlich zusagte, war das einheimische Bier. Das war zwar auch so herb, wie der Dialekt, der hier gesprochen wurde, aber es besaß zweifellos Charakter. Er hatte am heutigen Abend bisher nur aus kleineren Gläsern getrunken, bestellte aber zum Abschluss einen richtigen Humpen Fiege Pils.

Zum Glück konnte er das Bier unbehelligt genießen; er saß etwas abseits, an einem der kleinen Tische neben dem Fenster. Der Dame an der Theke, die ihn kannte, hatte er gesagt, er wolle gern allein sein, sie möge doch bitte Autogrammjäger von ihm fernhalten.

Bevor er das Lokal verließ, besuchte er vorsichtshalber noch einmal die Toilette. Dort stand neben ihm ein Mann, dessen Gesicht er nicht sehen konnte, weil er sich von ihm abwandte. Vielleicht war der in der abendlichen Vorstellung gewesen und gehörte zu den Kritikern der

Inszenierung, einer, der nun endgültig die Schnauze voll hatte von Wilhelm Tell.

Steiner gab reichlich Trinkgeld, ließ sich von dem jungen Mann, der ihn bedient hatte, in den Mantel helfen. Draußen war es frisch. Er schlug den Kragen seines Sommermantels hoch und setzte sich die Baskenmütze auf, die er in der Seitentasche vergraben hatte. Trotz der Tarnung erkannten ihn ein paar Besucher des Bermudadreiecks, die sich in Scharen auf dem Konrad-Adenauer-Platz herumtrieben, viele von ihnen mit einer Flasche in der Hand.

„Wunderbare Vorstellung", sagte ein junger Mann, der ihm das Programmheft des Schauspielhauses unter die Nase hielt mit der Bitte um ein Autogramm.

Leon Steiner schrieb tapfer seinen Namen auf die Rückseite des Heftes. Der junge Mann gehörte zu der Minderheit, die noch nüchtern war. Er bedankte sich höflich und in einem recht passablen Hochdeutsch, das Steiner überraschte, und wünschte gute Nacht.

„Schön, dass es Ihnen gefallen hat", sagte Steiner, legte die Hand an die Mütze und ging dann schnell weiter.

Hinter der Eisenbahnbrücke wurde es ruhiger. Er blieb auf der linken Seite, um nicht in den Irrgarten einer riesigen Baustelle zu geraten. Auch um das Schauspielhaus herum war nicht mehr viel los. Die Nachtschwärmer, die hier noch vor zwei Stunden herumgelaufen waren, hatten sich wohl in die einschlägigen Kneipen zurückgezogen. An der Ampel überquerte er die Königsallee, um nachher schon auf der richtigen Straßenseite zu sein.

Im ‚Biercafe' am Shakespeare Platz war noch Licht. Steiner zögerte für einen Moment, verwarf allerdings den Gedanken gleich wieder. Er hatte die Kneipe in den letzten Wochen ein paarmal besucht. Aber wenn er sich jetzt dort noch sehen ließe, würde er sicher auf Kollegen treffen. Heute hatte er wenig Lust auf die üblichen, vom Alkohol beflügelten Frotzeleien. Und schon gar nicht behagte ihm die Aussicht, dass sich irgendein mittelmäßiger Schauspieler bei ihm einschleimen könnte in der Hoffnung, Steiner würde ihm gefällig sein und ihm an einer anderen Bühne ein lukratives Engagement besorgen.

Folglich ließ er das ‚Biercafe' rechts liegen und ging weiter. In seinem Appartement in der ‚Villa Wahnsinn', das ihm vom Schauspielhaus zur Verfügung gestellt worden war, standen noch zwei Flaschen Bier im Kühlschrank. Die mussten reichen für die nötige Bettschwere; er hatte das Bier schon am Mittag in Elli Altegoers Tante-Emma-Laden gekauft, zusammen mit der Bild-Zeitung. Hinter ihm klingelte ein Fahrradfahrer; Steiner hatte wohl versehentlich den Radweg benutzt. In dem Dämmerlicht der Königsallee waren die Grenzen kaum auszumachen. Außerdem hätte das Arschloch von Radfahrer, dessen Rücklicht nicht funktionierte, ruhig den Bürgersteig benutzen können, um an ihm vorbeizufahren.

Als er die ‚Villa Wahnsinn', die nachts erheblich besser aussah als am Tage und im Grunde alles andere als eine Villa war, erreicht hatte, sah er, dass dort jemand in gebückter Haltung vor der Eingangstür stand und offenbar versuchte, das Schlüsselloch zu finden. Der Kollege schien heiter, summte ein wenig vor sich hin und hatte wohl erheblich mehr geladen als Steiner selbst. Dem Manne konnte geholfen werden.

„Na, Probleme?" fragte Steiner und fummelte seinen eigenen Schlüssel aus der Manteltasche heraus.

Als der Mann sich umdrehte, sah Steiner trotz der matten Straßenbeleuchtung zwei Augen und einen schmalen Mund, der Rest war hinter einem Strumpf, den der Mann über das Gesicht gezogen hatte, verschwunden. Und was der nächtliche Besucher in der Hand hielt, war alles andere als ein Hausschlüssel, sondern ein

Baseballschläger. Steiner wollte um Hilfe rufen, losschreien, kam aber nicht mehr dazu, denn der andere holte nur kurz aus und traf den Schauspieler mitten im Gesicht. Anschließend schlug er noch zweimal zu, gegen beide Knie, so dass Steiner in sich zusammensackte. Er spürte, dass ihm das Blut in Strömen über das Gesicht lief und dass sein hilfloser Körper irgendwie weggeschleift wurde; dann verlor er das Bewusstsein.

5. Kapitel

Vor gar nicht so langer Zeit wären sich die beiden Herren noch am liebsten an die Kehle gesprungen. Beide hatten sie im Wahlkampf den Untergang des Abendlandes beschworen, und zwar für den Fall, dass die Partei des anderen an die Macht käme. Jetzt saßen der CDU- und der SPD-Minister, beide Profiteure der GROKO, der gemeinsam gebildeten Großen Koalition, traulich vereint in Anne Wills abendlicher Talkrunde in der ARD und schoben sich gegenseitig die Bälle zu. Die beiden sollten heiraten, dachte Erich Rogalla. Eine schwache Europaabgeordnete von den Grünen saß auch noch dabei und spielte überhaupt keine Rolle. Er starrte für ein paar Minuten auf den Bildschirm, ohne wirklich zuzuhören. Dann schaltete er den Apparat aus.

Ingrid, Rogallas Ehefrau, hatte sich schon vor seiner Rückkehr aus der Muckibude in ihr Bett verzogen und las wahrscheinlich wieder mal einen dieser englischen Kriminalromane, in denen irgendwelche Schöngeister, Dichter oder Adlige, Verbrecher jagten. Vielleicht schlief sie auch schon. Wenn er abends noch ein Bier trinken wollte und sich über ihre Gegenwart gefreut hätte, sagte sie ihm gern, dass sie als Lehrerin an einer Grundschule ihren Schlaf brauche.

Es war schon nach 23 Uhr. Rogalla ging in die Küche und holte sich noch ein Pils aus dem Kühlschrank. Wenn er das intus hatte, würde er besser schlafen können, würde auch nicht mitten in der Nacht durch Ingrids variantenreiche Schnarchtöne geweckt werden, deren An- und Abschwellen er in manchen schlaflosen Nächten gelauscht hatte. Er hatte sich schon mal gefragt, ob die kuriosen Geräusche, die sie des Nachts hervorbrachte, etwas mit ihrer extravaganten Lektüre zu tun hätten.

Vielleicht sollte er ihr mal ein paar Geschichten aus seinem Alltag erzählen, sie mit seinen Erlebnissen in den Schlaf singen. Besser nicht.

Er stand am Wohnzimmerfenster, drückte den Schnappverschluss der Bierflasche auf und guckte nach draußen. Aber zu sehen war eigentlich gar nichts. Die Emilstraße lag in einem schwärzlich-grauen, nächtlichen Dunst. Das Licht der Straßenlaterne, die genau an der Straßenbiegung stand, war wohl ausgefallen. Er würde Ingrid bitten, morgen bei der Stadtverwaltung anzurufen; sonst würde hier noch zu Weihnachten alles finster sein. Sein Handy, das auf dem Couchtisch lag, fing plötzlich an, hemmungslos zu vibrieren und Brummtöne abzugeben. Rogalla warf einen Blick auf das Display und nahm das Gespräch an.

„Na“, fragte er, „hast du Sehnsucht nach Bochum?“

„Nee, nach Bochum nicht, aber ein bisschen nach dir“, sagte Brenner.

„Wieso nach mir? Du sollst dich nach deiner Familie sehnen.“

Den Hinweis auf die Familie überhörte der Kollege Brenner geflissentlich: „Natürlich sehne ich mich nach dir. Wir könnten jetzt beide im ‚Tucholsky‘ sitzen und ein anständiges Pils trinken. Diese Altbiersuppe hier in Düsseldorf ist doch unerträglich.“

„Das hättest du dir früher überlegen müssen.“

„Du meinst, man sollte seine beruflichen Entscheidungen an der Bierqualität des jeweiligen Zielortes festmachen?“

„Das hast du schön formuliert, fast wie ein Beamter. Und du hast recht. Bei deinem Konsum wäre das eine pragmatische Entscheidung gewesen. Aber du hast wohl andere Akzente im Sinn gehabt, als du dich ans LKA hast abordnen lassen.“

„Was meinst du?“ fragte Brenner.

„Das weißt du doch ganz genau!“

„Nix weiß ich.“

„Hör mal, du bist doch wieder mal einem Rock hinterher gelaufen. Wahrscheinlich hinter dem von dieser Profilerin. Wie hieß sie noch mal?“

„Du meinst Lena Rieken?“

„Richtig.“

„Die trägt Hosen.“

„Das mit dem Rock war metaphorisch gemeint, wenn du weißt, was ich meine.“

„Nein, weiß ich nicht.“

„Deine Psychofrau vom wilden Niederrhein, diese Fallanalytikerin oder wie der Scheißdreck auch immer heißt. Die hat dir doch hier bei der Wolfsgeschichte schon den Kopf verdreht und alles durcheinander gebracht.“

„Du siehst Gespenster, wie immer. Außerdem hat sie uns damals erst auf die richtige Spur geführt. Das unterschlägst du nur zu gern.“

„Die Spuren, hinter denen du herläufst, die kenne ich.“

„Sag mal, bist du besoffen? Du bist so aggressiv“, sagte Brenner

„Was du unter aggressiv verstehst! Da schlägt das Altbier schon zu Buche. Fiege Pils stimmt mich immer milde.“

„Milde geht anders. Aber ich nehme das jetzt mal so hin und stelle mir vor, dass du gerade am Fenster deines trauten Heims in der Wattenscheider Emilstraße stehst, dich langweilst, dein Tagesabschlussbier trinkst und in die nächtliche Landschaft guckst. Rauchen darfst du ja zu Hause nicht, das hat dir deine Grundschullehrerin verboten.“

„Landschaft ist nicht, alles finster. Und außerdem: Rauchen ist nicht. Hab aufgehört. Auch ohne diese komischen Elektrodinger, an denen du immer rumgenuckelt hast.“

Brenner schien zu spüren, dass er mit seiner Beschreibung nicht ganz falsch lag und wechselte freundlicherweise das Thema: „Was macht die Firma?“

Rogalla war ein bisschen beleidigt, dass Brenner seine Situation so treffsicher erfasst hatte. Er sagte nur: „Alles beim Alten.“

„Und *der* Alte? Ist er lieb zu dir?“

„Wenn du den Polizeipräsidenten meinst, dann kann ich dir mitteilen, dass er mich heute wieder mal genervt hat – irgendein Formularkram. Hab’s immer noch nicht verstanden. Ansonsten kriege ich ihn nur selten zu Gesicht.“

„Wieso das?“

„Manchmal denke ich, der PP weiß gar nicht, dass es mich gibt. Oder er vergisst es wieder, ist dann völlig überrascht, wenn er mich auf dem Flur trifft.“

„Kann ich mir nicht vorstellen.“

„Das glaube ich, du hattest auch immer einen guten Draht zu ihm. Dir hat er ja aus der Hand gefressen.“

„Von wegen, aus der Hand gefressen. Ich war schon froh, wenn er mich nicht angebrüllt hat. Er wird übrigens demnächst von mir hören.“

„Wie das?“

„Da läuft so eine Rauschgiftsache, also Drogenschieberei und Geldwäsche, mit der ich zu tun habe. Eine der Spuren führt auch nach Bochum. Ihr werdet euch darum kümmern müssen.“

„Da freuen wir uns aber, dass du uns Arbeit zukommen lässt. Sonst wüssten wir gar nicht, was wir tun sollen!“

Brenner blieb ernst: „Am Telefon kann man das nicht besprechen. Vielleicht reden wir mal darüber, wenn ich an einem der nächsten Wochenenden nach Bochum komme. Vielleicht sogar in der Woche, muss mal sehen, was geht.“

„Wenn du deine Familie besuchst?“

„Auch“, sagte Brenner und klickte das Gespräch weg.

Rogalla kippte den Rest aus seiner Flasche herunter. Er wusste nicht so recht, was er von seinem alten Kumpel und Kollegen Klaus Brenner halten sollte. Der war plötzlich aus Bochum verschwunden, hatte sich ans LKA in Düsseldorf abordnen lassen. Wer ahnte schon, wie lange das dauern würde. Ihm hatte Brenner von dieser Aktion erst kurz vor seinem Abschied berichtet. Er war mit Rogalla ins ‚Tucholsky‘ gegangen und hatte das Bier bezahlt. So einfach lief das bei Brenner. Zugute halten musste man dem alten Kollegen, dass der sich immer mal wieder bei seinem ehemaligen Kumpel in Bochum meldete.

Richtig schlau war Rogalla allerdings nicht aus dieser Sache geworden. War Brenner nun dieser Lena Rieken hinterher gelaufen, oder war er vor seiner Familie geflohen? Er wusste es wirklich nicht. Vielleicht traf beides zu.

So ganz unrecht hatte Brenner nicht, wenn er sagte, dass diese Profilerin vom LKA der Bochumer Kripo damals in der Geschichte mit dem Wolf geholfen hatte. Aber das war auch nicht der entscheidende Punkt. Marie, Brenners Frau, tat Rogalla ein wenig leid, obwohl er eigentlich nie viel für sie übrig gehabt hatte. Und dann war da noch das Kind, Rogallas Patensohn. Der Vater kam höchstens mal am Wochenende vorbei. Obwohl, wenn man es richtig betrachtete, dann war Brenner wahrscheinlich nie ein echter Vater gewesen. Und ein Freund war er schon gar nicht. Dafür fehlte ihm die Offenheit.

Donnerstag,
7. Mai 2015

6. Kapitel

Frau Dr. Meyer-Strätling nahm sich genügend Zeit zum Ankleiden. Das Kostüm, das sie zunächst ausgewählt hatte, ersetzte sie durch einen hellgrauen Hosenanzug. Sie musste sich nicht überschlagen. In ihrer Anwaltskanzlei wurde seit zwei Stunden gearbeitet, davon durfte sie jedenfalls ausgehen. Ihre Vorzimmerdamen hatte sie von Anfang an hinreichend motiviert, und seitdem gab es zwischen ihnen ein absolutes Vertrauensverhältnis; sie würden schon ein Auge darauf haben, dass niemand bummelte und dass von den Partnern ihrer Sozietät die fixierten Termine eingehalten wurden.

Als Chefin musste Yvonne nicht jeden Tag schon um neun Uhr am Husemannplatz erscheinen. Ihr erster Mandant, ein pensionierter Ministerialrat und reuiger Steuersünder, würde ohnehin erst um 14 Uhr erscheinen.

Jetzt saß sie im Ankleidezimmer vor ihrem Schminktisch und betrachtete sich im Spiegel. Was sie sah, beruhigte sie einigermaßen. Sie war jetzt Anfang vierzig. Ihr Alter hatte sie nie verschwiegen. Nur als Lars ihren neuen Cabrio anmeldete, hatte er als Autonummer ihr Geburtsjahr ausgewählt. Das fand sie dann doch etwas zu direkt. Und auch ein bisschen vulgär.

Nein, auf ihren Körper konnte sie sich immer noch verlassen. Wenn es darauf ankam, würde sie auch noch für Ende dreißig durchgehen. Im Gesicht musste sie zwar immer ein bisschen nachhelfen. Größere Aktionen hatte sie allerdings bisher noch nicht ins Auge gefasst. Ihre Lippen aufspritzen zu lassen, das kam für sie nicht in Frage. Da sah man ja aus wie eine Barbie-Puppe und nach einiger Zeit wie eine dieser grauenhaften amerikanischen Hexen. Deren Lippen wirkten in ihren aufgedunsenen und zugespachtelten Gesichtern so, als solle demnächst ein Ring hindurch gezogen werden.

Und doch war da etwas in ihrem Gesicht, das sie irritierte. Als junge Frau hatte sie immer eine kleine, geradezu zierliche Nase gehabt. Seit einiger Zeit schien ihre Nase gewachsen, grober, knochiger. Das Schlimme daran war, dass diese Nase, die sie nicht mochte, sie an ihre Mutter erinnerte. Zu der hatte sie nie ein besonders gutes Verhältnis gehabt; die forsche, manchmal auch nassforsche Art der Mutter hatte Yvonne immer gestört. Hinzu kam, dass die sich nie gescheut hatte, ihren jeweiligen Gesprächspartnern alles, was sie an denen als störend empfand, direkt ins Gesicht zu sagen. Yvonne war das immer peinlich gewesen, und wenn sie selbst betroffen war, hatte sie darunter gelitten. Sie musste höllisch aufpassen, dass sie ihrer Mutter nicht immer ähnlicher wurde, nicht nur, was die Nase betraf.

Vielleicht würde sie irgendwann mal eine Haarverlängerung ventilieren. Aber noch umrahmte kräftiges, dunkelrotes Haar recht gefällig ihr ovales Gesicht. Jede Woche half sie mit einer Tönung nach, so dass kein graues Haar zu sehen war. Gern strich sie sich in Unterhaltungen ein paar Strähnen nach hinten, so dass ihre hoch liegenden Wangenknochen zur Geltung kamen. Als junges Mädchen hatte sie sich immer gewünscht, dass der liebe Gott ihr noch ein paar Zentimeter mehr Beinlänge mitgegeben hätte, aber inzwischen war sie auch in dieser Hinsicht mit sich im Reinen, denn mit ihren knappen eins fünfundsechzig durfte sie im Grunde nicht unzufrieden sein. Auf ihre Linie achtete sie genau, da war nichts zu bemängeln.

In der Küche lief das Radio, im WDR 5 wurde gerade ein Gedicht von dem Bochumer Autor Andreas Arndt vorgelesen, das aus einem vor wenigen Tagen erschienenen Gedichtband stammte. Yvonne machte sich allerdings nicht die Mühe zuzuhören.

Aber im Prinzip war WDR 5 durchaus der Sender, den sie gewöhnlich eingeschaltet hatte. Sie war der Meinung, dass die Produktionen dieser Anstalt am ehesten ihrem Begriff einer kulturinteressierten Frau mit emanzipatorischem Einschlag entsprachen.

Ihr Frühstück war karg, es bestand aus einer Scheibe Knäckebrot mit Marmelade, unter die sie halbfette Butter gekratzt hatte. Dazu eine Tasse schwarzen Kaffee aus der Maschine.

Kurz nach elf verließ sie ihr Haus, prüfte gewissenhaft die elektronische Verriegelung. Sie brauchte zehn Minuten bis zur Stadtmitte. In der Tiefgarage stellte sie ihr BMW-Cabrio auf dem angemieteten Parkplatz ab. Beim Einparken stauten sich hinter ihr ein paar Fahrzeuge; die Bochumer Innenstadt hatte ihre Tore geöffnet. Sie fragte sich, wie man überhaupt noch in der Bochumer City einkaufen konnte, nachdem sich hier nur noch die einschlägigen 08/15-Läden halten konnten, die es in jeder Ruhrgebietsstadt gab. Düsseldorf war da schon ein anderes Pflaster. Fünf Minuten später betrat Yvonne Meyer-Strätling den Vorraum zu ihrer Kanzlei und begrüßte die beiden Sekretärinnen per Handschlag.

„Sie werden schon sehnlichst erwartet", sagte Betül Gündogan, die hübsche und zugleich unersetzliche Bürokraft, mit jugendlich-schnippischem Unterton. „Ihr Kollege trippelt schon von einem Bein aufs andere."

Ihre Chefin wusste sofort, wer gemeint war, reagierte aber nicht auf die ironische Formulierung, sondern schnappte sich eine Flasche San Pellegrino, die immer für sie bereit stand, und ging den langen Gang hinunter bis zu ihrem Büro.

„Schicken Sie ihn zu mir", rief sie, bevor sie die Tür hinter sich schloss.

Der Schreibtisch der Anwältin war mustergültig aufgeräumt, nur eine Akte lag neben dem Laptop, den sie sofort anstellte. Auf der Akte stand kein Name. Es klopfte, und der Kollege David Brühl trat ein, ohne Yvonnes Reaktion abzuwarten.

„Du hast es ja sehr eilig", sagte sie.

„Entschuldige, aber ich glaube, wir müssen etwas tun. Ich hoffe nur, dass die Sache nicht unangenehm wird."

„Was ist denn los?"

„Er hat noch nicht angerufen."

David Brühl wirkte trotz seiner Worte nur in Maßen beunruhigt. Er war im Begriff, sich eine Zigarette anzuzünden, unterließ es aber, als er Yvonnes kritischen Blick wahrnahm. Brühl war ein glatter Typ mit weichen Gesichtszügen. Mitte dreißig, smart gekleidet, durchaus ansehnlich. Yvonne winkte ihn zu der Sitzgruppe im vorderen Bereich des Raumes.

„Meinst du, das hat was zu bedeuten?" fragte sie.

„Natürlich hat das was zu bedeuten! Er hat sich bisher immer an unsere Abmachungen gehalten. Da muss etwas schief gelaufen sein."

„Glaube ich nicht. Der schläft noch. Ich habe ihn gestern auf der Bühne gesehen. Hat sich ziemlich echauffiert, der Gute."

„Hast du den ‚Tell' gesehen?"

„Ja, mit Lars."

Brühl lächelte ein bisschen spöttisch: „Ach, mit dem Herrn Gemahl. Hat es den Herrschaften denn gefallen?"

„Idiotische Inszenierung. Eigentlich nur komisch. Lars ist gleich nach der Vorstellung noch nach Düsseldorf gefahren."

„Wenn das so war, dann hätte man ja noch ein bisschen plaudern können. Zumindest telefonisch, oder?"

„Ich war hundemüde."

„Ist schon okay. Also, was machen wir mit unserem säumigen Mitarbeiter?"

„Ich meine, wir machen gar nichts", sagte Yvonne.

„Wir könnten jedenfalls mal in der ‚Villa Wahnsinn' anrufen. Da wohnt er doch, oder?"

„Ich weiß nicht, ob du ihn dort überhaupt erreichst. Ich habe zumindest keine Telefonnummer von der Villa. Besser du versuchst es auf seinem Handy."

„Habe ich schon getan – ohne Erfolg."

„Wenn wirklich etwas Unvorhergesehenes passiert sein sollte, haben wir einen Notfallplan. Dann müssen wir verdammt vorsichtig sein. Aber so weit wollen wir im Augenblick noch gar nicht denken. Vielleicht rufst du mal im Schauspielhaus an. Da gibt es, glaube ich, einen Hausmeister, der auch für die ‚Villa Wahnsinn' zuständig ist."

„Mach ich glatt. Sonst noch etwas?"

„Eigentlich nicht. Wenn du ihn über den Hausmeister nicht erreichst, warten wir erst mal ab, was passiert."

„Was hast du am Abend vor?"

„Ich weiß noch nicht, ob Lars nach Hause kommt. Wenn nicht, dann könnten wir ja etwas Erbauliches unternehmen."

„Meldest du dich bei mir?" fragte Brühl, ohne dabei einen gewissen spöttischen Unterton zu unterdrücken, und verließ den Raum.

Yvonne starrte hinter ihm her. Brühl war in den letzten Jahren immer attraktiver geworden. Eigentlich unverschämt. Auf der anderen Seite spürte sie gelegentlich, dass er sie nicht mehr so anzog wie früher. Warum war das so?

Sie war sich auch nicht sicher, ob es richtig gewesen war, David Brühl ins Vertrauen zu ziehen. Der Schuss konnte unter Umständen auch nach hinten losgehen. Aber wen hätte sie sonst nehmen sollen? Brühl war ein ausgewiesener Steuerexperte, der beste in ihrer Kanzlei, und außerdem brauchte man immer jemanden, mit dem man die nächsten Schritte besprechen konnte. Nein. Es war schon die richtige Entscheidung gewesen. Einzig ihre persönliche Beziehung war dabei womöglich hinderlich.

7. Kapitel

„Sie haben angerufen?"

„Ja."

„Es war verabredet, dass *ich* mich melde, nicht umgekehrt."

„Sie haben mir keine andere Wahl gelassen."

„Wieso?"

„Das Geld war nicht dort, wo es sein sollte."

„Sie wollten mir Informationen verschaffen. Geld gegen Information, so war es abgemacht."

„Die Information habe ich."

„Dann sagen Sie, was Sie wissen."

„Nicht, bevor ich das Geld habe. Die Reihenfolge muss eingehalten werden. Das ist immer mein Geschäftsmodell. So war es außerdem abgemacht, nicht anders."

„Dann haben Sie mich falsch verstanden."

„Sie wissen, dass Sie die Unwahrheit sagen."

„Um das Geld zu beschaffen, brauche ich noch etwas Zeit. Ihr Honorar ist hoch, das ist ein Spitzenlohn, den Sie verlangen. Außerdem kann es sich doch nur um die erste Rate handeln. Ihnen ist auch mitgeteilt worden, dass ich vorhabe, Sie weiterhin in die geschäftlichen Konsequenzen, die sich aus Ihren Informationen ergeben, einzubinden."

„Das weiß ich. Darauf habe ich mich auch eingestellt. Aber ich sagte bereits: So, wie es bisher gelaufen ist, war das nicht verabredet. Und was das Honorar betrifft, kann ich nur betonen, dass die Höhe keine Überraschung für Sie ist. Rechnen Sie nicht mit mir für weitere Aktivitäten, wenn Sie Fehler machen."

„Es tut mir leid. Aber ich komme im Augenblick nicht an mein Geld heran."

„Dann werden Sie Schwierigkeiten bekommen."

„Was meinen Sie damit?"
„Das werden Sie sehen."
„Wollen Sie mir drohen?"
„Ich drohe nie. Ich handele."
„Sie bekommen Ihr Geld. Aber ich muss andere Wege finden."
„Das ist Ihr Problem."
„Sie können mir vertrauen."
„Das wäre das Letzte, was ich tun würde."
„Warum so misstrauisch?"
„Weil ich Sie kenne."

8. Kapitel

Bei der Kripo in der Bochumer Uhlandstraße hatte es im KK 11 Nachwuchs gegeben. Sabrina Melies, die vor ein paar Jahren hier noch als Praktikantin gewirkt hatte, war inzwischen fest installierte Kriminalkommissarin. Rogalla war nicht untätig geblieben, als es darum ging, sie nach Bochum zu holen. Er mochte ihre frische, zupackende Art, hatte sich damals, bei der Wolfsgeschichte, sogar ein bisschen in das Mädchen verguckt, obwohl ihm klar gewesen war, dass es da einen gewaltigen Altersunterschied gab. Außerdem lief bei ihm zu Hause eine Grundschullehrerin mit dem schönen Namen Ingrid herum, mit der er verheiratet war. Schließlich hieß er nicht Klaus Brenner, dem so etwas ziemlich egal gewesen wäre.

Auch für Hauptkommissar Brenner, der in die Landeshauptstadt abgewandert war, hatte man Ersatz gefunden. Kevin Kestermann kam seinerseits aus Düsseldorf, sprach mit unverkennbar rheinischem Akzent und war als Oberkommissar nach Bochum versetzt worden, mit guter Chance, demnächst die Stelle eines Hauptkommissars einzunehmen. Dass die Fortuna wie der VfL Bochum wieder in der zweiten Bundesliga spielte, war für ihn eine Katastrophe. Und er summte ständig „An Tagen wie diesen" vor sich hin, was Rogalla, dem als Schalke-Fan die ‚Toten Hosen' am Arsch vorbei gingen, ziemlich nervte.

Ansonsten war Kestermann ein großer, nicht ganz drahtiger, aber ausgesprochen humorvoller Typ, der sich jederzeit und bei jedermann, auch ohne dass er danach gefragt wurde, für seinen albernen Vornamen entschuldigte.

Die Geschichte, vielleicht war es auch nur eine Legende, lautete folgendermaßen: Er war 1980, also vor fünfunddreißig Jahren im Februar geboren, leider mitten im Düsseldorfer Karneval, der fünften Jahreszeit. Nun behauptete er, sein Vater sei damals ein geradezu hemmungsloser Verehrer des englischen Fußballers Kevin Keegan gewesen, der beim Hamburger SV spielte. Die traurige Folge war laut Kestermann, dass sein Vater bei der Wahl des Namens Kevin aufgrund fortgeschrittenen Alkoholgenusses und nicht mehr zu bremsender Sentimentalität nur noch marginal zurechnungsfähig gewesen sei. Nun müsse er damit leben, und allmählich habe er sich mit seinem Vornamen sogar ein bisschen angefreundet.

Gern versammelten sich Teile der Belegschaft in der zweiten Etage des Altbaus, und zwar in der sogenannten Kaffeebude. Das war ein Ort, wo man auch mal informell über alles Mögliche reden konnte. Dienstliches konnte natürlich auch hier nicht ausgeschlossen werden.

Sabrina Melies machte sich an diesem Vormittag an der Kaffeemaschine zu schaffen und fluchte leise vor sich hin. Die Filtertüte passte nicht richtig und war wieder einmal umgeknickt. Nun suppte die körnige Brühe in die Kaffeekanne. Also noch mal von vorne. Der Chef hatte angerufen und mitgeteilt, dass er erst gegen zwölf im Präsidium einlaufen würde, und Sabrina wollte Rogalla mit einer frisch aufgebrühten Tasse Kaffee begrüßen.

„Na, Kaffee fertig?" fragte er, als er hereingeschneit kam.

„Gleich, Herr Rogalla, mir ist hier ein kleines Malheur passiert", trillerte sie und spülte die Kanne gründlich aus.

„Sabrina, seit Sie die Festanstellung haben, klappt das mit dem Kaffee nicht mehr so wie früher."

„Herr Rogalla, Sie nerven. Als ich mich hier beworben habe, da haben Sie mir versprochen, dass ich nie wieder Kaffee kochen muss, wenn ich die Stelle kriege. Und was mache ich den ganzen Tag? Ich koche Kaffee."

„Kann schon sein", brummte Rogalla. „Liegt was an? Irgendwas Neues?"

„Ich weiß nicht so recht", sagte Kevin Kestermann. „Da war gerade so ein komischer Anruf. Müssen Sie entscheiden, was wir da machen."

„Komischer Anruf? Von wem?"

„Vom Schauspielhaus. Irgendeine Frau aus der Verwaltung. Vorzimmer der Intendantin, oder so ähnlich."

„Und?"

„Die vermissen einen Schauspieler. Leon Steiner heißt der."

„Oh, das ist ja der ganz große Star, mit dem sich unser Theater gerade schmückt."

„Ja", rief Sabrina dazwischen, „ das ist doch der aus dem Film ‚Römische Astern', wo ihm während einer Urlaubsreise die Frau wegläuft und er sich in eine italienische Putzfrau verliebt. Meine Oma hat den Film dreimal gesehen."

„Kann schon sein", murmelte Rogalla, „ich geh ja nie ins Kino."

„Das enttäuscht mich aber. Wirklich, Herr Rogalla! Sie müssen doch Ihre Frau mal ins Kino einladen und hinterher mit ihr zum Essen gehen."

„Das fehlte noch, Sabrina. Außerdem ist meine Frau Lehrerin. Abends hat sie immer Konferenz. Also", wandte er sich wieder an Kevin Kestermann, „was ist da los? Und was hat das mit uns zu tun?"

„Wenn ich das wüsste. Der berühmte Bühnenstar ist jedenfalls nicht nach Hause gekommen."

„Wieso? Wohnt der hier richtig? Das ist doch nur eine Gastrolle, die er spielt, Wilhelm Tell im Schauspielhaus."

„Ich hab mich erkundigt. Der wohnt, wie die meisten Schauspieler, die hier Gastrollen übernehmen, in der ‚Villa Wahnsinn' an der Königsallee."

„Du wolltest sagen“, unterbrach ihn Sabrina, „Schauspielerinnen und Schauspieler.“

„Ja, klar. Danke für den Hinweis. So viel Zeit muss sein.“

„Hört auf mit dem Quatsch“, knurrte Rogalla. „Was heißt hier ‚Villa Wahnsinn‘? ‚Villa Wahnfried‘ – das habe ich schon mal gehört. Ist aber, glaube ich, nicht in Bochum.“

„Der Name ‚Villa Wahnsinn‘ soll wohl witzig sein. So wird seit vielen Jahren das Gästehaus des Bochumer Theaters genannt.“

„Wusste ich nicht“, sagte Rogalla.

„Ich auch nicht. Habe ich erst vorhin in dem Gespräch mit dem Verwaltungsdirektor gelernt. Als Neubochumer hab ich noch viel zu lernen.“

„Und?“

„Also – dieser Leon Steiner scheint jedenfalls gestern Abend nicht in seine Herberge zurückgekehrt zu sein. Anrufe haben auch nichts ergeben, sein Handy bleibt stumm. Gemerkt haben die das im Schauspielhaus, weil es heute am Morgen ein Gespräch zwischen Steiner und der Intendantin des Hauses geben sollte. Irgendein neues Projekt, das man besprechen wollte. Da ist er nicht erschienen, was von der Leitung als ungewöhnlich empfunden wird, da Herr Steiner ansonsten die Zuverlässigkeit in Person sei, haben sie gesagt.“

„Und jetzt sollen wir ihn suchen, oder was?“

„Das Schauspielhaus möchte, dass wir uns um die Sache kümmern.“

9. Kapitel

„Also gut", murmelte Rogalla vor sich hin, „tut, was ihr nicht lassen könnt. Fahrt da mal hin. Aber denkt an meine Worte: Ich bin ganz sicher, dass der hohe Herr in irgendeiner Bochumer Kneipe sitzt und sich zuschüttet, weil er sowieso sensibel und gerade mal ungeheuer traurig ist und weil es hier immer regnet."

Auf dem Weg zum Schauspielhaus amüsierten sich Sabrina und Kevin über die Nörgeleien ihres Chefs. Andererseits mussten sie ihm recht geben. Dass sie sich schon so früh um eine Vermisstensache kümmerten, konnte man nur dem Promibonus zuschreiben, der hier wohl zum Tragen kam. Im Büro des Polizeipräsidenten hatte man sicher schon von dem Fall gehört und die entsprechenden Antennen ausgefahren.

„Ich glaube nicht, dass der Rogalla schon mal im Bochumer Theater war", sagte Sabrina. „Ich hab kürzlich diese Grönemeyer-Revue gesehen, ‚Bochum' heißt das Stück – so wie das Lied. Also, das war ganz toll."

„Ich wollte auch rein, um mich mal mit Bochum ein bisschen vertraut zu machen. Aber das ist ja immer ausverkauft."

In der Ewaldstraße stellten sie ihren Wagen ab und gingen die paar Schritte bis zum Seiteneingang am Schauspielhaus. Dort wurden sie von einem der Hausmeister erwartet, den die Theaterleitung zu diesem Zweck dort platziert hatte. Er war Mitte fünfzig und stellte sich als Ernst Frobenius vor. Sabrina warf Kevin einen verstohlenen Blick zu, als sie den Namen hörte. Das war ja klar, dass in einem Schauspielhaus auch der Hausmeister einen Künstlernamen hatte. Eigentlich hieß man als Hausmeister höchstens Krause oder im Ruhrpott gerne auch Kowalski.

Herr Frobenius war ein großer Mann, der die beiden Beamten in strammer Haltung die Königsallee entlang führte. Man hatte ihm wohl mitgeteilt, worum es ging. Ob er allerdings in der Aktion einen Sinn sah, war nicht zu erkennen. Eigentlich war in seinem Gesicht überhaupt nichts zu erkennen, denn statt in die Augen blickte man bei ihm nur in zwei schmale Schlitze.

Vor der ‚Villa Wahnsinn' holte er ein großes Schlüsselbund aus der Tasche und öffnete die Eingangstür. Sabrina empfand es als wahres Wunder, dass Frobenius durch die beiden Schlitze überhaupt gucken konnte. Drinnen passierten sie ein paar Türen, hinter denen wohl die Appartements für die Gäste lagen. Durch eine der Türen drangen die unterschiedlichsten Geräusche, die teilweise als Schnarchen zu identifizieren waren und deren Intensität auf eine noch nicht gänzlich ausgestandene Kneipennacht deutete.

„Künstler!" sagte der ansonsten schweigsame Hausmeister Frobenius, dem die Geräusche peinlich zu sein schienen. Jedenfalls brachte er mit diesem Wort seine ganze, in vielen leidvollen Berufsjahren erworbene Verachtung zum Ausdruck.

Im hinteren Bereich des ersten Stockwerks klopfte er kräftig an eine Tür, die offenbar zu Leon Steiners Wohnung führte, die zum Rechener Park gelegen waren. Drinnen gab es keine Reaktion. Frobenius klopfte noch einmal, holte dann aber auf einen Wink von Kevin Kestermann den Schlüssel heraus und schloss auf.

Kein Mensch war in der Wohnung. In dem Bett hatte niemand geschlafen, es war noch frisch bezogen, wahrscheinlich vom Vortage. Auf dem kleinen Schreibtisch lagen ein paar Bücher, auch die gelbe Reclam-Ausgabe von Schillers ‚Wilhelm Tell' war dabei, in der wild herumgestrichen worden war. Ein älterer Telefonapparat stand auf dem Fensterbrett, der Hörer lag daneben. Da wollte wohl jemand nicht gestört werden. Sabrina hob die Reisetasche hoch, die auf einem der beiden Sessel abgestellt war, und prüfte das Etikett. Die Buchstaben L und S sagten ihr, dass sie im richtigen Appartement waren.

Die Tür zu dem kleinen Balkon war auf Kippe gestellt. Vor dem Fenster stand ein Blumentopf mit einer Geranie, daneben eine Vase aus Steingut, in der ein Strauß aus gelben Rosen die Köpfe hängen ließ. Im Bad roch es nach einem scharfen Putzmittel, Essig oder so ähnlich. Vor dem Waschbecken lagen ein paar Utensilien herum, ein elektrischer Rasierapparat, Seife, ein Fläschchen Eau de Cologne. „Dior Homme" stand darauf. Sabrina prüfte den Duft, indem sie sich ein bisschen auf den Handrücken sprühte. Sie war beeindruckt.

Kevin Kestermann musterte sie bei dieser Aktion kritisch, sagte aber nichts, sondern öffnete die Schubladen einer kleinen Wandkommode, die allerdings leer waren. Der Hausmeister Frobenius schüttelte über Sabrinas Eigenmächtigkeit den Kopf, wobei seine Augenschlitze noch enger zusammenrückten.

An der Heizung hingen zwei trockene Handtücher und ein Kulturbeutel aus Leder mit weiteren Toilettenartikeln.

„Hier ist nichts", sagte Kevin nach ein paar Minuten. „Was sollen wir jetzt machen?"

„Ruf doch den Chef an. Der soll das entscheiden."

Rogalla hatte auch keine konstruktive Idee. Sie seien nicht dazu da, irgendwo auf Schnitzeljagd zu gehen. Er empfahl den beiden, erst mal wieder ins Präsidium zu kommen. Man musste abwarten, ob etwas passierte.

Aber was das betraf, brauchten sie gar nicht lange zu warten. Gerade, als sie sich vor der Eingangstür zur ‚Villa Wahnsinn' von Herrn Frobenius verabschiedet hatten, entdeckte Sabrina auf der kleinen Stufe einen Fleck, den sie sich genauer ansah.

„Sag mal, ist das Blut?“

„Kann durchaus sein“, sagte Kestermann. „Da vorne, auf dem Plattenweg ist noch mehr davon. Ich glaube, das müssen wir untersuchen lassen. Ich rufe Herrn Rogalla noch mal an; der kann dann den Erkennungsdienst herschicken. Wir sollten so lange den Eingangsbereich absperren.“

Herr Frobenius war schon im Begriff, die Königsallee zu überqueren, drehte sich aber noch einmal um und merkte, dass den Kommissaren etwas aufgefallen war. Zögernd kam er zurück, als ob er sich dazu erst durchringen musste.

„Haben Sie doch etwas gefunden?“

„Das könnte Blut sein“, sagte Kestermann und zeigte auf den ersten Fleck, den Sabrina entdeckt hatte. „Wir sollten hier nicht mehr drüber laufen.“

Frobenius schien zu überlegen, holte dann einen Zettel aus der Tasche: „Dies hat mir Herr Steiner gegeben, nur für den Fall, dass ihm was zustoßen sollte. Ich wusste gar nicht, was er damit meinte. Das ist – glaube ich – eine Telefonnummer. Steiner hat mich gebeten, in einem solchen Fall die Polizei zu kontaktieren. Aber Sie sind ja nun schon hier.“

„Warum haben Sie das nicht gleich gesagt?“ empörte sich Sabrina. „Dann hätten wir uns die Sucherei in der Wohnung sparen können.“

Die beiden Schlitze musterten sie gnadenlos von oben herab: „Es war ja vorher noch nicht klar, dass etwas passiert ist.“

10. Kapitel

Dr. Gunther Weber hatte die A 1 am Abzweig ‚Ahlhorner Heide' verlassen und drückte nun, da er seinen Audi Q 7 auf die linke Spur der A 29 steuerte, ein bisschen auf die Tube. Er war froh, dass er so früh losgefahren war, denn auf der Autobahn in Richtung Hamburg war immer viel los.

In einer halben Stunde würde er zu Hause sein. Es war ein Segen, dass er sich als Landsitz das kleine Dörfchen Moorhausen ausgesucht hatte. Mit den Einheimischen kam er gut zurecht, mochte deren Einsilbigkeit, ihren friesisch-trockenen Humor. Er freute sich auf die beiden Hunde, die ihn wie immer lebhaft begrüßen und womöglich zu einem abendlichen Rundgang durchs Dorf nötigen würden. Leider hatten die ‚Moorstuben' vor ein paar Jahren zugemacht, so dass er für ein abendliches Bier bis nach Dangast laufen müsste. Er wollte sich das noch überlegen.

Moorhausen war sein Refugium, hier konnte ihm nichts passieren, alle Ärgernisse, die er aus dem hektischen Alltag im Ruhrrevier mitbrachte, wurden ganz klein, fielen hier von ihm ab. Niemand interessierte sich für die Dinge, die ihn plagten, niemand fragte danach, wusste davon. Er brauchte diese kurze Auszeit, um zu überlegen, wie die Sache weitergehen konnte. Dass er handeln musste, war klar. Die Schwierigkeit bestand allerdings darin, dass jede Aktion, die er einfädelte, eine weitere nach sich zog.

Die Dorfnachbarn hatten ihm hoch angerechnet, dass er ihnen vor ein paar Jahren kein protziges Anwesen vor die Nase gesetzt, sondern einen brachliegenden Bauernhof wieder aufgepäppelt und renoviert hatte. Natürlich waren die Räume im Inneren ganz nach seinen Bedürfnissen gestaltet, das Reetdach neu gedeckt worden, aber das

Haus passte so, wie er es umgebaut hatte, immer noch in diese friesische Landschaft, in der es stand.

Vielleicht wartete Arno Holje, sein guter Geist, wie er zu sagen pflegte, auf ihn. Holje betreute das Haus in Webers Abwesenheit, versorgte die Hunde, pflegte den Garten und warf im Winter rechtzeitig die Heizung an. Holje sorgte auch für einen gut gefüllten Kühlschrank, er hatte sicher auch ein paar Flaschen Jever-Pils hineingestellt, das Weber hier im Norden lieber mochte als zu Hause im Ruhrgebiet.

Als er in die Einfahrt zu seinem Anwesen fuhr, wunderte er sich, dass die Hunde nicht anschlugen. Vielleicht war Holje mit ihnen doch noch unterwegs. Der wusste allerdings, dass Weber gern von seinen Hunden begrüßt wurde, wenn er ankam. Er ließ den Wagen vor der Garage stehen. Nach Dangast waren es mit dem Auto nur fünf Minuten. Er wollte sich gleich informieren, wann heute Hochwasser war. Im besten Fall konnte er noch ein paar Schritte am Wasser tun.

Die Haustür war nur angelehnt. War also doch jemand im Hause? Im Flur roch es nach den alten Holz- und Lehmbeständen, die noch in den Außenmauern steckten. Dieser Geruch war ihm vertraut.

Als er das Wohnzimmer betrat, fiel sein erster Kontrollblick auf das geliebte Ölgemälde von Franz Radziwill, das über der Couch hing, mit dem Gemäuer des Dangaster Kurhauses, der hohen Deichwand, dem weißen Geländer. Darüber hing eine riesige Sonne, die aussah wie das Dotter eines Spiegeleis, am Wasser lagen Segelboote. Das Bild war Mitte der dreißiger Jahre gemalt worden, durfte damals wohl kaum in Ausstellungen gezeigt werden, obwohl der Künstler in der Partei gewesen war. Komischer Kerl. Naturschützer, Technikfreak und Nazi. Aber eine faszinierende Mischung. Magischer Realismus – so hieß das wohl.

Als Weber in die Küche ging, kam ihm schon im Flur ein scharfer Zigarettengeruch entgegen, wie er ihn aus seinen Besuchen in Russland kannte. Die Küche hatte er liebevoll im Landhausstil einrichten lassen, auf einem der Eichenstühle saß ein dunkelhaariger, dünner Mann und rauchte.

„Kommen Sie herein", sagte der Mann, „Sie sind ja hier zu Hause."

„Wer sind Sie?" fragte Weber und blieb in der Tür stehen.

„Das können Sie sich doch denken."

„Nichts kann ich mir denken! Was machen Sie in meinem Haus?"

„Diese Frage will ich Ihnen gern beantworten. Ich warte auf Sie."

„Wie sind Sie hier hereingekommen?"

„Ich habe Ihren Hausmeister überredet, mir aufzuschließen", sagte der Mann und zeigte auf die Pistole, die vor ihm auf dem Tisch lag. Weber hatte sie in dem Halbdunkel des Raumes zuvor nicht bemerkt.

„Ich denke, Sie sollten sich klar machen, dass Sie im Augenblick in der schwächeren Position sind. Ihr Hausmeister wird vor einer Stunde nicht zurück sein. Ich habe ihm gesagt, wir hätten eine geschäftliche Besprechung. Mit Nachdruck habe ich ihm das erklärt. Und er scheint es verstanden zu haben."

„Was ist mit den Hunden?"

„Die waren freundlich zu mir. Sie begleiten Ihren Hausmeister auf seinem Spaziergang. Wie gesagt, er war sehr verständig. Immer gut, wenn man sich auf seine Angestellten verlassen kann. Hoffentlich können Sie ihn auch bezahlen."

„Das soll nicht Ihre Sorge sein."

Der Mann bedeutete Weber mit der Pistole, in den Raum zu kommen und sich an den Tisch zu setzen.

Weber sah unter den gegebenen Umständen keine andere Möglichkeit, als die Anweisungen zu befolgen.

„Was wollen Sie?" fragte er.

„Können Sie sich das nicht denken?"

„Nein!"

„Dann will ich es Ihnen verraten: Ich will mein Honorar. Wenn Sie so wollen, die erste Rate. Vielleicht will ich diese Rate sogar noch ein wenig auffrischen. Ich glaube, die Umstände geben das her. Und Sie sehen ja, dass mir ein paar Nebenkosten erwachsen sind. Spesen müssen bezahlt werden."

„So war das aber nicht verabredet."

„Ich halte meine Verabredungen immer ein, will Ihnen aber gern erklären, was es mit meiner Forderung auf sich hat."

„Woher wissen Sie überhaupt, dass Sie mich hier finden?"

„Dazu muss man nur ein wenig in Ihren Unterlagen blättern."

„Sie waren bei mir zu Hause?"

„Nein. Da sind Sie zu gut geschützt. Aber in Ihre wunderbaren Fitnessstudios kommt man hinein, ohne sich anzustrengen. Auch in die Halle, die Sie ‚Fitness am Hellweg' genannt haben. Und da findet man interessante Hinweise. Bevor ich einen Auftrag annehme, ziehe ich Erkundigungen ein. Auf meine Weise. Das gehört zu meinem Geschäftsmodell, hat sich außerdem bewährt."

„Sagen Sie mir, was Sie wollen."

„Dann gehen Sie erst einmal mit mir."

Er stieß Weber die Pistole in die Rippen, so dass der aufsprang und sich von dem Eindringling durch den Hausflur zur Gartentür steuern ließ. Draußen öffnete der Mann die hintere Pforte zur Garage und schob Weber hinein. Drinnen gab es eine Menge Gerümpel, das Holje dort abgestellt hatte. Eine Bierzeltgarnitur lehnte an der einen Garagenwand. Der Tisch, der dazu gehörte, stand aufgeklappt daneben. Auf dem Tisch lag auf einer ausgedienten Matratze ein Mann. Er lag auf der Seite, leicht gekrümmt. Man hatte ihn sorgfältig gefesselt, sein Mund war mit einem schwarzen Panzerband verklebt worden. Weber wusste, wer das war. Aber er wusste im Augenblick nicht, ob dieser Mann, der dort lag, noch lebte.

11. Kapitel

Lust verspürte er nicht im Geringsten. Das hatten ihm Sabrina und Kevin eingebrockt, die inzwischen von ihrer Inspektion der ‚Villa Wahnsinn' zurückgekehrt waren. Jetzt musste er schon aus Gründen der gerechten Arbeitsverteilung ins Schauspielhaus an der Königsallee fahren, um dort mit den arroganten Kulturprofis über einen abgängigen Theatermenschen zu reden.

Was sollte er mit einer Vermisstensache anfangen? Dieser Schauspieler hatte sich wahrscheinlich irgendwo festgesoffen und kam so schnell nicht mehr aus der Nummer heraus. Oder er saß bei einer Freundin in der Küche, laberte auf sie ein und heulte seinen Kater aus. Das waren doch unzuverlässige Herrschaften, diese Theaterleute. Früher hatten Mütter ihre Kinder in der Wohnung festgehalten, wenn Schauspieler über Land zogen. Solche alten Bräuche hatten weiß Gott ihren sachlichen Hintergrund.

Und was die Spuren vor der ‚Villa Wahnsinn' betraf, so konnte sie jeder beliebige Bewohner dieses Etablissements hinterlassen haben. Wahrscheinlich hatte da einer der Schauspieler, die dort wohnten, Nasenbluten gehabt, weil ihm ein unzufriedener Zuschauer nach dem Theaterbesuch seinen Kommentar sehr direkt mitgeteilt hatte. Oder so ähnlich. Jedenfalls würde man erst noch rausfinden müssen, ob die Blutflecke überhaupt von Steiner stammten. Auf das Ergebnis der DNA-Analyse würde man noch ein paar Tage warten müssen.

Rogalla stellte sein Auto auf der Saladin-Schmitt-Straße ab; der Parkplatz war per Ausschilderung für die Intendanz des Schauspielhauses reserviert. Das passte ja wunderbar, denn genau da wollte er hin.

Er wanderte über den Spielplatz und um die Kammerspiele herum bis zu dem kleinen Seiteneingang an der

Königsallee. An der Pforte präsentierte er dem Portier seine Marke mit dem Hinweis, die Intendanz warte schon auf ihn. Der Portier setzte ein eisiges Lächeln auf, als ob die Intendanz seiner bescheidenen Meinung nach gar nichts zu melden hätte, griff aber gleichwohl zum Telefon, um den Kommissar in der Führungsetage anzukündigen. Irgendwie kam der Mensch Rogalla bekannt vor, er wusste aber nicht, woher.

Der Portier beschrieb ihm mit knappen, präzisen Worten den Weg nach oben und schickte ihn durch eine Glastür mit dem Hinweis ‚Bühneneingang, technische Direktion, Verwaltung'. Während er die Treppen hochstieg, dachte er an seinen alten Schulkameraden Udo Nowak, den eingefleischten Theaterfreak, der sich jetzt in der Fitnessbude langweilte. Der hätte wahrscheinlich seine helle Freude daran, hier mal in dem Backstage-Bereich herumzuschnüffeln. Das würde der wahrscheinlich „zum Niederknien" finden.

Oben wurde er schon auf dem Flur empfangen und durch ein spartanisch eingerichtetes Vorzimmer in den Raum der Intendantin geführt. In dem Vorzimmer tippte eine Sekretärin, die Rogalla kaum zu bemerken schien, auf einem Laptop herum. Sie nickte nur knapp dem Herrn, der ihn empfangen hatte zu, und traktierte weiterhin die Tastatur. Wie sie mit den falschen Fingernägeln die jeweils gewünschten Tasten treffen konnte, war Rogalla ein Rätsel.

Der Raum war hell, die Nachmittagssonne schien hinein. Die Intendantin aber war noch nicht da. Sie hatte erst mal ihren Verwaltungsdirektor vorgeschickt, einen etwas schlaksig-krummen Herrn Mitte fünfzig, der sich mit dem schönen Namen Bernd Vordenbäumen vorgestellt hatte. Sehr beflissen, fast devot verbeugte er sich vor Rogalla, auf den der schlaffe Händedruck dieses Herrn ein bisschen widerlich wirkte.

„Die Frau Intendantin wird Ihnen gleich zur Verfügung stehen", sagte Vordenbäumen, zeigte in einer angedeuteten Verbeugung wieder seinen krummen Rücken und bot Rogalla einen Platz in der mit üppigen Ledersesseln ausgestatteten Sitzecke an. Der Verwaltungsdirektor war ein blasser, hellhäutiger Typ mit vollem, rötlichblondem Haar. Er selbst setzte sich nicht, sondern blieb unmittelbar neben dem kleinen Couchtisch stehen, traute sich wohl nicht, sich zu setzen, bevor die Chefin eingelaufen war.

„Sie kommen natürlich wegen der Causa Steiner", sagte Vordenbäumen ein wenig geziert und offensichtlich, um überhaupt irgendwas zu sagen.

„Ja, sicher."

„Gibt es schon Erkenntnisse, wo er sich befindet?"

„Also, so schnell sind wir auch nicht. Und ob das dann überhaupt eine Causa wird, das muss sich noch herausstellen."

„Ja, natürlich."

„Aber sagen Sie, wann haben Sie denn überhaupt gemerkt, dass er verschwunden ist?" fragte Rogalla, ohne dass er diese Frage für besonders wichtig hielt.

Der Verwaltungschef zögerte mit seiner Antwort, rang sich dann aber doch zu einem Redebeitrag durch und sagte: „Ich wäre Ihnen dankbar, sehr geehrter Herr Hauptkommissar, wenn wir die Sachfragen für das Gespräch mit der Frau Intendantin reservieren könnten. Ich bin sozusagen nur ein Statist in diesem Gespräch."

„Das sollte eigentlich gar keine Sachfrage sein", murmelte Rogalla und fügte hinzu: „Aber wie Sie wollen; ich hoffe nur, wir müssen nicht allzu lange warten."

„Hinzu kommt, dass wir auf diese Weise Doppelungen vermeiden", ergänzte der Verwaltungsdirektor als weiteren Erklärungsansatz. Rogalla dachte nur: Der darf nichts sagen, was seine Chefin nicht kontrollieren kann.

Er stand wieder auf, trat ans Fenster und blickte missmutig hinaus auf die Königsallee. Auf der anderen Seite, am Shakespeareplatz, wirkte das ‚Biercafe' noch ziemlich verschlossen. Irgendwann war er dort mal mit dem Kollegen Brenner, den es jetzt nicht mehr in Bochum gab, versackt. Rechts davon erhob sich der wuchtige Turm der Meinolphus-Kirche. An der Ampelkreuzung mit der Hattinger Straße hielt ein Aufnahmewagen des WDR. Vielleicht sollte am Abend ein Konzert der Bochumer Symphoniker übertragen werden.

Die Tür flog auf, und herein trat Frau Isabe Gumbrecht, die Intendantin des Hauses, deren Foto Rogalla ein paarmal in der WAZ gesehen hatte. Sie war eine eher kleine, aparte Frau um die fünfzig, die den Kommissar per Handschlag begrüßte und sich mit einer eleganten Körperhaltung in den Sessel fallen ließ, den der Verwaltungsdirektor ihr hingeschoben hatte.

Die Intendantin trug einen dunkelblauen Hosenanzug, dazu Stiefeletten, die sie wohl ein bisschen größer machen sollten, als sie tatsächlich war. In diesem Outfit hätte sie jede Talkshow im Fernsehen moderieren können. Bei ihrer Begrüßung spürte Rogalla einen Hauch von Nikotin, was sie ihm sympathisch machte. Jetzt weiß ich auch, warum sie sich verspätet hat, dachte er. An ihren gepflegten Händen war von ihrem Zigarettenkonsum nichts zu sehen.

„Bitte", sagte sie, „Herr Kommissar, setzen Sie sich zu mir. Bäumchen, Sie auch."

Rogalla amüsierte sich, dass die Chefin des Hauses den üppigen Namen ihres Verwaltungsdirektors so unbekümmert abkürzte. Sie blickte Rogalla erwartungsvoll an, als ob er schon die Lösung für alle Probleme in der Tasche haben müsste.

Als Rogalla nichts sagte, fragte Frau Gumbrecht: „Was haben Sie denn schon herausgefunden über den Verbleib unseres Superstars?"

„Noch gar nichts."

Sie versuchte, ein bisschen enttäuscht zu gucken: „Aber Sie sind doch an der Sache dran, oder?"

„Wir müssen erst mal klären, ob der Schauspieler Steiner wirklich vermisst wird. Vielleicht hat er sich verspätet, taucht bald wieder auf?"

„Also bitte, vermisst wird er schon, und zwar von uns! Schmerzlich vermissen wir ihn! Dass er sich nur verspätet hätte, kann ich mir beileibe nicht vorstellen. Wenn jemand zuverlässig ist, dann Leon Steiner." Und als ob sie seine Gedanken lesen könnte, fügte sie hinzu: „Er entspricht sicher nicht dem Bild eines flatterhaften Schauspielers, wie es gelegentlich klischeehaft kursiert."

Rogalla ließ das mal so stehen, ging darauf nicht weiter ein: „Wann haben Sie denn gemerkt, dass er verschwunden ist?"

„Wir waren um 11 Uhr am Vormittag verabredet. Als er nach einer Viertelstunde nicht erschienen war, wusste ich, dass etwas nicht stimmte. Ich habe dann einen der Hausmeister in die ‚Villa Wahnsinn' geschickt, aber mir war eigentlich klar, dass er nicht dort war. Er hätte höchstens krank sein können oder …"

Sie sprach den Satz nicht zu Ende; aber es war ja nicht schwer zu erraten, was sie im letzten Moment vermieden hatte zu sagen.

„Worum ging es bei der Verabredung? Können Sie mir das sagen?"

„Nein, eigentlich nicht. Jedenfalls nicht konkret. Es sollte um Zukunftspläne gehen. Nur so viel: Es wäre ein großer Erfolg für dieses Haus, wenn man Leon Steiner auch zukünftig an unser Bochumer Theater binden könnte."

Aus dem Augenwinkel bemerkte Rogalla, dass der Verwaltungsdirektor, der links von ihm Platz genommen hatte, auf seinem Sessel hin und her rutschte und offensichtlich in diesem Moment Mund und Nase aufsperrte. Wahrscheinlich war ihm neu, was er gerade gehört hatte. Die Chefin des Hauses hatte wohl auch vor ihrem höchsten Beamten noch ein paar Geheimnisse. Vielleicht war ja auch das Betriebsklima nicht so, wie Bäumchen es sich gewünscht hätte.

„Es wäre in dem Gespräch also um Angelegenheiten Ihres Hauses gegangen? Nicht um irgendwelche persönlichen Dinge von Herrn Steiner?"

„Welche persönlichen Dinge?"

„Was weiß ich! Man muss ja fragen dürfen. Sie sind die Intendantin des Hauses, bei der nach meiner Vorstellung vieles zusammenläuft. Es hätte auch um ganz persönliche, private Angelegenheiten gehen können, weshalb Herr Steiner sich dieser Begegnung vielleicht sogar bewusst entzogen hat. Weil er sich die Sache anders überlegt hat oder einfach über bestimmte Dinge nicht sprechen wollte. So was ist doch zumindest denkbar."

„Denkbar vielleicht, aber was Leon Steiner und mich betrifft, unwahrscheinlich oder besser unzutreffend. Unsere Beziehung ist immer mehr oder weniger geschäftlich geblieben. Ich weiß gar nicht viel über Steiners Privatleben."

„Hat er noch weitere Engagements?"

„Ja, sicher, ein Mann seines Kalibers. Er spielt in dieser Saison auch in Zürich und am Thalia Theater in Hamburg. Demnächst soll es auch ein Engagement an der Volksbühne in Berlin geben, was unseren Terminplan ein wenig verengen wird."

„Haben Sie in Hamburg und Zürich schon mal nachgefragt? Vielleicht musste er überstürzt abreisen, weil an einem der anderen Häuser der Spielplan geändert wurde?"

„Nein, das hätten wir längst gehört. Aber ich werde mich natürlich mit den Kollegen an beiden Häusern ins Benehmen setzen."

„Wo ist Steiner eigentlich zu Hause? Ich weiß, dass er Schweizer ist. Aber wo wohnt er? Gibt es einen Lebensmittelpunkt?"

„Das ist nicht so einfach bei einem vielbeschäftigten Schauspieler. Aber ich weiß, dass er nicht nur bei Lausanne ein Haus besitzt, sondern in Hamburg auch eine Wohnung hat. Dort lebt er mit seiner Frau zusammen, Gundula Garben, auch eine Schauspielerin."

Rogalla machte sich eine Notiz, ging dann aber noch einmal auf die örtliche Situation ein: „Hier in Bochum spielt er den Tell..."

„Ja, und zwar sehr erfolgreich", unterbrach ihn die Intendantin.

Rogalla dachte an Udo Nowaks schwärmerische Einlassungen, sagte aber nur: „Davon habe ich schon gehört. Wann sollte die nächste Vorstellung sein?"

„Morgen Abend. Bis dahin haben Sie ihn doch gefunden, lieber Herr Kommissar! Alles andere wäre eine mittlere Katastrophe."

Rogalla hätte am liebsten gesagt, dass es außer den mittleren auch noch ganz andere Katastrophen gab, verkniff sich aber diese Bemerkung und sagte nur zurückhaltend: „Versprechen kann ich das nicht, aber wir tun unser Bestes. Wichtig ist, dass Sie mir eine Liste mit den Namen der Schauspielerinnen und Schauspieler zukommen lassen, die mit ihm im selben Stück spielen. Auch wer sonst noch an der Inszenierung beteiligt ist, und natürlich brauchen wir deren Adressen und Telefonnummern."

Die Frau Intendantin war damit einverstanden, schob keine Gründe des Datenschutzes vor und gab gleich beim Abschied der fingerfertigen Vorzimmerdame den entsprechenden Auftrag. Per Fax würde alles in Kürze ins Präsidium geschickt. Bernd werde dem Herrn Kommissar noch zur Verfügung stehen. Bernd? Wer war Bernd? Ach ja, das konnte nur der biegsame Verwaltungsdirektor sein. Lustig. Erst war er Bäumchen, nun auch Bernd? Theaterleute waren schon komisch. Dann war Frau Isabe Gumbrecht nach einem kräftigen Händedruck auch schon wieder in den Tiefen des Hauses verschwunden.

Rogalla bat Bernd alias Bäumchen alias Vordenbäumen noch, ihn in die Garderobe des Schauspielers Steiner zu begleiten. Vielleicht würde man dort etwas finden, das weiterhelfen konnte. Man stieg eine Etage hinunter, ins Erdgeschoss, wo der Verwaltungsdirektor für Rogalla die Tür zur Garderobe mit der Nummer 6 öffnete, also zu der Garderobe, die gewöhnlich den Gästen des Hauses zugewiesen wurde.

Es sah sehr aufgeräumt aus in dem Zimmer. Zu entdecken gab es hier auf den ersten Blick nichts. Kein Briefchen, das die Abwesenheit des großen Theatermannes erklärte. An der Wand stand eine schmale Liege, auf der er sich vielleicht gestern noch ausgeruht hatte. Rogalla wollte mit seinen Kollegen besprechen, ob man später noch einmal den Erkennungsdienst bemühen sollte. Aber er hatte jetzt keine Lust, den Raum absperren zu lassen; das wäre im Augenblick etwas übereilt gewesen.

Neben dem Spiegel, in dem Steiner vor seinen Auftritten wahrscheinlich seine von hilfreichen Kräften bearbeitete Physiognomie überprüfte, hatte jemand eine gelbe Rose in einem Kristallglas hinterlassen. Daneben lag eine Karte mit einem kurzen Text: „Danke für den interessanten Abend“. Unterschrieben war die Karte von Frau Dr. Meyer-Strätling und von Lars Strätling. Die Rose war aufgeblüht, aber sie glänzte noch.

Freitag, 8. Mai 2015

12. Kapitel

Bochums Polizeipräsident war immer noch Dr. Erwin Hahn. Wenn seine Beamten unter sich waren, nannten sie ihn manchmal liebevoll-ironisch ‚Hahnemann', öfter noch wurde er ein bisschen abschätzig auf ein doppeltes P verkürzt.

Das war aber beileibe nicht der Grund, warum Hahn in melancholischen Momenten, die ihn vorzugsweise nach dem Mittagessen in der Kantine an der Uhlandstraße überfielen, unter einem gewissen Minderwertigkeitskomplex litt. Diese Schwäche überkam ihn gern mittwochs, wenn es Currywurst gab, oder donnerstags nach dem Genuss des obligatorischen Schnitzels.

Der kleine psychische Makel war allerdings weder mit dem Status noch mit dem Selbstverständnis eines PP vereinbar. Ihm war natürlich klar, dass er sich Unsicherheit überhaupt nicht leisten konnte. Der Hintergrund seiner Schwäche war, oberflächlich gesehen, geradezu banal, um nicht zu sagen lächerlich. Denn irgendwie fürchtete er, dass man ihn mit diesem unglaublich dämlichen Vorgesetzten des Commissario Brunetti aus den deutschen Donna Leon-Filmen, dem Vice-Questore Giuseppe Patta, vergleichen könnte.

Dummerweise zwang ihn seine Frau immer wieder, diese Filme mit anzusehen. „Wegen der schönen Venedigbilder", sagte sie.

Vielleicht hatte Dr. Hahns Mangel an dickem Fell auch ursprünglich damit zu tun, dass er bei einem Besuch im Bochumer Rathaus zufällig gehört hatte, wie ein Mitglied des Stadtrats ihn im kollegialen Gespräch mit einem Parteimitglied einen „Angstbeißer" genannt hatte, was ihn irritiert und nicht unwesentlich verunsichert hatte. Er glaubte, dass er gerade bei der Presse völlig zu Unrecht in dem Ruf stehe, nicht immer die richtigen Entscheidungen zu treffen oder in manchen Fällen die falschen Leute einzusetzen. Dies betraf natürlich insbesondere solche Fälle, bei denen von vornherein ein gewisser Grad an öffentlicher Aufmerksamkeit zu erwarten war.

Nun war da wohl wieder so ein Fall, vor dessen medialer Resonanz er sich schon im Vorgriff Sorgen machte. Leon Steiner – das war ja ein Name von mehr als überregionaler Bedeutung. Hahn hatte sich selbst von der Leistung Steiners im ‚Tell' überzeugen können. Seiner Frau war es vor ein paar Wochen gelungen, für die Bochumer Premiere Karten zu ergattern, und sie hatten sich beide köstlich amüsiert. Was er da gesehen hatte, war zwar von der Deutung, wie sie ihm als Schüler auf dem Humanistischen Gymnasium am Ostring vermittelt worden war, weit entfernt. Aber er war doch beeindruckt von der Regieleistung, die ein Stück, das mehr als zweihundert Jahre alt war, auf elegante Weise in die heutige Zeit geholt hatte. Und Steiners Leistung war ja nur noch als grandios zu bezeichnen gewesen – diese schauspielerische Präsenz, diese sprachliche Delikatesse. Hahn war immer noch begeistert, wenn er sich den Abend in Erinnerung brachte.

Und nun war dieser Schauspieler der Weltklasse verschwunden, und das in seiner, in Hahns Stadt. Natürlich bedauerte er es, dass er den Hauptkommissar Brenner nicht mehr mit der Sache betrauen konnte. Wenn Brenner sich des Falls hätte annehmen können, dann wäre er entschieden beruhigter gewesen, als es jetzt der Fall war. Aber der war dummerweise auf Hahns eigene Empfehlung nach Düsseldorf abgeordnet. Das war wieder so ein Fall, wo eine vordergründig nützliche Entscheidung sich rächte, sich nachträglich als Eigentor herausstellte. Er hatte dem Kollegen in Düsseldorf etwas Gutes tun wollen, indem er der Abordnung Brenners zustimmte, und nun war er selbst der Leidtragende.

Also musste dieser Rogalla den Fall übernehmen, dem er eigentlich nicht viel zutraute und der ihm auf seine bodenständige Art des Auftretens viel zu bieder erschien. Erschwerend kam hinzu, dass er aus Wattenscheid stammte. Das ging nun wirklich nicht. Für den war der Schweizer Nationalheld Wilhelm Tell wahrscheinlich eher ein Olympiasieger im Bogenschießen, wenn es diese Disziplin überhaupt gab.

Immerhin hatte Rogalla damals bei der Wolfsgeschichte recht harmonisch und auch durchaus konstruktiv mit Brenner zusammengearbeitet, das wollte er gar nicht in Abrede stellen. Und es war ja auch am Ende etwas dabei herausgekommen, nicht so stromlinienförmig, wie er sich das gewünscht hätte, aber immerhin.

Hahn hatte Rogalla nun schon zehn Minuten im Vorzimmer bei Frau Dönninghaus warten lassen. Bevor er den Kommissar per Knopfdruck hereinrief, setzte er sich hinter seinem Schreibtisch in Positur, und zwar genau unter dem Porträt des jetzigen Bundespräsidenten Gauck, den er verehrte und dessen Wahl er damals sogar öffentlich begrüßt hatte, obwohl ihm politische Zurückhaltung sicher besser angestanden hätte.

„Herr Präsident, Sie haben mich rufen lassen“, sagte Rogalla, als er vorsichtig den Raum betrat.

Hahn deutete auf den Stuhl, der vor dem Schreibtisch stand: „Bitte, lieber Rogalla, nehmen Sie doch erst mal Platz. Wie geht es Ihnen denn?“

„Also“, sagte Rogalla etwas gedehnt, da er wohl nicht mit dieser leutseligen Ansprache gerechnet hatte, „soweit ich weiß, ganz gut.“

„Ja, ja, Sie haben natürlich recht. Was wissen wir schon? Irgendwann sind wir alle dran. Aber ich hoffe, es dauert bei uns beiden noch ein bisschen.“

Rogalla lächelte bescheiden, sagte nichts, denn es war ja ganz offensichtlich, dass der PP ihn nicht gerufen hatte, um über die Wechselfälle des Daseins zu philosophieren. Der kam denn auch gleich zum eigentlichen Thema: „Das ist ja eine seltsame Sache mit diesem Schauspieler. Einfach so verschwunden, oder?“

„Keine Ahnung, was dahinter steckt. Künstler können ja eigenwillig sein. Hört man jedenfalls.“

„Ist das so?“

„Vielleicht hat er sich eine Auszeit genommen, einfach mal verschwinden... Ich habe keine Vorstellung, was da passiert ist oder was in diesen Kreisen so alles passieren kann. Ich habe nur gehört, dass sich ein paar hochrangige Theaterleute im Bochumer Schauspielhaus schon mal geschlagen haben, ein Intendant soll auch dabei gewesen sein.“

„Aber lieber Herr Rogalla. Ich muss Ihnen sagen, dieser Leon Steiner, das ist ein Weltstar. So etwas wird man nicht, wenn man sich ständig irgendwo rumprügelt. Bochum kann sich im Übrigen glücklich schätzen, dass man ihn hier auf der Bühne zu sehen bekommt. Jemand, der eine solche Karriere hinlegt, der ist in der Regel diszipliniert, der verschwindet nicht einfach von der Bildfläche, weil er keine Lust mehr aufs Theater hat.“

„Na ja, Sie kennen sich in diesen Kreisen wohl besser aus“, sagte Rogalla, und der PP wusste in diesem Augenblick nicht, ob das ein Kompliment sein sollte.

„Also, wie stehen die Aktien?“ fragte er, um die Sache endlich in Gang zu bringen.

Rogalla berichtete vom Fernbleiben Steiners, von den Spuren, die man vor der ‚Villa Wahnsinn' gefunden hatte und von seinem eigenen Besuch bei der Intendantin. Eine Liste mit den Personen, die an der ‚Wilhelm Tell'-Inszenierung beteiligt waren, war inzwischen per FAX im Präsidium eingetroffen. In der Verwaltung des

Schauspielhauses wurde gut gearbeitet. Rogalla berichtete auch von der Telefonnummer, die Herr Frobenius seinen Leuten in die Hand gedrückt hatte, und von dem Visitenkärtchen des Ehepaars Meyer-Strätling.

„Interessant ist nur, dass die Telefonnummer, die der Hausmeister an uns weitergereicht hat, identisch ist mit der des Anwaltsbüros von Dr. Yvonne Meyer-Strätling."

„Ja, das ist wirklich interessant", sagte Hahn. „Da müssen Sie dranbleiben. Ist ja keine Unbekannte in Bochum, diese Frau Dr. Meyer-Strätling. Im Golfclub taucht sie öfter auf, sitzt aber meistens an der Theke. Übrigens, heißt der Ehemann Lars Strätling?"

„Ja klar, das ist der Name, der auf dem Kärtchen in Steiners Garderobe stand. Soweit ich weiß, ist er irgendwie Kunsthändler oder so ähnlich. Hat eine Galerie in Düsseldorf."

„Dann ist das der Lars Strätling, der in meiner Klasse war, auf dem Ostring-Gymnasium. Übrigens ein schwacher Schüler, hat immer Mathematik bei mir abgeschrieben. Abi mit Mühe und Not. Aber bei den jungen Damen ganz hoch im Kurs. Sogar bei den Studienreferendarinnen. Bleiben Sie an der Sache dran, lieber Rogalla. Eins noch: Falls Sie mit Herrn Strätling in Kontakt treten, dann brauchen Sie nicht von mir zu grüßen. Das könnte er falsch verstehen."

13. Kapitel

„Hier ist ein Kommissar aus Hamburg. Jan Bartels heißt der, wenn ich den Namen richtig verstanden habe. Sabrina hat ihn am Vormittag schon angerufen. Der will aber jetzt nicht mit mir, sondern unbedingt mit Ihnen sprechen. Hat eine Stimme wie ein Waldesel“, sagte Kevin Kestermann und hielt ihm das Telefon entgegen.

Rogalla hatte das Gespräch mit dem PP noch nicht hinreichend verarbeitet.

Er deckte mit der Hand das Mikro ab und fauchte Kestermann an: „Muss das denn jetzt sein?“.

Kevin zuckte nur mit den Achseln, als wollte er sagen, dass, bitte sehr, er, Rogalla, hier der Chef war und nicht der Oberkommissar Kestermann.

Dann entschloss sich der Hauptkommissar aber doch, das Gespräch anzunehmen. Hamburg konnte ja wichtig sein: „Hier Rogalla, KK 11 in Bochum.“

„Moin, moin, Herr Kollege“, brüllte eine Stimme, die einem Verkäufer auf dem Fischmarkt in Hamburg-Altona alle Ehre angetan hätte. „Nett, dass du dich so förmlich meldest. Aber das weiß ich doch, dass du in Bochum bist. Da habe ich ja gerade angerufen. Und wenn du wissen willst, woher *ich* dich anrufe, dann denk nicht an die Davidwache, die du aus dem ‚Großstadtrevier‘ kennst. Wir sind hier in der Hamburger Sedanstraße. Das ist ganz woanders.“

Also man war gleich per du. Eigentlich sollten die Norddeutschen doch so spröde sein. Na, egal: „Das ist nett von dir“, ließ sich Rogalla auf das Spielchen ein, „dass du dich gleich meldest. Wir haben hier ein kleines Problem.“

„Weiß ich alles schon“, brüllte der Hamburger. „Hat mir eure kleine Kaffeemaus doch alles schon erzählt.“

„Wie jetzt? Kaffeemaus?“

„Na die, die bei euch immer den Kaffee kocht. Hat sie mir jedenfalls gesagt.“

„Ach du meinst Sabrina.“

„Na klar. Schöner Name. Ich hoffe, sie sieht auch so aus. Bei euch im Rheinland sollen die Frauen ja so attraktiv sein. Wegen der guten Luft und so weiter.“

Ein Witzbold also. Der hatte ihm gerade noch gefehlt: „Hör mal, Kollege, das ist hier nicht das Rheinland, wir sind in Bochum, das ist mitten in Westfalen.“

„Na, so genau wollte ich das gar nicht wissen. Und Ruhrpott wollte ich nicht sagen, weil, ich dachte, das wär zu popelig für eure adrette Kaffeemaus. Rheinland, das klingt doch viel besser als Ruhrpott, oder?“ lachte der Hamburger dröhnend los, als ob er den schärfsten Witz des Jahrhunderts gerissen hätte. „Aber wenn ich mich recht erinnere, dann wolltet ihr doch was von mir, oder? Hat die Kaffeemaus mir jedenfalls so gesagt.“

„Ja, natürlich.“

„Und du kannst es glauben oder nicht, ich bin schon tätig geworden für dich. So sind wir hier in Hamburg, weltoffen und gutmütig.“

„Das hör ich gerne. Danke“, sagte Rogalla.

„Da nicht für. Also, euer Künstler, dieser Leon Steiner, der hat ja in der Isestraße eine Wohnung. Das ist zwar nicht in Eppendorf, wie deine Maus gesagt hat …“

„Das ist nicht meine Maus!“

„Nun sei doch nicht gleich wieder beleidigt. Guck sie dir erst mal ein bisschen genauer an, dann weißt du, was ich meine.“

„Also, was ist mit der Wohnung?“

„Die liegt in Harvestehude, auch 'ne feine Gegend, wenn du so was kennst. Und gar nicht weit entfernt von Eppendorf. Wenn dir bei dem Namen nicht die Ohren klingeln, dann will ich dir mal sagen, dass das verdammt nobel ist, sogar für unsere Verhältnisse."

„Eppendorf haben wir in Bochum auch."

„Du kannst mir viel erzählen!"

„Nein, stimmt wirklich."

„So fein seid ihr?"

Rogalla ging nicht weiter auf die Frotzeleien ein: „Also, Isestraße. Und?"

„Da war ich sogar drin, in der Wohnung. Jetzt kommst du!"

„Wie ging das denn?"

„Das willst du gar nicht wissen, wie das ging. Nimm es mal so hin. Du merkst schon, ich bin dein Freund. Im Rheinland habe ich überhaupt nur Freunde, wenn man mal davon absieht, dass ich außer dir da keinen anderen kenne."

Rogalla ließ das mit dem Rheinland einfach so stehen. Der andere hatte ja recht, denn er, Rogalla, wollte was von dem. Da mussten die Nerven eben mal was aushalten.

„Und?" fragte er, „war jemand in der Wohnung?"

„Bis auf die Putzfrau alles tote Hose. Jetzt weißt du auch, wie ich da reingekommen bin."

„Kann es mir jedenfalls denken."

„Drinnen alles sauber und aufgeräumt, wie das bei uns Hamburgern so gang und gäbe ist. Aber dein Künstler, der ist ja gar kein Hamburger. Na ja, das Gute färbt eben ab. Kommt vielleicht von seiner Frau, die soll übrigens in Barmbek geboren sein, das ist auch 'ne feine Gegend, da wurde ja, als die noch klein war, die Miete mit der Pistole kassiert. Da kommt die her. Aber nun hat sie was erreicht, wohnt in der Isestraße und guckt auf den Isebekkanal und auch auf alle, die da unten rumlaufen, von oben runter. Ein Jammer nur, dass sie sich irgendwo in der Welt rumtreibt."

„Die hat wohl irgendwo ein Engagement, ich glaube in München."

„Ja, was man so Engagement nennt. Sollte lieber auf dem Balkon in der Isestraße sitzen und auf den Kanal gucken. Aber so sind sie eben, die Künstler, die haben alle Hummeln im Arsch, wenn du weißt, was ich meine."

„Du meinst Gundula Garben?"

„So nennt die sich. Gundula Garben, das ich nicht lache. So heißt ja kein Mensch in Hamburg und – sag es bitte nicht weiter – sie auch nicht. In Barmbek ist sie noch als Silke Zippel rumgelaufen, aber das war ihr dann wohl nicht mehr gut genug. Jetzt hat sie diese Wohnung in der besten Lage und guckt sich von ganz oben die kleine Welt an. Ich dachte immer, den Künstlern geht es so schlecht, die nagen alle am Hungertuch, aber hier ist das anders. Musst mal herkommen aus deiner finsteren Heimat und dir diese Wohnung ansehen. Nobel ist gar kein Ausdruck."

„Hast du denn irgendwas gefunden, was uns weiterbringen könnte?"

„Du wirst lachen, ich hab gar nicht richtig gesucht. Hab nur festgestellt, dass weder Hausfrau noch Hausherr in der Wohnung waren. Mehr ging auch gar nicht, sonst wäre die polnische Putzfrau noch misstrauisch geworden und hätte mir den Stiel von ihrem Schrubber sonst wohin geschoben."

„Schade."

„Nu mal langsam. Geht ja noch weiter. Polnische Putzfrauen sind auch nicht mehr, was sie mal waren. Als sie kurz im Nebenzimmer war, da hab ich doch ein bisschen in die Schubladen vom Sekretär geguckt, weißt du, so ein alter, feiner, mit Intarsien und so. Kannst du alles in Eppendorf kaufen, wenn du das nötige Kleingeld dafür hast. Und in einer von den Schubladen, da war was drin, was dich vielleicht interessieren könnte."

„Mach's bitte nicht so spannend."

„Siehst du, jetzt willst du's doch wissen. Aber ich bin ja dein Freund. Kein Thema."

„Also, sag schon."

„Da lag ein Bündel Kontoauszüge, schön säuberlich abgeheftet. Die fand ich doch interessant, und zwar aus zwei bescheidenen Gründen. Einmal, weil die bezeichneten Beträge ganz schön happig waren, und zum zweiten, weil die Auszüge von einer Schweizer Bank stammten. Genauer gesagt, von einer Bank aus Lausanne."

„Hast du die mitgenommen?"

„Wo denkst du hin, Kollege? So was kann ich doch nicht machen. Wir sind hier zwar das Tor zur großen, weiten Welt, wo alle die bösen Finger leben, die uns jeden Tag Ärger machen, aber diese Kino-Ferkeleien, die überlassen wir lieber den Jungs vom ‚Großstadtrevier', wenn du verstehst, was ich meine."

„Kenne ich. Kommt immer am Montag in der ARD."

„Siehst du, ich hab doch gewusst, dass ihr Rheinländer nicht ganz hinterm Mond lebt, obwohl ihr meistens so ausseht. Bis auf die kleine Kaffeemaus."

Wieder dröhnendes Gelächter. Sogar Kevin Kestermann, der vor seinem Computer ein bisschen eingenickt war, schreckte hoch.

„Also, was ist mit den Auszügen?"

„So ganz astrein ist das auch wieder nicht, was ich gemacht habe, aber du wirst dich darüber freuen."

„Nämlich?"

„Hab mein kleines Smartphone genommen – so was haben wir hier in Hamburg schon, obwohl wir so fein sind und alles Modische fernhalten von uns …"

„Was nun?"

„Und da hab ich ganz schnell und ganz heimlich ein paar Fotos von den Kontoauszügen gemacht, damit du deinen Spaß daran hast. Und wenn du auch noch das passende Zauberwort weißt, dann schicke ich dir die Fotos zu. Und zwar sofort."

„Danke", sagte Rogalla trocken.

„Siehst du, geht doch", dröhnte es aus der Hamburger Sedanstraße herüber in die Bochumer Uhlandstraße. „Besuch mich mal, wenn du nach Hamburg kommst. Dann können wir zusammen zum Fußball gehen."

„Wieso Fußball?"

„Wenn euer VfL Bochum gegen Sankt Pauli spielt. Das ist nämlich mein Verein, gleich bei der Reeperbahn, nicht der HSV, der ist für die Großkotzigen da. Nee, St. Pauli, da müssen wir hin, wenn deine Leute kommen. Dann gibt es ein Schützenfest, und ich nehm dich mit auf die Tribüne. Kriegst auch einen Polizeihut von mir."

„Mit dem VfL hab ich nichts am Hut. Ich bin Wattenscheider, da geht man auf Schalke."

„Was sagst du? *Auf* Schalke? Hör mal, bleibt dir ja unbenommen, wie du redest, aber *auf* Schalke – das klingt wirklich oberscheiße."

„Das sagt man hier."

„Du meinst in Wattenscheid. Das ist wahrscheinlich noch tiefer drin im Rheinland als Bochum, oder?"

„Genau genommen hast du sogar recht."

„Jetzt bist du platt. Siehst du. Ich wusste doch, dass du ein feiner Kerl bist. Wenn du nicht so viel reden würdest, könntest du sogar Hamburger sein. Also, komm mal vorbei, hier in der Sedanstraße, dann gehen wir zusammen in die ‚Glocke'. Die ist nur ein paar Schritte von hier entfernt, und außerdem ist die ‚Glocke' die schönste Kneipe in ganz Hamburg. Und dann erklärst du mir noch mal den Unterschied zwischen Rheinland und Westfalen."

Gerade als der Hamburger Kollege mit einem dröhnenden Lachen aufgelegt hatte, kam Sabrina herein.

Rogalla frage: „Was war das denn für einer, dieser Kollege Bartels aus Hamburg? Der hat von Ihnen gesprochen, Sabrina, hat Sie immer Kaffeemaus genannt."

„So ein unverschämter Arsch!" sagte Sabrina. „Als

ich heute Morgen in Hamburg angerufen habe, da war er gleich am Apparat und hat erst mal gefragt, was ich gerade mache. Der war so herausfordernd und anzüglich, wollte erst gar nicht wissen, warum ich angerufen hatte. Und ich Idiot hab ihm gesagt, dass ich gerade Kaffee koche."

„Das war der Fehler."

„Eben! Da hat er mich nämlich gleich gefragt, ob ich für ihn auch mal Kaffee kochen würde."

„Und? Was haben Sie gesagt?"

„Er soll nicht so'n Scheiß reden. Da hat er wieder gelacht und gesagt, dass er sogar die Rundstücke zum Kaffee selber mitbringen will, wenn ich überlastet wäre. Eigentlich hat er ‚Rondstöcke' gesagt. Und ich glaube, das war schon wieder so eine Anzüglichkeit."

„Rundstücke sind Brötchen."

„Sehen Sie, Herr Rogalla, alles Schweinereien, oder nicht?"

„Keine Ahnung. Und wie seid ihr beiden dann verblieben?"

„Ich hab dem Kollegen aus Hamburg gesagt, er kann sich seinen Kaffee in die Haare schmieren. Und seine Rundstücke dazu. Ich hab mir gedacht, jetzt ist er hoffentlich beleidigt, aber der hat so laut gelacht, dass mir bald das Trommelfell geplatzt ist. Zum Glück war Kevin dran, als er eben angerufen hat. Den Rest wissen Sie ja."

14. Kapitel

Rogalla hatte Kevin Kestermann und Sabrina Melies damit beauftragt, die Gespräche mit verschiedenen Damen und Herren zu führen, die zurzeit am Schauspielhaus tätig waren und die vielleicht etwas über den Verbleib des Tell-Darstellers sagen konnten. Viele von ihnen hatten auf irgendeine Weise etwas mit der Bochumer Inszenierung zu tun. Die meisten waren Kolleginnen und Kollegen des großen Leon Steiner. Kestermann sollte die Befragungen leiten, Sabrina ihn dabei unterstützen.

Aber es war gar nicht so einfach, an diesen Personenkreis heranzukommen. Einige hatten auch Engagements in anderen Städten. Andere schienen bei Proben unabkömmlich. Wieder andere konnte man nicht einmal telefonisch erreichen. Es würde wohl Tage dauern, bis man mit allen, die man erreichen wollte, gesprochen hatte. Einen Kreis von Beamten hätte man sicher leichter zusammentrommeln können.

Zunächst hatten Sabrina und Kevin eifrig herumtelefoniert. Auf diese Weise konnte man einige Befragungen schon von vornherein streichen. Die meisten der irgendwo im Ruhrgebiet ansässigen Bühnenarbeiter waren am Ende der Vorstellung ohnehin nach Hause gegangen, während die Künstler durchaus noch die Bochumer Kneipen frequentiert hatten. Mehrere von ihnen bestätigten, dass Steiner ins ‚Tucholsky' gehen wollte, dass er sich aber niemandem von ihnen hatte anschließen mögen. Er wollte allein sein, was nicht ungewöhnlich war.

Im ‚Tucholsky' hatte man der Polizei bestätigt, dass Steiner dort nach der Vorstellung noch eingekehrt war und dass er am Abend gegen zwölf Uhr den Laden verlassen hatte. Mehr wusste man in dem Lokal auch nicht.

Jetzt waren Kevin und Sabrina auf dem Weg zu Hartmut Duwe, einem durchaus überregional bekannten Bochumer Schauspieler, der sie eingeladen hatte, zu ihm nach Hause zu kommen, wenn sie etwas über Steiner wissen wollten. Am Telefon war er nicht bereit gewesen, sich ausführlicher zu Steiners Verschwinden zu äußern. In der ‚Tell'-Inszenierung spielte Duwe Steiners Kontrahenten, also den Reichsvogt Geßler.

Der Schauspieler residierte in Bochum-Stiepel, also dort, wo man wohnte, wenn man etwas auf sich hielt. Das Appartement, in dem er Sabrina und Kevin empfing, lag oben in einem wuchtigen Wohnkomplex an der Kreuzung der Kemnader Straße mit der Haarholzer Straße. Vom Wohnzimmer aus, in das Duwe die beiden Polizisten führte, hatte man einen beeindruckenden Blick über das Ruhrtal. Jenseits der Ruhr erhob sich im Südwesten die Burg Blankenstein.

Der Hausherr war eigentlich ein mickeriges Kerlchen, das zu allem Überfluss auch noch leicht zu hinken schien. Vielleicht nichts Dauerhaftes, nur eine akute Behinderung. Im Widerspruch zu der kümmerlichen Figur des Schauspielers fielen Kestermann zwei wache hellblaue Augen und eine scharf geschnittene Nase auf.

Die Wohnungseinrichtung war klassisch-modern. Man saß in Wassily-Stühlen, die Kevin kannte, weil er sie in einem Buch über das Bauhaus gesehen hatte, das seinem Freund Sascha gehörte. Die Stühle sahen zwar geschmackvoll aus, waren allerdings verdammt unbequem. Die waren eher etwas für Asketen. Auf dem runden Glastisch lagen ein paar Ausgaben der Zeitschrift ‚Cicero' und, fast zu dekorativ aufgeschlagen, der Kulturteil der ‚Süddeutschen Zeitung'.

„Schöne Wohnung", sagte Kestermann. „Leben Sie hier allein?"

Duwe nickte gnädig: „Wenn es Ihnen nichts ausmacht."

„Nein, natürlich nicht."

Den ironischen Unterton von Duwes Replik hatte Kevin zu spät wahrgenommen, da war seine ungeschickte Antwort schon heraus. Es war ja auch wirklich wahr, ob Duwe hier allein wohnte oder in wildem Kollektiv mit einer ganzen Horde junger Schauspielschüler, das ging ihn gar nichts an. Ein blöder Anfang.

„Was ist denn nun mit Herrn Steiner?" frage Duwe, offenbar schon jetzt, zu Beginn der Befragung, ein wenig genervt, und lehnte sich abweisend in den Lederrücken seines Designerstuhls.

„Das wissen wir nicht", sagte Kestermann. „Wir hofften, von Ihnen etwas über den Verbleib Ihres Kollegen zu erfahren."

„Da sind Sie bei mir eigentlich an der falschen Adresse."

„Warum?" mischte sich Sabrina Melis ein. „Sie spielen doch neben Herrn Steiner eine der anderen Hauptrollen im ‚Wilhelm Tell'. Da muss man sich doch ganz gut kennen lernen, oder nicht?"

„Sie haben wohl eher falsche Vorstellungen von unserem Metier, junge Frau. Man steht für ein paar Stunden zusammen auf der Bühne, und dann geht man seiner Wege, besonders wenn man Leon Steiner heißt."

„Was wollen Sie damit sagen?" fragte Kestermann.

Duwe stand auf, humpelte bühnenreif ans Fenster und sagte, den Rücken zu den beiden Polizisten gewandt: „Eigentlich äußere ich mich überhaupt nicht über Kolleginnen oder Kollegen. Aber Steiner – das ist schon etwas anderes. Der ist ja eine Institution, gewissermaßen eine Figur des öffentlichen Lebens. Da gibt es kaum noch eine Privatsphäre, die man schützen müsste. Außerdem habe ich persönlich nicht den geringsten Grund, Herrn Leon Steiner vor irgendwas oder vor irgendwem zu schützen."

„Wieso?“
„Weil er ein Arschloch ist!“
„Wie bitte?“
„Ein Arschloch!“
Das Wort klang in Duwes Artikulation ausgesprochen manieriert, wirkte eher wie ein Fremdkörper, der im Gespräch mit den jungen Polizisten eine Art belehrenden Effekt erzielen sollte, wobei der Schauspieler das Zungen-R so lange aushielt, dass es phonetisch beinahe wie ein spanisches Wort klang. Dann drehte er sich wieder zu den beiden um, stolzierte zu seinem Sessel zurück, diesmal ohne zu humpeln, und setzte sich wieder hin. Alles in allem eine kurze, aber wirkungsvolle Inszenierung.

Er wandte sich an Kestermann, der ihn einigermaßen verwundert ansah: „Sie wollen wissen, was ich damit meine?“

„Wir wären Ihnen sehr verbunden“, sagte Kestermann, der sich in seiner Diktion von dem exaltierten Auftritt des Schauspielers Duwe hatte anstecken lassen.

„Leon Steiner ist ein Ausnahmekünstler. Das zunächst einmal vorweg. Nicht dass Sie glauben, hier neide ein Kollege dem anderen den ihm gebührenden Erfolg. Um Gottes willen, nein. Ich sage dies als jemand, der nicht zum ersten Mal mit Steiner auf der Bühne steht. In Bochum ja, aber es hat andere Gelegenheiten gegeben. Zweimal in München an den Kammerspielen und einmal am Thalia-Theater in Hamburg hatte ich schon das Vergnügen. Steiner würde sagen: die Ehre.“

„Warum?“

„Weil er charakterlich eine Null ist. Ich will Ihnen erklären, was ich damit meine: Als Steiner noch kein Star war, hat er sich bei jedem seiner Regisseure eingeschmeichelt, eingeschleimt, würde man wohl heute sagen. Seit er seine großen Theatererfolge und insbesondere auch viel beachtete Kinoauftritte hatte, kennt er genau diese Regisseure, mit denen er früher zusammengearbeitet hat und die heute noch aufpassen müssen, dass sie nicht auf seiner Schleimspur ausrutschen, nicht mehr. Und mit den Kolleginnen und Kollegen ist das auch nicht anders. Glauben Sie mir, ich kenne viele Leute in unserem Gewerbe, ich habe genügend ähnliche Berichte erhalten. Auf der Bühne spielt er alle, die um ihn herum agieren, gnadenlos an die Wand. Die Inszenierungen werden inzwischen nach seinem Gutdünken und seinem künstlerischen Vermögen ausgerichtet. Niemand kann es mehr wagen, gewissermaßen gegen Steiners Rollenverständnis zu inszenieren. Allerdings – wenn dann doch etwas schief geht, und die Kritiken sind nicht so, wie der große Künstler sie sich wünscht, dann distanziert er sich locker von der Interpretation, an der er selbst noch fleißig mitgestrickt hat."

„Da hat er wohl nicht viele Freunde am Theater, oder?" fragte Sabrina.

„Das können Sie mit Fug und Recht sagen, junge Frau. Aber ich fürchte, das macht ihm gar nichts aus. Seine Eitelkeit übertrifft jedes Harmoniebedürfnis, wenn er so etwas überhaupt jemals gekannt hat. Die einzige Größe, die vielleicht noch über seinem künstlerischen Egoismus angesiedelt ist, dürften die schwarzen Zahlen sein, die in schöner Regelmäßigkeit auf seinem Konto erscheinen."

„Woher wissen Sie das?"

„Meine liebe Dame, in der Welt des Theaters geht es zu wie in einer Familie, da hört man so einiges. Und angesichts der Geschwätzigkeit, die man uns Bühnenleuten nicht ganz zu Unrecht nachsagt, bleibt da nur selten etwas geheim."

„Aber wenn das bei Ihnen wie in einer Familie zugeht, dann müsste alles doch ziemlich friedlich ablaufen. Wenn ich zum Beispiel an meine Oma denke …"

Kevin bekam einen Schrecken, als Sabrina mit ihrer Oma anfing und wollte sie gerade unterbrechen, als er sah, dass der Schauspieler zu einer Replik ansetzte. Dabei guckte der Sabrina völlig entgeistert an, als wollte er fragen, auf welchem Misthaufen sie denn aufgewachsen war.

„Allerdings ist die Theaterfamilie eine solche, wie sie vorzugsweise in der griechischen Tragödie vorkommt, wenn Sie annähernd wissen, was ich meine."

Sabrina guckte ihn entwaffnend naiv an.

Duwe setzte ein schmerzliches Lächeln auf: „In dieser Familie hat jeder eine Leiche im Keller, jeder weiß etwas vom anderen, was er besser nicht wissen sollte, und das ist gar nicht immer lustig. Und weil das eben so ist, gibt es auch den einen oder anderen, der möchte, wenn er nur könnte, dieser oder jener Kollegin, diesem oder jenem Kollegen eben mal die Kehle durchschneiden. Aber nicht so, wie dies gewöhnlich auf der Bühne passiert, sondern so, wie es im richtigen Leben passiert. Also was dann reichlich fließt, wenn diese Tagträume wahr werden, das ist wahrlich kein Tomatensaft. Eine Vorstellung, die Ihrem Erfahrungsschatz gar nicht so fremd sein dürfte."

„Das hätte ich jetzt nicht gedacht."

„Aber so ist es."

„Wie kriegt man dann überhaupt in einer so schwierigen Gemengelage eine anständige Inszenierung zustande?" fragte Kevin.

„Das ist eine gute Frage, mein Herr. Ein Geheimnis, dem ich immer noch nicht richtig auf die Spur gekommen bin. Irgendwie klappt es doch auf wundersame Weise immer mal wieder. Vielleicht ist es die Kraft, die in guten Stücken liegt, die den Haufen von Egozentrikern zusammenbindet. Oder es ist ein starker Regisseur – so etwas gibt es – der sich dann Leute wie Steiner mit ihrer Sprengkraft gar nicht erst ins Team holt."

„Wie kommen Sie in der Bochumer ‚Tell'-Inszenierung mit Steiner zurecht?"

„Was das Zusammenspiel betrifft, so leidlich. Ich will nicht klagen. Aber außerhalb des Fachlichen ist da nichts. Ob Sie es glauben oder nicht, er hat, solange wir hier gemeinsam auf der Bühne stehen, noch nicht ein einziges persönliches Wort an mich gerichtet. Ich aber auch nicht an ihn, so ist das eben. Wir sind uns in großer Herzlichkeit zuwider."

„Wie haben Sie erfahren, dass Steiner verschwunden ist? Sie schienen das ja schon zu wissen, als wir Sie angerufen haben."

„Man hat mich seitens der Direktion des Schauspielhauses telefonisch informiert und mir auch gesagt, dass die nächsten Vorführungen auf dem Spiel stehen."

Sabrina war neugierig: „Könnte man denn den Tell nicht neu besetzen? Müssten da tatsächlich Vorstellungen ausfallen, wenn Steiner weiterhin verschwunden bliebe?"

„Wo denken Sie hin? So schnell kriegen Sie keinen Ersatz. Es müsste ja auch jemand sein, der sich auf die ziemlich eigenwillige Inszenierung einlassen könnte. Da weiß ich nicht so viele. Außerdem würde das Haus erhebliche Einbußen erleiden, selbst wenn man einen exzellenten Kollegen finden könnte, der auch von seinem Zeitplan her in der Lage wäre, die Rolle zu übernehmen. Das Schlimmste in dieser Situation ist, dass Steiner schon in einigen Vorstellungen auf der Bochumer Bühne stand. Jeder Ersatz würde nur als eine Notlösung angesehen. Wenn Leon Steiner nicht den Tell spielt, dann bleibt die Hütte leer."

Sie standen schon halb im Hausflur, als sich Kestermann noch einmal umdrehte: „Ach, hätte ich fast vergessen. Nur eine Frage noch."

„Jetzt kommt wohl die Columbo-Nummer?"

„Kann man so sagen. Was haben Sie vorgestern nach der Vorstellung gemacht?“

„Sehen Sie. Hab ich mir doch gedacht. Schade, dass Sie nicht noch gesagt haben, dass Sie das fragen müssen, um alles Mögliche auszuschließen. Also: Was habe ich gemacht? Sie werden lachen: Ich bin nach Hause gefahren.“

„Allein?“

„Ja, natürlich.“

„Hat Sie jemand gesehen? Hier im Haus oder im Fahrstuhl? Oder sind Sie vielleicht draußen jemandem begegnet?“

„Das weiß ich nicht mehr, glaube es aber nicht. Hab ja auch nicht ahnen können, dass es irgendwie wichtig sein könnte. Und wenn Sie noch wissen wollen, was ich gemacht habe: Ich habe mir wie gewöhnlich nach der Vorstellung ein Glas gut gekühlten Riesling von der Mosel eingeschenkt, habe mich ans Fenster meines Wohnzimmers gestellt und hinunter ins Ruhrtal geschaut. Wenn ich mich recht erinnere, dann hat ein blasser Mond die Szene beschienen. Aber vielleicht ist der Mond auch nur eine Ausgeburt meiner überbordenden Fantasie. Und als Zeuge dient er mir wohl auch nicht. Zufrieden?“

„Sie wollen sagen: Die Frage hätte ich mir auch sparen können.“

Der Schauspieler schloss mit einem süffisanten Lächeln die Tür zu seiner Wohnung, ohne auf Kestermanns Bemerkung einzugehen.

Als sie draußen ins Auto stiegen fragte Sabrina: „Was meinst du, müssen wir das überhaupt weiter verfolgen, so offen wie der war? Wenn der etwas mit dem Verschwinden von Steiner zu tun hätte, würde er doch nicht so kritisch über ihn reden.“

„Ich hab keine Ahnung. Er könnte trotzdem mehr

wissen, als er zugibt. Eins ist mir jedenfalls klar: Diese Theaterleute haben – glaube ich – alle einen an der Waffel.“

15. Kapitel

„Kommen Sie herein, Herr Kommissar“, sagte Frau Dr. Meyer-Strätling, als sie Rogalla in ihr Büro geleitete. „Sie sind mir schon avisiert worden. Ich glaube, wir sind uns hier und da vor Gericht begegnet, wo Sie wahrscheinlich als Zeuge aufgetreten sind.“

Rogalla zuckte mit den Achseln, tat so, als ob er sich überhaupt nicht erinnern konnte, was eine platte Lüge war. Eine Frau wie Yvonne Meyer-Strätling vergaß man nicht. Aber vielleicht konnte er sie mit seiner Attitüde ein bisschen aus der Reserve locken.

„Wie auch immer“, sagte sie. „Was verschafft mir das Vergnügen Ihres Besuchs? Muss ich mir einen Anwalt nehmen?“

Rogalla ging auch jetzt noch nicht auf den freundlichen Ton ein, den die Rechtsanwältin ihm gegenüber einschlug. Und den blöden Witz mit dem Anwalt überhörte er geflissentlich.

Außerdem hatte er sich geärgert, dass sie ihn so lange bei den beiden Sekretärinnen warten ließ. Vielleicht waren sie auch gar keine Sekretärinnen mehr, sondern etwas Besseres. Irgendjemand im Präsidium hatte behauptet, dass man heutzutage von ReNo-Fachangestellten sprach. Re wie Rechtsanwalt und No wie Notar. Allerdings glaubte Rogalla nicht, dass sich mit der Bezeichnung auch der Job änderte.

Das Lächeln der beiden war jedenfalls ausgesprochen betörend gewesen, besonders das der flotten Türkin. Dann hatten sie sich aber nicht mehr um ihn gekümmert, sondern sich nur noch über modische Apartheiten ihrer Klientel, besonders der weiblichen, unterhalten. Danach wurden Vor- und Nachteile bestimmter Szenelokale im Bermudadreieck durchgehechelt, alles Themen, die im

Polizeipräsidium nicht denselben Stellenwert hatten wie hier in der noblen Anwaltskanzlei. Gleichzeitig hämmerten die ReNo-Fachangestellten oder was auch immer sie waren, auf den Tastaturen ihrer Laptops herum, als ob es um ihr Leben ginge.

Natürlich kannte Rogalla die Anwältin. Das konnte gar nicht anders sein, und zwar nicht nur, weil sie sich gelegentlich vor Gericht begegnet waren, sondern insbesondere, weil sie durchaus eine imposante Erscheinung war. Aber er wollte sich nicht anmerken lassen, dass sie Eindruck auf ihn gemacht hatte.

Er hatte angenommen, dass sie während seiner Wartezeit mit einem Mandanten beschäftigt war, aber es hielt sich sonst niemand in ihrem Büro auf. Ob sie ihn bewusst hatte warten lassen? Er war misstrauisch.

Dr. Meyer-Strätling merkte wohl, dass Rogalla verstimmt war und blieb bei ihrem beschwichtigenden Ton: „Tut mir wirklich leid, dass ich Sie habe warten lassen. Aber da gab es noch ein wichtiges Telefonat zu führen, das mit einem Gerichtstermin verbunden war und das sich nicht aufschieben ließ. Solche Gespräche nehmen ihre Zeit in Anspruch. Sie kennen das ja."

Rogalla knurrte: „Das wird bei unserem Gespräch nicht der Fall sein."

Die Anwältin ignorierte seine schroffe Einlassung, setzte sich hinter ihren Schreibtisch und bot Rogalla einen der Lederstühle an, die für ihre Mandanten bereit standen. Sie blickte ihn fragend an und lächelte.

„Kennen Sie einen Leon Steiner?" fragte Rogalla ziemlich brüsk.

„Sie meinen den Schauspieler? Sicher kenne ich den. Ich habe ihn noch vorgestern auf der Bühne gesehen, im Schauspielhaus."

„Genau den meine ich."

„Was ist mit ihm?"

„Er ist verschwunden."
„Das ist ja merkwürdig, aber was habe ich damit zu tun?" fragte sie verwundert.
„Das wollte ich gerade von Ihnen wissen."
„Wie kommen Sie auf mich?"
„Ich will ganz offen zu Ihnen sein."
„Das hoffe ich."
„Steiner muss irgendwie damit gerechnet haben, dass etwas passieren könnte. Deshalb hat er einem der Hausmeister des Schauspielhauses, dem er wohl vertraut hat und der auch für Steiners Domizil im Gästehaus des Theaters zuständig ist, Ihre Telefonnummer gegeben, nicht Ihre private Nummer, sondern die Ihrer Kanzlei. Merkwürdigerweise hat er aber auch hinterlassen, man möge die Polizei benachrichtigen. Sozusagen für den Fall, dass etwas passieren sollte."
„Das ist in der Tat merkwürdig."
„Ja, finde ich auch. Denn Steiner ist vorgestern zum letzten Mal gesehen worden. Am späten Abend. Vielleicht ist er nur untergetaucht, aus irgendwelchen Gründen, die wir nicht kennen. Es kann aber auch sein, dass da ein Verbrechen im Spiel ist. Es gibt da wohl ein paar Spuren, die wir allerdings noch überprüfen müssen."
„Spuren?"
„Dazu kann ich im Augenblick nichts sagen. Aber mich würde doch interessieren, wie er dazu kommt, ausgerechnet Ihre Telefonnummer weiterzureichen, für den Fall der Fälle."
„Lieber Herr Kommissar, Sie sind offen zu mir. Ich will es auch sein."
„Davon gehe ich aus", brummte Rogalla.
„Ich weiß nicht, ob Ihnen bekannt ist, dass mein Mann eine Kunstgalerie besitzt. In Düsseldorf. In dieser Galerie ist schon vor etlichen Jahren Leon Steiner erschienen und hat mehrere Bilder gekauft, ich glaube

es war ein Ölgemälde von Gerhard Richter dabei, aber ich bin mir nicht ganz sicher. Vielleicht war es auch ein Franz Radziwill. Es kann sogar sein, dass er von beiden Künstlern Bilder gekauft hat. Die Gemälde sind dann über die Jahre im Wert ziemlich angestiegen. Dafür ist Steiner meinem Mann immer dankbar gewesen."

Rogalla waren die Namen der beiden Künstler, die Meyer-Strätling genannt hatte, völlig unbekannt, und eigentlich waren sie ihm auch egal. Er tat aber so, als könne er etwas mit den Namen anfangen, versuchte, interessiert zu gucken.

„Jedenfalls", fuhr Meyer-Strätling fort, „war dies der Anfang für eine Bekanntschaft, die bis heute irgendwie anhält. Freundschaft wäre wohl zu viel gesagt. Aber mein Mann und Steiner haben sich in Abständen immer wieder getroffen, sind hier und da zum Essen gegangen, wenn es sich traf, dass Steiner in der Region war oder mein Mann sich irgendwo aufhielt, wo Steiner auf der Bühne stand. Ich glaube, sie haben sich zuletzt in München gesehen."

„Eins verstehe ich nicht. Wenn er Ihren Mann besser kennt, dann würde das doch eher dafür sprechen, dass Leon Steiner die Telefonnummer Ihres Mannes weitergegeben hätte, nicht die Ihrer Kanzlei. Oder sehe ich das falsch?"

Die Anwältin zögerte: „Nein, sicher, Sie haben ganz recht. Aber da ist noch etwas, obwohl ich mir nicht vorstellen kann, was das mit dem Verschwinden Steiners zu tun haben sollte."

„Ja?"

„Ich habe ja Herrn Steiner auch gelegentlich getroffen, zusammen mit meinem Mann natürlich. Daher weiß Steiner, dass ich ein Anwaltsbüro leite, das sich besonders in Steuersachen hervorgetan hat, nicht nur in dieser Region."

„Und?"

„Bevor Steiner hier zu den ersten Proben in Bochum erschienen ist, hat er meinen Mann angerufen und gefragt, ob er mich in einer Steuersache konsultieren könne. Das habe ich natürlich nicht abgelehnt. Wir hatten einen Termin für die nächste Woche ausgemacht."

„Aber worum genau es ging, wissen Sie nicht?"

„Nein, keine Ahnung. Und wenn ich es wüsste, lieber Herr Kommissar, dann dürfte ich es Ihnen nicht verraten. Das wissen Sie ja ganz genau."

„Wollen mal sehen, wie sich die Sache entwickelt", sagte Rogalla und erhob sich.

Die Anwältin begleitete ihn zur Tür: „Grüßen Sie Ihren Präsidenten von mir. Ein netter Mensch. Sehr interessiert an allem, was uns hier im Ruhrgebiet kulturell geboten wird. Regelmäßig treffe ich ihn bei den Premieren im Essener Aalto-Theater. Auch in den Konzerten der Bochumer Symphoniker. Aber im Golfclub sitzt er meistens an der Theke."

Rogalla reagierte nicht auf ihre gezielte Mitteilung, dass sie seinen Vorgesetzten offenbar gut kannte, sondern reichte ihr eine Karte mit seiner Telefonnummer: „Falls Ihnen noch etwas einfällt oder der Herr Schauspieler sich doch noch meldet."

Sie lächelte ihn strahlend an, als wollte sie sagen, dass er sich in dieser Hinsicht ganz schön in den Finger geschnitten hätte. Na, mal sehen, was passiert.

Draußen, in dem langgestreckten Flur, wartete ein smarter junger Mann, Mitte dreißig, gut aussehend, gebräunter Teint. Er trug einen leichten, nicht unsympathischen Zigarettenduft vor sich her, der von Rogalla wehmütig registriert wurde. Er selbst hatte mit einem gewissen Erfolg das Rauchen aufgegeben, hatte die Zigarettenschachtel gegen die Fitnessbude von Udo Nowak eingetauscht. Gelegentlich zweifelte er daran, ob diese Entscheidung richtig war. Aber er wollte ihr noch ein paar Monate Zeit geben.

Offenbar war der junge Mann, der im Flur stand und höflich grüßte, ein Kollege von Frau Dr. Meyer-Strätling. Er schlängelte sich geschickt an dem Kommissar vorbei und verschwand im Büro der Anwältin. Das ist einer, der sich hier auskennt, dachte Rogalla.

Auf dem Rückweg in die Uhlandstraße fragte er sich noch einmal, was die Anwältin mit der Erwähnung des PP bezweckte. Wollte sie ihm imponieren? Wohl kaum. Wollte sie Druck machen, ihm signalisieren, dass sie sich unter Umständen eines kurzen Drahtes bedienen konnte, wenn ihr dies ratsam erschien? Eines Drahtes, der ganz nach oben führte?

16. Kapitel

Die ‚Etta von Dangast', das kleine, unverwüstliche Bäderschiff, das einmal am Tag um die Sandbank mit dem Leuchtturm Arngast tuckerte, lief gerade wieder in den Hafen ein. Im Nordwesten glühte die Sonne rot, war noch nicht gänzlich hinter den Bauernhöfen verschwunden. Auf den seidenmatten Schlickbuckeln des Wattenmeers spiegelten sich ihre letzten Strahlen. In den Prielen stand das Wasser der Springtide. Bald würde am Himmel der Vollmond erscheinen, und die periodischen Wasserbewegungen mussten seiner Gezeitenkraft gehorchen.

Über die Wattflächen hinweg, drüben, auf der anderen Seite des Jadebusens, konnte man Wilhelmshaven in der Dämmerung erkennen. Allmählich gingen dort im Halbdunkel die Lichter an. Aus dem hohen Turm des Kraftwerks stieg in dünnen Fäden Rauch. Hinter dem Kraftwerk lag der neue JadeWeserPort, der Tiefseehafen, Wilhelmshavens umstrittenes Containerterminal. Dahinter die Außenjade mit der Öffnung zur Nordsee, von hier aus nur zu ahnen.

Dr. Gunther Weber und sein Gehilfe Arno Holje saßen in der Dangaster Kurhausklause und starrten in die Ferne. Bald würden von Wilhelmshaven nur noch die Lichter zu sehen sein. Es sei denn, der aufkommende Dunst verschluckte sie. Dann war dort nichts mehr.

Vor ihnen standen zwei kugelförmige Gläser, gut gefüllt mit Jever-Pils und sorgfältig versehen mit einer weißen Schaumkrone. Der Nachbartisch war leer. Hinten an der Theke schenkte der Wirt einem Pärchen, das wohl schon länger an der Quelle saß, Friesengeist ein und deklamierte den entsprechenden Spruch dazu.

„Du brauchst dir keine Sorgen zu machen", sagte

Weber. „Das wird alles funktionieren. Der will etwas von uns. Der bleibt friedlich."

„Hoffentlich haben Sie recht."

„Ich habe mit ihm geredet. Er ist ja nicht dumm."

„Wenn Sie das sagen."

„Also noch mal – erst Hamburg und dann Hooksiel. Wie verabredet."

„Ja."

„In Hamburg hältst du dich ganz zurück. Du bist nur der Fahrer. Wartest, bis alles erledigt ist."

„Und in Hooksiel?"

„Da lässt du ihn laufen. Er weiß genau, was er zu tun hat."

„Was ist mit Ihnen?"

„Ich warte, bis du zurück bist. Das dürfte am frühen Morgen sein."

„Okay. Dann wollen wir mal. In einer halben Stunde geht's los."

„Trink nur dieses eine Bier, sonst wirst du zu müde. Wenn du wieder hier bist, können wir uns meinetwegen besaufen. Oder musst du morgen spielen?"

Holje nickte. Er war ein kräftiger Friese, so um die zwanzig, spielte Fußball in der ersten Mannschaft des ‚FC Rot Weiß Sande', drüben in Cäciliengroden. Bei gutem Licht konnte man über die linke Seite des Jadebusens hinweg den Platz erkennen. Wenn Weber an Wochenenden hier war, ging er manchmal sogar zu den Heimspielen des Vereins. Er kannte Holje schon seit vielen Jahren, da war der noch ein Junge gewesen.

Webers Smartphone meldete sich. Am Klingelton hörte er, dass Udo Nowak anrief. Wie er annahm, aus der Wattenscheider Muckibude.

„Chef, es ist was passiert."

„Bei euch hat man eingebrochen."

„Woher wissen Sie das, Chef?"

Weber ging auf die Frage nicht ein: „Ist was geklaut worden?“

„Nee, ich glaube nicht. Aber da ist einer in meinem Büro gewesen, hat in den Papieren rumgewühlt. Ich weiß nicht, wann. Kann auch schon ein paar Tage her sein. Wer das war, hat sonst keine Spuren hinterlassen. Hab jedenfalls nichts gemerkt. Ich hab nur zufällig gesehen, dass im Schreibtisch die Papiere durcheinander liegen, nicht so, wie ich sie geordnet habe. Aber ich glaube, es fehlt nichts, muss noch mal genau gucken.“

„Ich denke, ich weiß, wer das gewesen ist. Ich weiß auch, was der gesucht hat. Jetzt mach dir keine Sorgen.“

Nowak war kaum zu beruhigen: „Ist mir völlig schleierhaft, wie hier jemand reinkommen kann, in den Sachen rumwühlen und dann wieder verschwinden, als ob er gar nicht da gewesen wäre. Wie gesagt, keine Einbruchspuren, keine Tür aufgebrochen, kein Fenster.“

„Es gibt ja Leute, die das können.“

„Profis?“

„Jetzt stell dich nicht dümmer, als du bist, Nowak. Und pass in Zukunft auf, dass unsere Sachen sicherer aufgehoben werden. Jedenfalls die, die nicht in fremde Hände kommen dürfen. Ist mir egal, wie du das machst. Kannst sie meinetwegen auch mit nach Hause nehmen und bei deiner Frau in den Küchenschrank stecken!“

„Soll ich die Polizei rufen?“

„Die Polizei? Natürlich nicht. Das fehlte noch.“

Er drückte den Anruf weg und nahm einen kräftigen Schluck Jever-Pils. Wie immer schmeckte ihm dieses norddeutsche Bier vom Fass besser als aus der Flasche. Hinten im Schankraum gab es wieder einen Friesengeist mit dem nächsten Spruch.

Erst jetzt sah Weber, dass draußen vor dem Fenster ein hagerer Mann stand, der ihnen den Rücken zudrehte und sich auf das Geländer der kleinen Promenade lehnte. Der Mann steckte sich mit seiner Zigarette die nächste an.

„Er ist da", sagte Holje.

„Viel Glück!"

Weber beobachtete, wie sein Gehilfe und der Fremde hinter den Bäumen verschwanden. Er hatte kein gutes Gefühl bei der Aktion, obwohl er noch vor zwei Minuten Holje suggerieren wollte, alles sei in bester Ordnung. Dummerweise war er nicht mehr Herr des Verfahrens. Er liebte es nicht, wenn ihm die Dinge aus der Hand genommen wurden.

Die Tür ging auf, und ein paar Gäste, die gerade mit der ‚Etta von Dangast' in den heimischen Hafen eingelaufen waren, wählten als nächsten Ankerplatz die Kurhausklause. Weber starrte nach draußen. Der Dunst war schneller gekommen, war dichter als erwartet. Die Lichter der Hafenstadt im Norden flackerten, würden sich bald im Nebel auflösen.

Samstag,
9. Mai 2015

17. Kapitel

Dass sie am Morgen ins Büro gefahren war, hatte keinen dienstlichen Grund. Eine geschäftliche Verabredung, die sie heute hätte einhalten müssen, gab es nicht. Ihre Mandanten baten ohnehin nur selten um einen Wochenendtermin, das war eher die Ausnahme. Natürlich war da immer etwas zu tun. Aktenstudium konnte nie schaden, auch wenn die Gerichtsverhandlungen noch nicht unmittelbar anstanden.

Aber sie hatte sich nur schlecht konzentrieren können, war im Büro auf und abgegangen, hatte vom Fenster aus das Treiben auf dem Husemannplatz beobachtet. Da war aber niemand herumgelaufen, den sie gekannt hätte, nur fremde Leute, die das sommerliche Wetter genießen wollten, im Café saßen oder ihre Einkäufe für das Wochenende machten.

David Brühl war mal für ein paar Minuten erschienen, ohne dass es so verabredet gewesen wäre. Der hatte einen siebten Sinn für prekäre Situationen. Sie hatten kurz die Lage erörtert. Sie solle nichts unternehmen, war seine hilfreiche Empfehlung. Einfach nur stillhalten, sich nicht bewegen, das sei das Beste. Hektik könne in dieser Lage nur abträglich sein.

Aber Yvonne Meyer-Strätling war nicht der Mensch, der sich in einer solchen Situation bremsen konnte. Untätig zu warten, war ihr ein Gräuel. Schließlich stand einiges auf dem Spiel. Und immerhin hatten sie einen Treffpunkt ausgemacht, für alle Fälle. Dreimal hatte sie es auf dem Handy klingeln lassen, nach einer Minute zweimal und dann nur noch einmal. Das war das Zeichen. Mittagszeit war vereinbart worden. Die Alternative wäre der Abend gewesen. Man durfte nichts unversucht lassen.

Mit Lars hatte sie vom Büro aus telefoniert. Er wollte am Abend nach Hause kommen, hatte seine Ausstellung so weit vorbereitet, dass er sich das Wochenende zu Hause gönnen konnte. Warum auch nicht. Ihr war das recht, obwohl sie eigentlich nicht vorhatte, ihn mit ihren Schwierigkeiten zu behelligen. Er würde ohnehin nicht verstehen, was da lief. Zumindest würde er kein Verständnis für diese Angelegenheit haben. Andererseits hatte er in geschäftlichen Dingen immer eine gute Hand bewiesen, das zeigten seine Erfolge. Sie wollte noch einmal darüber nachdenken, ob es nicht besser wäre, ihn ins Vertrauen zu ziehen. Eine Gefahr konnte sie darin nicht entdecken.

Als sie in der Tiefgarage zu ihrem Cabrio ging, sah sie, dass ein schwarzer Volvo ihr Auto blockierte. Drinnen saß jemand, das war klar. Aber sie konnte das Profil des Fahrers oder der Fahrerin nicht erkennen, da die Scheiben getönt waren. Wer auch immer hinter dem Lenkrad des Volvo sitzen mochte, setzte freundlicherweise ein Stück zurück, als er wahrnahm, dass Yvonne in ihr Auto stieg. Da schien jemand nur auf eine andere Person zu warten, wollte sich nicht die Mühe machen, einen Parkplatz aufzusuchen.

Ihr Navi empfahl die Route über den Westring. Sie hielt sich an diese Empfehlung, bog dann links in die Herner Straße ein und fuhr nach Norden. Hinter der Baustelle mit den komplizierten Auffahrten zum Ruhrschnellweg begann eine Gegend, in die sie sich nur selten begab. Weder privat noch dienstlich hatte sie in diesem Gebiet zu tun. Ihre Mandanten wohnten am Stadtpark oder im Süden Bochums.

Sie hatte auch keine klare Vorstellung davon, wo hier die Grenzen zwischen den Stadtteilen Hofstede und Riemke verliefen. Irgendwo bog sie links ab, fuhr unter der Bahnlinie hindurch und passierte das Hannibal-Center, wo sie noch nie eingekauft hatte. Schräg gegenüber lag der ‚Prater', die Disco der einsamen Herzen, von der sie gehört hatte. Bochums Beitrag zur Nachtkultur. Die Vorstellung, sich dort anbieten zu müssen, war ihr widerlich.

Dass die Reste der Zeche Hannover im Stadtteil Hordel lagen, wusste sie. Aber den Ortsschildern entnahm sie, dass man auf dem Weg dorthin hier und da die Grenze von und nach Herne überqueren musste. Links lag hinter einer langgestreckten Mauer der Friedhof von Hordel. Gleich dahinter signalisierte ihr ein Straßenschild, dass hier die ‚Richard-Wagner-Straße' abzweigte. Das war schon witzig, dass in dieser Gegend irgendein Lokalpolitiker auf die Idee gekommen war, eine Straße nach dem Bayreuther Komponisten zu benennen. Sie konnte sich nicht vorstellen, dass in dieser spießigen Gegend jemand Interesse an Wagner hatte.

Andererseits war sie im letzten Jahr zusammen mit Lars bei den Bayreuther Festspielen gewesen. Sie hatten den ‚Ring des Nibelungen' gesehen, in dieser ziemlich idiotischen und weitgehend vulgären Inszenierung von Frank Castorf. Auf dessen Bühne sah es im Grunde auch nicht anders aus als hier im Grenzbezirk zwischen Bochum und Herne. Wotans Walhall lag in der proletarischen Bayreuther Version des Rings irgendwo in Wanne-Eickel.

Vor dem Tor zu dem Zechengelände stellte sie ihren Wagen ab. Am Zaun hingen Hinweistafeln mit verschiedenen Informationen. Sie blieb noch für einen Augenblick im Auto, war sich nicht sicher, ob es überhaupt richtig war, hierher zu kommen. Vielleicht hatte David Brühl ja recht gehabt mit seiner Warnung.

Als sie auf die Anlage zuging, erhob sich vor ihrem Blick nach kurzer Zeit der wuchtige Malakowturm, der zunächst von Bäumen verdeckt war. Sie wusste, dass es in Bochum noch drei oder vier Exemplare von diesen Türmen gab.

Rechts lag ein kleines Besucherzentrum, links ein Gebäude, in dem ein Hausmeister oder später ein Nachtwächter zu residieren schien. Der sich da im Augenblick aufhielt, guckte kurz um die Ecke, verschwand dann wieder im Inneren seiner Behausung.

Sie betrat den Pavillon, in dem sich Besucher über die Anlage informieren konnten, historisch und aktuell. Ein bisschen gelangweilt blätterte sie in den ausliegenden Broschüren, schaute aber immer wieder nach draußen, ob sich dort etwas tat.

Früher hatte sie gedacht, der Name Malakow deute auf den Architekten oder auf den Erfinder dieser Türme, die über den Schächten errichtet worden waren. Aber das Büchlein, das sie in der Hand hielt, erklärte ihr, dass der Name eigentlich eine Metapher war.

Sie las, dass diese Türme in der Mitte des 19. Jahrhunderts erbaut wurden, also etwa um die Zeit, als auf der Halbinsel Krim ein Krieg wütete, in dem die Truppen der vereinigten Angreifer, in der Hauptsache Türken, Franzosen und Engländer, gegen Russland kämpften. Also auch damals war es schon gegen Russland gegangen. Im Zuge dieses Krieges beschossen und bombardierten die Angreifer die Hafenstadt Sewastopol, die auf der Halbinsel lag. Sie nahm sich vor, im Internet zu erforschen, ob es überhaupt irgendwann mal ruhig gewesen war auf der Krim.

Auch in den aktuellen Auseinandersetzungen zwischen Russland und der Ukraine spielte die Krim ja wieder eine bedeutende Rolle. Die Medien echauffierten sich ständig darüber und überschlugen sich in geheucheltem Mitleid.

In der Broschüre wurde dargelegt, dass Sewastopol damals eine blühende Handelsstadt gewesen war. In dieser Stadt hatte es ein Befestigungswerk gegeben, das irgendwie aus Mauern und Erde gebaut worden war, das aber den feindlichen Angriffen überraschend lange trotzen konnte. In Berichten über den Krimkrieg, die auch im westfälischen Industriegebiet von den mächtigen Managern des Steinkohlebergbaus gelesen wurden, war immer wieder über die erstaunlichen Qualitäten dieses Fort Malakow berichtet worden. So sei es ganz plausibel gewesen, hieß es in dem Heft, dass man die großen, steinernen Fördertürme nach dieser militärischen Anlage auf der Krim benannte. Stärke, Belastbarkeit und Größe, all dies sollte die Metapher signalisieren.

Sie meinte jetzt, sich zu erinnern, dass sie Ähnliches schon einmal in der Schule gehört hatte. Lange her. Aber man hatte ja keinen Einfluss auf die seltsamen Kapriolen, die das eigene Gedächtnis schlug. Manchmal wunderte sie sich über irgendwelches Bildungswissen, das sich in den Windungen ihres Hirns festgesetzt hatte und völlig unverhofft wieder zutage trat.

Niemand nahm Notiz von ihr. Sie verließ das Besucherzentrum, schlenderte auf den Malakowturm zu, hielt zugleich Ausschau, ob sie jemanden entdecken konnte. Dabei gab sie sich gleichwohl den Anschein einer Besucherin, und es blieb ihr auf diese Weise genügend Zeit, um sich gründlich zu orientieren.

Rechts vom Turm lag das große Maschinenhaus, das man wohl auch besuchen konnte. Vor dem Maschinenhaus wäre sie beinahe über eine Anzahl an Schuhen gestolpert, die dort scheinbar willkürlich auf dem Erdboden verstreut lagen. Bei diesen Schuhen – eigentlich waren es schwere Stiefel – handelte es sich wahrscheinlich um solche, wie sie die Arbeiter auf der Zeche Hannover getragen hatten. Sie nahm an, dass es sich bei diesem Projekt im weitesten Sinne um Kunst handelte.

Am Malakowturm in Hordel hatten sie gesagt. Mehr nicht. Jetzt wurde ihr klar, dass dieses Areal nicht ohne

Weiteres zu überblicken war. Links vom Turm lag ein Gebäude, das offenbar als Café genutzt wurde. Eine Tafel informierte sie, dass es sich dabei um das Lüftergebäude handelte, was immer man sich auch darunter vorstellen mochte. Die Türen waren geöffnet, ein paar Menschen waren dort aktiv, trugen Tische und Bänke nach draußen unter ein Zeltdach, das vor den Unbilden der Witterung schützen sollte. Auch drinnen wurde gedeckt. Wahrscheinlich wurde hier eine Feier für den Abend vorbereitet, vielleicht ein runder Geburtstag oder eine Hochzeit. Niemand von denen, die dort tätig waren, achtete auf Yvonne Meyer-Strätling.

Sie ging vorbei an dem Restaurationsgebäude und weiter bis an eine Rampe heran, die durch einen Zaun abgesichert war. Unterhalb dieser Rampe standen alte Schienenwagen in einer Reihe, führte ein noch halbwegs intakter Schienenstrang irgendwohin. Ein paar abgetragene Mauerreste, Erdhügel, verdorrtes Gras. So mochte das historische Fort Malakow auf der Krim ausgesehen haben, als es schließlich doch noch gestürmt worden war.

In einem der im Besucherzentrum ausliegenden Hefte hatte sie gelesen, dass auf dieser Anlage vor ein paar Jahrzehnten noch Millionen Tonnen an Kohle gefördert wurden. Sie nahm an, dass dort unten, wo die Wagen standen, in der großen Zeit des Bergbaus reger Betrieb geherrscht hatte. Jetzt war da kein Mensch. Das würde auch so bleiben. Irgendwann würde die Natur diese Bereiche wieder einkassiert haben.

Sie ging um den Malakowturm herum, passierte das große Maschinenhaus. Auch da war niemand zu sehen. Weiter hinten lag ein Kinderspielplatz mit einem Miniatur-Malakowturm, der ‚Zeche Knirps‘ genannt wurde. Sie hatte davon gehört. Aber Kinder waren auch nicht da.

Ihre Verabredung lautete: An ungeraden Tagen zwischen zwei und drei oder, als Alternative, am Abend zwischen zehn und elf. Es war jetzt halb drei. Sie würde hier also noch ein halbes Stündchen herumlaufen müssen, wenn sie gewissenhaft sein wollte. Sollte sie noch einmal das Telefonsignal senden und warten, was passierte? Anrufen konnte sie nicht, denn Telefongespräche hatten sie in einem solchen Fall definitiv ausgeschlossen. Der Gedanke, es am Abend nach einmal zu versuchen, war ihr ausgesprochen unsympathisch, zumal David Brühl sich aus irgendeinem fadenscheinigen Grunde über das Wochenende abgemeldet hatte.

Durch den Zaun hindurch sah sie, dass mittlerweile neben ihrem Cabrio ein schwarzer Volvo geparkt hatte. War das nur ein Zufall? Ein schwarzer Volvo hatte für einen kurzen Moment ihren Wagen in der Tiefgarage blockiert. Natürlich hatte sie sich das Kennzeichen nicht gemerkt. Wer würde sich denn auch irgendeine beliebige Autonummer notieren! Konnte ihr jemand gefolgt sein? Aus welchem Grund? Außer David Brühl wusste niemand, dass sie hierher gefahren war.

Oder sollte dieser Hauptkommissar Rogalla sie beschatten lassen? Hatte der sie mit seiner biederen Art täuschen wollen? Unterschätzen durfte sie ihn nicht, das war ihr ohnehin klar. Hatte er doch etwas in der Hand?

Warum nicht einfach nachfragen? Angriff war die beste Verteidigung, das war zwar eine Plattitüde, aber in ihrer Tätigkeit als Anwältin geradezu ein Lebensmotto. Sie stöberte in ihrer Handtasche, holte das Handy heraus und wählte die Nummer, die Rogalla ihr gegeben hatte. Nichts passierte. Sie kontrollierte noch einmal die Nummer. Alles korrekt. Noch einmal tippte sie auf die Anruftaste. Nach dem fünften oder sechsten Signalton drückte sie den Anruf weg.

18. Kapitel

Die Geräusche, die vom Arminiaplatz bis hierher in den Schrebergarten herüber schwappten, waren ihm vertraut. Der Lärmpegel hielt sich in Grenzen. Es waren wohl Jugendmannschaften, die dort heute, am Samstag, spielten. Später kamen dann noch die ‚alten Herren' dran. Der Ausdruck ‚alte Herren' war trügerisch, denn die meisten von ihnen waren mindestens zwanzig Jahre jünger als Rogalla selbst. Und so richtig alt war er auch noch nicht. Fand er jedenfalls.

Zu diesen Begegnungen kamen nicht so viele Zuschauer wie am Sonntag, wenn die erste Mannschaft ihre Punktspiele absolvierte. Da war der Zulauf durchaus beachtlich, denn das Team hatte sich unter der Leitung von zwei Trainern, die überraschend gut miteinander auskamen, im Laufe der Spielzeit einen sicheren Platz in der Bezirksliga erobert.

Den größten Krach veranstalteten bei den Spielen der verschiedenen Jugendmannschaften die Eltern der Kinder. Die tranken nicht nur ordentlich Bier und griffen bei der einschlägigen Bratwurst zu, sondern sie wollten alle aus ihren Zöglingen künftige Bundesligaspieler machen. Erste Liga natürlich, die zweite, wo sich der VfL gerade tummelte, war noch zu popelig. Einmal hatte Rogalla gehört, wie die Mutter eines zwölfjährigen Jungen ihren Bengel anschrie: „Lauf schneller, sonst gibt et heute nix zu essen!"

Herrlicher Tag, dienstfrei und Sonnenschein, seit dem frühen Morgen. Was wollte man mehr! Von der anderen Seite her hörte er das vertraute Dauerrauschen des Ruhrschnellwegs. Er hatte vergessen, ob heute auch an der Castroper Straße gespielt wurde. Aber in der zweiten Liga wurden ja am Samstag die Spiele früher angepfiffen als in der ersten. Wenn der VfL gespielt hätte, dann wäre die Partie wohl schon zu Ende.

Ob Klaus Brenner inzwischen zu den Spielen der Düsseldorfer Fortuna ging, wusste er nicht. Es war ihm zuzutrauen. Früher war der jedenfalls ein eingefleischter VfL-Fan gewesen, bis in die Knochen. Wenn der noch hier wäre, dann ließe sich gar nicht vermeiden, dass auch Rogalla die genauen Details kannte. Er würde schon zwangsläufig wissen, wer an diesem Wochenende der Gegner war, und natürlich auch, ob zu Hause oder auswärts gespielt wurde. Solche Informationen flossen automatisch in die tägliche Routine ein, denn im Kommissariat hatten die beiden gern und reichlich über die Pleiten des anderen gefrotzelt. Gerne auch im Voraus, wenn noch gar nichts entschieden war.

Natürlich wusste er, dass die Bochumer seit Jahresbeginn mit dem kernigen Holländer Gertjan Verbeek einen neuen Trainer hatten und dass die Truppe seitdem wieder mit erheblich mehr Mumm spielte. Die Sprüche des Vorgängers, des Animationstalents und unermüdlichen Retters in großer Not, Peter Neururer, hatten sich mal wieder verbraucht. Aus Rogallas Sicht war das schade, denn Neururer war ja einer, der eine Schalker Vergangenheit besaß.

Klar war nur, dass Schalke morgen in Köln gegen den FC spielen musste. Keine einfache Sache bei der Abwehrstärke der Rheinländer. Die stellten sich vorzugsweise hinten rein, rührten Beton an, dass es jedem Maurermeister eine Freude gewesen wäre. Und was noch schlimmer war, der BVB saß den Schalkern schon wieder im Nacken, obwohl die Dortmunder bisher eine so schlechte Saison gespielt hatten. Meistermacher Kloppo war auch nicht mehr der Wundertrainer, den alle Oberexperten jahrelang gefeiert hatten. Das hieß beileibe nicht, dass er über die Entwicklung bei den Dortmunder

Lokalrivalen traurig war. Das Wort ‚Zecken' nahm er zwar nicht in den Mund, aber es schwirrte doch irgendwo in seinem Kopf herum.

Er schnappte sich eine Flasche aus der Veltins-Kiste, stellte sie in den Kühlschrank und nahm dafür eine gut gekühlte heraus. Eigentlich war ihm dieses Bier zu süß. Das herbe Bochumer Fiege Pils, das er an Tagen wie diesem mit dem Kollegen Brenner häufig getrunken hatte, schmeckte ihm, wenn er ehrlich war, besser. Aber als Schalker musste man zu seinem Verein stehen, musste man auch in Bierfragen Zeichen setzen, gewissermaßen über seinen Schatten springen, jedenfalls im Schrebergarten, wo man argwöhnisch von den Nachbarn beobachtet wurde. Schalker gab es überall, auch in Bochumer Kleingartenanlagen. Die Gartenfreunde waren wachsam, hatten ein Auge auf alles und jeden. Ingrid ließ sich schon aus diesem Grunde nur selten in der Anlage sehen, obwohl der Garten mal ihren Eltern gehört hatte.

Rogalla war ganz froh, dass seine Frau nicht so oft in den Schrebergarten kam. In den seltenen Fällen, in denen sie beide dort auftauchten und versuchten, sich um die Pflege ihrer Parzelle zu kümmern, gab sie ihm immer ganz deutlich zu verstehen, dass die Arbeiten, die er verrichtete, eigentlich minderwertig seien. Sie schnitt die Rosen oder pflanzte Blumen, wo sie sie hinhaben wollte. Da durfte er ihr auch nicht reinreden. Das waren offensichtlich Arbeiten, für die man mit einem besonderen Geschmack ausgestattet sein musste, Arbeiten, auf die man hinterher stolz sein konnte und die man auch am Abend ruhig noch zwei- oder dreimal erwähnen konnte.

Er dagegen mähte nur den Rasen oder sägte an den Bäumen herum, kümmerte sich um den Abfall. Das waren in Ingrids Augen eher primitive Arbeiten, die im Grunde nicht der Erwähnung wert waren. Er fragte sich, was sie sagen würde, wenn er mal einen Sommer lang den Rasen nicht mähen würde. Aber das ging ja auch nicht. Von Ingrids bissigen Bemerkungen abgesehen, müsste man damit rechnen, dass in diesem Fall die Vereinigung der Kleingärtner sofort eine außerordentliche Versammlung ihrer Mitglieder einberufen würde. Aber das wäre Ingrid wohl egal, denn auch dahin ließ sie ihn gern allein gehen.

Heute wäre sie ohnehin nicht mitgekommen. In ihrer Grundschule gab es mal wieder den ‚Tag der offenen Tür'. Das war auch so ein Blödsinn, mit dem die Schulen sich gegenseitig Konkurrenz machten. Früher hatte es so was nicht gegeben. Und die Schulen waren durch solche Fisimatenten seiner Meinung nach auch nicht besser geworden. Wenn er sich allerdings gegenüber Ingrid in diesem Sinne äußerte, zog sie nur ein Gesicht, als wollte sie sagen: Davon hast du nun wirklich nicht die geringste Ahnung.

Andererseits stöhnte sie manchmal ganz schön über all die Dinge, die sie machen musste und die eigentlich nichts mit dem Unterricht zu tun hatten. Aber sie stöhnte sowieso ziemlich viel. Und sie verbrachte reichlich Zeit in der Schule. Oft wusste Rogalla nicht, warum das so war.

Er verstand auch nicht die Begriffe, die inzwischen benutzt wurden. Da war vom ‚Schulprogramm' die Rede oder von ‚Evaluation'. Bei dem Wort Evaluation brach er sich jedes Mal die Zunge ab, wenn er versuchte, es auszusprechen. Abgesehen davon hatte er keinen blassen Schimmer, was Schulen machten, wenn sie Evaluation betrieben. Gestern hatte Ingrid ihm ganz aufgeregt erzählt, es gebe demnächst an ihrer Schule eine Qualitätsüberprüfung. Auch in dieser Hinsicht hatte er keine Ahnung, was das sein sollte. Aber eins wusste er schon, dass nämlich Ingrid noch mehr Zeit in der Schule verbringen würde, als sie es ohnehin schon tat.

Im Liegestuhl merkte er, dass ihm die Augen zufielen. Er wusste nicht, warum, hatte er doch in der Nacht gut geschlafen. Wahrscheinlich musste man es mit dem Alter erklären. Auch an seinem Schreibtisch im Kommissariat war er kürzlich eingenickt. Soweit war man nun schon. Er wollte ganz vorsichtig nachfragen, wenn er das nächste Mal beim Arzt war. Hoffentlich nicht wieder die Prostata, er nahm doch schon Pillen, die ihm beim Pinkeln weiterhalfen.

Der aktuelle Fall mit diesem versprengten Schauspieler juckte ihn nicht sehr, verfolgte ihn ausnahmsweise nicht bis in seine Träume, ließ ihn auch nicht nachts wach liegen. Man wusste ja nicht einmal, ob das wirklich ein ernst zu nehmender Fall war, selbst wenn der PP einen solchen konstruieren wollte. Der hatte doch nur Schiss, dass die Arbeit seiner Behörde wieder mal kritisch unter die Lupe genommen wurde. Klar, dieser Leon Steiner war kein Unbekannter, insofern war natürlich die Öffentlichkeit mit im Spiel, sobald etwas durchgesickert war.

Ob die Blutspuren, die man außerhalb der ‚Villa Wahnsinn' gefunden hatte, wirklich von diesem Steiner stammten, war auch noch nicht klar. Sie hatten zusammen mit den Blutproben die Zahnbürste des Schauspielers nach Essen geschickt. Bis sie Gewissheit haben würden, konnte es noch ein paar Tage dauern. Was Sabrina und Kevin von diesem Schauspieler, der in Stiepel wohnte, erzählt hatten, brachte sie auch nicht weiter. Rogalla nahm an, dass der einfach einen Groll auf seinen illustren Kollegen hatte, ihm den Erfolg nicht gönnte. Vielleicht war Steiner ja wirklich ein Arschloch. Aber von der Sorte gab es viele, und zwar in jedem Beruf. Das war normalerweise kein Grund, jemanden böswillig aus dem Verkehr zu ziehen.

Er dämmerte ein wenig vor sich hin. Gerade, als seine Gedanken im Begriff waren, sich in einem Traum von seiner eigenen Schulzeit zu verlieren, klingelte das Handy, das in seiner Hosentasche steckte. Am Klingelton erkannte er, dass Brenner anrief. Er wühlte das Handy aus der Tasche heraus, zögerte noch einen kurzen Moment, wischte dann aber doch über den Touchscreen, um das Gespräch entgegen zu nehmen.

„Na, ich dachte, du wärst auf dem Fußballplatz", sagte er, ohne auf die Meldung des anderen zu warten.

„Von wegen, Fußballplatz. Wohin soll ich denn gehen? Glaubst du etwa, ich laufe zur Fortuna über? Müsstest mich besser kennen."

„Weil ich dich kenne, hab ich das gedacht."

„Bist ein echter Freund. Nee, nix Fußball. Bereitschaft. Und du? Dauert ja ganz schön lange, bis du dein Handy rausgekramt hast."

„Ich schlafe."

„Wie, du schläfst?"

„Im Garten."

„Ach, der Herr macht einen auf lau. Ich denke, du musst einen Schauspieler suchen."

„Woher weißt du das denn?"

„Das LKA hat seine Ohren überall. Weißt du doch."

Rogalla räkelte sich aus dem Liegestuhl heraus. Es war ja interessant, dass man in Düsseldorf schon Bescheid wusste. Das war nur zu erklären, weil der PP vermutlich schon die Pferde scheu gemacht hatte, so dass man sie sogar beim LKA wiehern hörte.

Er versuchte, kühl und abgebrüht zu klingen: „Der ist wahrscheinlich morgen wieder da und freut sich, weil er alle verrückt gemacht hat, sogar eure oberschlaue Behörde."

„Jetzt sei nicht beleidigt. Oder hast du Angst, dass wir dir den Fall wegnehmen? Musst du nicht. Im Gegenteil. Wir sind gespannt auf deine kriminalistischen Erfolge."

„Hör mal, verarschen kann ich mich allein."

„Brauchst du gar nicht. Hast doch sowieso alles im Griff. Kriegst bald noch mehr zu tun."

„Wie bitte?"

„Ich hab dir ja schon gesagt, dass da was läuft mit Drogen und Schwarzgeld. Ein paar Spuren, die wir inzwischen gesammelt haben, führen auch nach Bochum. Ich denke, ich komme mal in den nächsten Tagen rüber zu euch, dann können wir in aller Ruhe drüber reden. Am Telefon geht das nicht, du weißt ja, die NSA hört mit."

„Bist immer willkommen in Bochum. Wenn du nicht weißt, wo du uns finden kannst, schicke ich dir einen Lageplan vom Präsidium."

„Witzbold!"

Vom Arminiaplatz hörte er drei energische Pfiffe. Der Schiedsrichter hatte offenbar die Partie beendet. Der Jubel der anwesenden Schlachtenbummler hielt sich allerdings in Grenzen. Es war zu befürchten, dass die Auswärtsmannschaft gewonnen hatte.

Rogalla rückte den Liegestuhl aus der Sonne und machte es sich darin bequem. Aber an Schlaf war nicht mehr zu denken. Es war wieder mal typisch für Brenner, dass er signalisiert hatte, er werde bei Gelegenheit vorbei kommen, aber nicht genau sagen wollte, wann. Irgendwelche Festlegungen, klare Abmachungen, hatte der immer tunlichst vermieden. Der scheute sogar vor seinen eigenen Entscheidungen zurück. Rogalla war froh, dass er nicht insistiert hatte. Da hätte er nur eine ausweichende Antwort erhalten. Und darüber hätte er sich dann geärgert.

Überhaupt, was wollte der Kollege im Bochumer Kommissariat? Arbeit hatten sie hier genug, da brauchten sie nicht noch seine Nachhilfe. Der sollte lieber seine Familie besuchen. Die hatten wahrscheinlich schon länger nichts mehr von ihm gesehen. Dem treulosen

Gesellen war zuzutrauen, dass er nicht einmal hinfuhr, wenn er in Bochum war.

19. Kapitel

Was hatten die gesagt? Hooksiel? Wo war das? Irgendwo im Norden, das war klar. Von Hamburg war er höchstens mal nach Cuxhaven gefahren, aber niemals weiter ins Ostfriesische. Vielleicht war das auch schon Holland, wo man eine andere Landessprache pflegte. Dann wäre der Plan hinfällig.

Nein, Unsinn, das hier war Norddeutschland, er konnte nicht ausweichen, durfte sich nichts vormachen. Er war jetzt auf sich gestellt, hatte einen klaren Auftrag. Er solle diesen Weg entlang laufen, immer weiter, durch das Wäldchen. An den Schildern für Radfahrer konnte er sich orientieren. Irgendwann würde er ans Meer kommen. Hinter dem Deich sollte es liegen. Er würde es riechen, hatten sie ihm noch gesagt. Verdammte Zyniker. Der Kopf schmerzte immer noch. Zum Glück hatte man ihn einigermaßen professionell verpflastert.

Welcher Tag war heute? Er hatte auch die zeitliche Orientierung verloren. Wie spät war es? Die Uhr hatten sie ihm abgenommen. Nach dem Stand der Sonne war jetzt später Nachmittag. Auch Schuhe und Strümpfe waren weg. Die Hose und das Hemd, an dem der steife Seewind herumzerrte, hatten sie ihm freundlicherweise gelassen. Man konnte noch dankbar sein, dass man hier nicht nackend herumlaufen musste.

Nach den Stunden, die er im Kofferraum verbracht hatte, war es gar nicht so einfach, normal zu gehen. Vielleicht war das auch gar nicht nötig. Die Clownerie, die er abziehen musste, barg auch Chancen. Die Glieder schmerzten, er hätte sich am liebsten irgendwo ins Gras gelegt. Aber das ging nicht. Er wusste ja keineswegs, ob sie ihn weiterhin beobachteten. Eins war ihm jedoch klar: Wenn er sich nicht an die Abmachung hielt, würden sie ihn totschlagen.

Auf einer Bank saß ein älteres Paar, vielleicht ein Ehepaar. Ihre Fahrräder lehnten an dem Mülleimer, der an einem Pfahl befestigt war. Die Frau schenkte ihrem Partner aus einer Thermosflasche Kaffee ein, der Mann kaute auf einer Brotstulle herum. Ihre Utensilien hatten sie auf der Bank verteilt. Als sie ihn kommen sahen, rückten sie zusammen und machten ein Stück der Bank frei. Er versuchte, ein wenig hilflos zu wirken.

„Sie können sich gern hier zu uns setzen. Platz ist genug da", sagte die Frau und guckte ihren Partner irgendwie betreten von der Seite an. Sie hatte wohl gesehen, dass dieser Herr, der sich da auf sie zubewegte, barfuß war. Sie rückte noch etwas näher an ihren Begleiter heran, ließ fast die Hälfte der Bank frei für den Ankömmling.

Der verhielt sich allerdings etwas merkwürdig, wischte zunächst einmal mit dem Hemdsärmel auf der freien Fläche der Bank herum, als ob er sich dorthin setzen wollte. Dann aber stellte er sich vor das Paar, richtete sich fast bedrohlich auf und guckte mit einer Art gläsernem Blick durch die beiden älteren Herrschaften hindurch:

„Auf diese Bank von Stein will ich mich setzen,
dem Wanderer zur kurzen Ruh bereitet –
denn hier ist keine Heimat – jeder treibt
sich an dem andern rasch und fremd vorüber."

Die beiden sahen einander ungläubig an, die Frau begann hektisch, ihre Picknicksachen in eine Tasche zu packen. Der Mann schien zunächst unsicher, stand zögernd auf, wusste offenbar nicht, wie er sich in dieser absurden Situation verhalten sollte. Denn das Verhalten das anderen wirkte keineswegs aggressiv, nur eben seltsam.

Während der Ankömmling die letzten Worte deklamierte, wandte er sich mit einer theatralischen Geste von den beiden ab, kehrte ihnen ostentativ den Rücken zu und sagte nur noch mit weinerlicher Stimme:

„Und fragt nicht nach seinem Schmerz."

Mit ruhigen Schritten, ein bisschen gebrechlich wirkend, wanderte er weiter, hörte nur noch, wie hinter ihm die Frau sagte: „Der hat sie ja nicht alle. Man müsste die Polizei rufen."

Sollen sie doch machen, dachte er, dann hat der Spuk schnell ein Ende.

Als ihm eine Schar Kinder auf ihren Fahrrädern entgegen kam, stellte er sich mitten auf den Weg, breitete seine Arme aus, so dass der Gruppe nichts anderes übrig blieb als anzuhalten. Die Jungen und Mädchen mochten elf oder zwölf Jahre alt sein. Vielleicht gingen sie in dieselbe Schulklasse. Er bedeutete ihnen, stehen zu bleiben, und rief mit einer tönernen Stimme:

„Die armen Kindlein, die unschuldigen,
das treue Weib muß ich vor deiner Wut
beschützen, Landvogt – Da, als ich den Bogenstrang
anzog – als mir die Hand erzitterte –
als du mit grausam teufelischer Lust
mich zwangst, aufs Haupt des Kindes anzulegen …"

Er war immer näher an die Gruppe herangegangen und hatte zuletzt einen der Jungen anvisiert und eine Bewegung mit den Armen gemacht, als wolle er ihm mit einem Bogen ins Gesicht schießen. Die Kinder hatten erst gelacht, dann aber wichen sie aufgeschreckt vor dem Mann zurück und machten sich kichernd aus dem Staub.

„Kinderficker!" hörte er noch.

Rechts neben ihm lichtete sich das Wäldchen. Er bemerkte, dass er praktisch parallel zu einem Binnengewässer marschierte, vielleicht war das ein Wasserlauf, der irgendwo in die Nordsee einmündete. Er glaubte, auf dem richtigen Weg zu sein.

An einer Gabelung des Fahrradweges standen drei Radfahrer, ein Mann und zwei Frauen, alle so um die dreißig, die auf einen der Wegweiser starrten. Offenbar waren sie nicht sicher, in welche Richtung sie ihre Radtour fortsetzen sollten. Als er sich vor ihnen aufbaute und mit erhobenem Arm in eine der beiden fraglichen Richtungen wies, starrten sie ihn überrascht an:

„Durch diese hohle Gasse muss er kommen,
es führt kein andrer Weg nach Küssnacht – hier
vollend ichs – die Gelegenheit ist günstig.
Dort der Holunderstrauch verbirgt mich …“

Der Holunderstrauch war allerdings nichts anderes als eine leicht verkrüppelte Birke. Er lief trotzdem darauf zu und hockte sich unter die Zweige des Baums.

„Sag mal, will der da hinscheißen?“ fragte eine der beiden Frauen. „Der ist doch nicht richtig im Kopf.“

„Der sieht aus wie einer, den ich mal im Kino gesehen habe“, sagte die andere.

Der Mann mischte sich ein: „Mir kommt er auch bekannt vor. Ich ruf mal den Notdienst an. Vielleicht muss man dem helfen.“

„Aber wir können ihn doch nicht festhalten.“

Inzwischen war er unter dem Baum hindurch geschlüpft und lief nun in größtmöglicher Eile weiter. Er passierte einen Parkplatz, wo einige Badegäste ihre Klamotten verstauten oder in ihre Fahrzeuge stiegen. Die Sonne brannte ihm in den Nacken. Bevor er den Deich hinaufklettern konnte, musste er eine Autostraße überqueren. Dabei wich er recht waghalsig einem Motorrad aus und sah noch, wie der Fahrer den Stinkefinger hob. Oben auf dem Deich hatte er den freien Blick auf die Nordsee. Das Wasser war ungewöhnlich blau, so, wie er es nur vom Mittelmeer kannte. Das musste mit der tiefliegenden Sonne zu tun haben.

Der Strand war durch einen ziemlich hohen Zaun abgesperrt. Er musste ein Stück am Zaun entlang gehen, bevor er den offiziellen Zugang erreichte. Am Eingang saß ein Wärter in einer kleinen Hütte, einer Art Kiosk, der von den Badegästen die Kurtaxe kassierte. Er begrüßte den Wärter mit den Worten:

„Du bist mein Herr und meines Kaisers Vogt,
doch nicht der Kaiser hätte sich erlaubt,
was du – er sandte dich in diese Lande,
um Recht zu sprechen – strenges, denn er zürnet –
doch nicht, um mit der mörderischen Lust
dich jedes Greuels straflos zu erfrechen,
es lebt ein Gott, zu strafen und zu rächen.“

Der Wärter, ein älterer Mann mit Kapitänsmütze, lächelte nur. Er hatte wahrscheinlich gesehen, dass hinter dem Mann, der ihm da irgendwas Schwachsinniges von einem Kaiser erzählte und offensichtlich nicht alle auf dem Christbaum hatte, zwei Polizisten aufgetaucht waren. Als die beiden ihn baten, mit ihnen zu kommen, ließ er sich widerstandslos wegführen.

„Du bist mein Herr und meines Kaisers Vogt“, sagte er noch einmal, sich nun an die beiden Beamten richtend.

Er war erleichtert, streckte den Polizisten sogar bereitwillig die Arme entgegen. Aber von seinem großzügigen Angebot, ihm Handschellen anzulegen, machte keiner von ihnen Gebrauch. Dieser Durchgeknallte würde nicht weglaufen, das war denen sonnenklar.

Montag,
11. Mai 2015

20. Kapitel

Die Temperaturen würden heute im Ruhrgebiet hochschießen auf sommerliche 25 Grad. So stand es im Wetterbericht. Milchig würde der Himmel sein, ein Lüftchen vom Westen her, aber es sollte trocken bleiben, wenn alles gut ging.

Was dann kam, war allerdings ein Tag, der nicht so recht zu den optimistischen Prognosen des Wetterberichts passen wollte, einer, an dem sich die Katastrophenmeldungen überschlugen. Der Ärger hatte schon am frühen Morgen in Wattenscheid begonnen. Rogalla war noch am Frühstückstisch bei der montäglichen Lektüre der Westdeutschen Allgemeinen auf den Bericht über Schalkes Niederlage in Köln gestoßen. Zwei zu null lautete das Endergebnis, das wusste er natürlich schon. Am Sonntag hatte er Teile der Reportage am Radio verfolgt. Aber da hatte das alles noch einigermaßen positiv geklungen, während das jetzt, in dem Zeitungsbericht, vollkommen anders erschien, nämlich ausschließlich deprimierend. Den Kommentar im Radio hatte wohl jemand gesprochen, der schon mit königsblauen Augen auf die Welt gekommen war.

Stattdessen war die Tendenz des Zeitungsberichts ganz eindeutig und auch plausibel, Schalke hatte sich mal wieder blamiert. Vor 46.500 Zuschauern im ausverkauften Rhein-Energie-Stadion hatten sie nichts zustande gebracht. Stattdessen traf gegen Ende der ersten Halbzeit Marcel Risse zur Führung für die Gastgeber. Die zweite Halbzeit verlief ähnlich niederschmetternd wie die erste. Der eingewechselte Yannick Gerhardt sorgte in der Schlussminute für den verdienten Endstand. Aber dafür konnte man sich als Schalker Anhänger auch nichts kaufen.

Während sich die Kölner nun über den sicheren Klassenerhalt freuen durften, musste Schalke nach diesem Ergebnis sogar um das Mindestziel, das da hieß Europa League, bangen. Mit dreiundvierzig Zählern in der Tabelle hatten die Knappen nur noch zwei Punkte Vorsprung vor den leidigen Verfolgern aus Dortmund. Peinlich war gar kein Ausdruck. Rogalla war völlig bedient. Damit konnte man den Tag erst mal abschreiben.

Montags las Rogalla den Sportteil der WAZ immer zuerst. Dann erst kam die Politik dran. Er blätterte die Seiten durch, überflog die Überschriften, versuchte sich einen Reim auf die Inhalte zu machen, ohne die Artikel komplett durchzulesen. Am Ende der Politiksparte gab es eine Seite, die ‚Panorama' hieß und in der man alles Mögliche unterbringen konnte. Am linken Rand dieser Seite fiel ihm eine Meldung ins Auge. ‚Wo ist Leon Steiner?' hieß es da in der Überschrift. Hier interessierte ihn jedes Wort, das in der Meldung geschrieben stand. Zunächst wurde darauf hingewiesen, dass am Schauspielhaus Bochum mehrere Vorstellungen mit Leon Steiner abgesagt worden waren.

Dann setzten die Spekulationen ein, wobei man sich auf die Bild-Zeitung berief. Steiner sei irgendwo an der Nordsee gesichtet worden, habe einen verwirrten Eindruck gemacht. Mehrere Menschen hätten ihn erkannt und sowohl die Presse als auch die Polizei informiert. Man werde weiter berichten, wenn Genaues bekannt sei.

Im Kommissariat war man natürlich über die Lage im Bundesligafußball informiert. Das Thema wurde folglich gar nicht erst angeschnitten. Sabrina hatte Kevin entsprechend geimpft und besonders kräftigen Kaffee gekocht. Aber der Kaffee hatte Rogallas Miene auch nicht aufgehellt.

Dann kam der erste in einer Reihe von Anrufen.

Wie schon vor ein paar Tagen wieder aus Hamburg und wieder von dem Brüller Jan Bartels aus der Polizeiwache in der Sedanstraße. Sabrina war am Apparat. Zum Glück machte der Anrufer diesmal zunächst keine anzüglichen Witze, sondern war gleich bei der Sache.

In der Wohnung des Schauspielers Leon Steiner in der Hamburger Isestraße war eingebrochen worden. Mitbewohner des Hauses hatten Geräusche gehört, dann nachgesehen und festgestellt, dass die Tür zur Wohnung offen stand. Wer immer die Wohnung aufgesucht hatte, war längst über alle Berge.

Es gab auch keine Einbruchsspuren, aber man hatte dann doch die Polizei informiert. Bartels war zusammen mit einem Kollegen in der Wohnung gewesen. Zunächst war da nichts Auffälliges zu erkennen, doch dann hatte Bartels, der ja vor ein paar Tagen schon einmal die Wohnung aufgesucht hatte, die Flecken an der Wand gesehen. An zwei Stellen schienen die Menschen, die in die Wohnung eingedrungen waren, Bilder oder Gemälde entfernt zu haben. Die Spuren waren deutlich zu erkennen. Die Bilder mussten schon länger dort gehangen haben. Staubränder deuteten auf ihre Formate hin. Auch ein Nachbar der Steiners, der gelegentlich in der Wohnung gewesen war, bestätigte, dass dort normalerweise Gemälde hingen.

Und was Steiners Ehefrau, diese Gundula Garben alias Silke Zippel, betraf, so war die mal eben von der Bildfläche verschwunden. Hilfe war von der Dame im Augenblick nicht zu erwarten. Von wegen Engagement in München. Er hatte sogar bei den dortigen Kammerspielen angerufen, hatte, wie er betonte, praktisch die Arbeit der Bochumer Rheinländer übernommen.

Wenn das keinen Kaffee wert war! Jedenfalls hatten die in München, soweit er es überhaupt verstehen konnte, gesagt, das sei nichts Ungewöhnliches für die Garben, dass sie mal weg war. Die machte irgendwo Kurzurlaub. Mal ein bisschen raus aus dem ewigen Trott, sagte Bartels, dafür müsste doch die Kaffeemaus auch Verständnis haben.

Am Ende des Gesprächs hatte Bartels es dann doch noch einmal krachen lassen, hatte die Bochumer Kaffeemaus, wie er sie immer wieder hartnäckig nannte, daran erinnert, dass sie ihn doch letzte Woche gefragt hätte, ob er sie nicht mal besuchen könnte im schönen Rheinland, wo sie doch zu Hause war. Ob sie schon auf ihn gespannt wäre. Keine Sorge, dass er unlautere Absichten verfolge. Beileibe nicht. Da könne er sie beruhigen. Großes Kollegenehrenwort!

Es ginge ihm im Wesentlichen darum, zweifelsfrei festzustellen, ob sie wirklich Kaffee kochen könne. Sie solle nur sagen, wann sie ihn in ihrer Kaffeebude im Präsidium empfangen wollte, dann würde er das schon entsprechend arrangieren. Im ICE vom Dammtor in Hamburg bis zum Hauptbahnhof in Bochum, das wär nur ein Katzensprung, kaum mehr als drei Stunden. Er hätte das alles schon in Erfahrung gebracht. Kein Thema. Und zwar um ihretwillen.

Sabrina fand den Kerl wieder unglaublich frech und beendete das Gespräch mit hochrotem Kopf.

Mit dem nächsten Anruf kam der Hammer. Leichenfund am LWL-Industriemuseum, Zeche Hannover. Diesmal war Kestermann am Apparat. Die Bereitschaftspolizei, die sich bei der Kripo meldete, nahm an, dass von einem Fremdverschulden auszugehen war.

„Ich fahre selbst", sagte Rogalla. „Sabrina kommt mit."

Kevin war nicht begeistert, dass ihm die Stallwache übertragen wurde, aber er äußerte sich nicht, nahm es hin.

„Was für eine Leiche?" fragte Rogalla noch.

„Wissen die nicht, haben nur die Beine gesehen, wohl eher weiblich. Aber die sind nicht so dicht rangegangen. Wollten keine Spuren zerstören."

„Dann ist es wohl nicht unser Schauspieler, oder?"

„Keine Ahnung."

Es dauerte nur zwei Minuten, dann war auch diese Frage geklärt. Der dritte Anruf kam nämlich gleich hinterher, noch bevor Rogalla und Sabrina aufgebrochen waren. Wieder rief jemand aus dem hohen Norden an, nämlich aus Wilhelmshaven. Dort hatte die Schutzpolizei in Hooksiel, einem nur wenige Kilometer entfernten Nachbarort, einen Mann aufgegriffen, der aussah wie Leon Steiner, der aber völlig verwirrt schien. Der Mann führte keine Papiere mit sich, hatte stattdessen dauernd Passagen aus Schillers Drama ‚Wilhelm Tell' deklamiert und war allen Leuten, die mit ihm in Berührung kamen, maßlos auf den Geist gegangen.

Zwischen den Schiller-Passagen hatte er irgendwas vom Bochumer Schauspielhaus gefaselt und darauf bestanden, dass er sofort dorthin gebracht wurde. Er würde dort erwartet, müsse gleich auf die Bühne. Darauf war man allerdings nicht eingegangen, hatte ihn in eine sichere Einrichtung eingeliefert, wusste aber nicht, was man längerfristig mit ihm machen sollte.

„Die sollen ihn herschicken, so schnell wie möglich", sagte Rogalla zu Kevin Kestermann, der auch diesen Anruf entgegengenommen hatte. „Am besten in die ‚Universitätsklinik für Psychiatrie' am Stadtpark. Das ist hier um die Ecke, in der Alexandrinenstraße, neben dem Tierpark. Dann haben wir es nicht so weit."

„So schnell wird das wohl nicht gehen, hat der Kollege aus Wilhelmshaven gesagt. Frühestens morgen oder übermorgen. Die brauchen eine richterliche Entscheidung. Müssen erst wissen, ob die Überführung auch rechtens ist."

Rogalla stand schon in der Tür, da rief auch noch Dr. Hahn an. Der hatte ihm gerade noch gefehlt. Was das denn für Sachen wären mit diesem Schauspieler, fragte er, und warum man in Bochum nichts davon wisse. Ob Rogalla bitte mal unverzüglich bei ihm erscheinen könne, er hätte gerade fünf Minuten Zeit, eigentlich nur drei. Der Kommissar sagte, das gehe jetzt nicht, sie hätten einen Leichenfund. Der ginge vor. Er gelobte aber hoch und heilig, dem PP Bericht zu erstatten, sobald er wieder im Hause sei.

21. Kapitel

Der Hauptkommissar setzte sich auf den Beifahrersitz, überließ Sabrina das Steuer. Sie war eine geschickte Fahrerin; er genoss es, sich von ihr kutschieren zu lassen. In weniger als zehn Minuten hatten sie das Gelände in Hordel erreicht. Der Malakowturm wirkte in dem trüb-warmen Wetter nicht so imposant wie sonst. Es hatte angefangen, ganz leicht zu nieseln. Davon war im Wetterbericht nicht die Rede gewesen.

„Mairegen. Auch das noch“, maulte Rogalla.

Sabrina fuhr durch beide Eingangstore, fast bis an den Malakowturm heran. Ein Kollege von der Polizeiwache Wanne-Eickel empfing die beiden Kripobeamten und geleitete sie rechter Hand an einigen verrosteten Loren vorbei bis zu der Mauer, die den inneren Ring um das Zechengelände markierte. Die Herrschaften vom Erkennungsdienst waren bereits eingetroffen, zwei Krankenwagen standen bereit. Um eine zirka fünfzig Quadratmeter große Fläche hatte man ein rot-weißes Absperrband gespannt.

Albert Potthoff vom Erkennungsdienst leitete die ersten Maßnahmen der Spurensicherung. Er war ein kleiner, breiter Mann mit starker Brille, empfing Rogalla vor der Absperrung, allerdings ohne ihm die Hand zu reichen.

„Na, haben sie dich drangekriegt?“ fragte er nur, ohne Rogalla dabei anzusehen.

Man hatte den Eindruck, als suche Potthoff, während er redete, irgendwas in dem kläglichen Rasen, der dort wuchs, da er immer auf den Boden guckte. Rogalla kannte dieses Verhalten, wunderte sich nicht. Das schien ihm eine professionelle Verhaltensstörung zu sein. Er fragte sich, ob Potthoff in anderen Situationen, zum Beispiel, wenn er in seiner eigenen Wohnung herumlief oder wenn er auf dem Fußballplatz war, auch immer irgendwas auf dem Boden suchte.

„Wir haben gerade erst gehört, dass hier was los ist. Aber deine Leute sind ja schon ordentlich aktiv, sehr lobenswert."

Potthoff war in seinem Job einer der zuverlässigsten Kollegen, die man sich wünschen konnte, aber eigentlich hatte er zu jeder Zeit schlechte Laune. Und er glänzte in der Regel durch kuriose Manieren. Als Rogalla Sabrina vorstellen wollte, nahm er sie kaum zur Kenntnis. Sie guckte Rogalla überrascht und auch ein bisschen empört an, doch der winkte nur ab. Potthoff war eben so, sollte das heißen. Nur nicht ernst nehmen.

„Na, was habt ihr?" fragte Rogalla.

„Frau um die vierzig. Keine Papiere, keine Handtasche, nichts, was wir brauchen könnten."

„Wer hat sie gefunden?"

„Hier gibt es Tag und Nacht Wachdienstleute, von der Wach- und Schließgesellschaft oder so ähnlich. Einer von denen hat seinen Rundgang gemacht, hat zwei Beine gesehen und dann gleich die Polizei gerufen."

„Haben die nichts gemerkt? Nichts gehört, gesehen?"

„Nee. Kennst doch die drei japanischen Affen. Nichts sehen, nichts hören, nichts sagen."

„Na ja. Wenn sie nichts sehen oder hören, dann können sie auch nichts sagen. Und? Sonst?"

„Komische Sache. Du kannst dir das ja gleich mal genauer ansehen. Liegt da direkt vor der Mauer. Hinter der einen Lore. Da, wo jetzt der Arzt herumwurschtelt."

„Und was ist komisch?"

„Du siehst ja das Gelände hier. Da ist außerhalb der Öffnungszeiten alles abgesperrt."

„Was willst du damit sagen?"

„Du kommst hier normalerweise nicht rein."

„Aber es gibt doch Öffnungszeiten. Wann sind die denn?" fragte Sabrina.

Potthoff guckte sie ausnahmsweise an, aber sein Blick schien zu fragen, wer sie denn sei und ob sie soeben vom Mond zu ihnen herabgestiegen wäre.

Zu Rogalla gewandt sagte er mit dem klassisch gesenkten Blick: „Mittwoch bis Samstag nur nachmittags, am Sonntag auch am späten Vormittag. Abends um 18 Uhr ist immer Feierabend. Dann wird hier alles dicht gemacht. Wie gesagt, schwierig, hier reinzukommen."

Rogalla merkte, dass da noch was war. Potthoff ging immer sparsam mit seinen Informationen um, dosierte seine Botschaften gern auf eine Pointe hin.

„Was ist daran komisch?"

„Es gibt Spuren."

„Und?"

„Du hast vielleicht gesehen, dass das Gelände praktisch durch zwei Umzäunungen eingefriedet ist. Hier im inneren Bereich ist es die Mauer, außen noch einmal ein hoher Zaun."

„Du hast ja schon gesagt, da kommt man nicht so leicht rein."

„Schon gar nicht mit einer Toten."

„Wie?"

„Soweit wir das bisher sagen können, wurde die Frau nicht hier, sondern irgendwo jenseits der äußeren Einzäunung umgebracht. Das gibt die vorläufige Spurenlage jedenfalls her. Später hat man dann einen Durchgang in den Zaun geschnitten."

„Wie soll das gehen? Das ist kein billiger Drahtzaun. "

„Mit einem starken Bolzenschneider gar kein Problem."

„Und, weiter?"

„Da hat man die Tote durchgeschoben, soweit ich das jetzt erkennen kann. Dann hat man sie bis an die Mauer der inneren Umzäunung gezerrt, die Schleifspuren sind noch da, obwohl es jetzt angefangen hat zu regnen."

„Gut, dass ihr so schnell da wart. Da war's ja noch trocken."

Potthoff nickte: „Ja, wir können auch schnell."

„Und dann hat man sie über die Mauer geworfen?"

„Sieht so aus."

„Keine einfache Sache."

„Nee. Musst du mit Schwung machen. Kleine Frau schafft das nicht ohne Weiteres. Starker Mann schon eher."

„Wie ist sie umgebracht worden?"

„Musst du mich nicht fragen. Bin kein Arzt."

„Dachte ich mir. Aber du bist doch sicher, dass hier ein Fremdverschulden vorliegt, oder?"

„Du willst wissen, ob ihr eine Mordkommission gründen sollt?"

„Genau das."

„Von der Spurenlage ist zumindest von einem Tötungsdelikt auszugehen. Ich persönlich vermute, dass wir es mit einem Mord zu tun haben. Ich habe die Würgemale am Hals der Toten gesehen. Du wirst ja auch noch mit den Ärzten sprechen. Also, wenn du mich fragst, könnt ihr schon mal gucken, wen ihr alles zusammenkriegt."

Sie zogen sich die professionelle Einwegkleidung an. Der Kollege von der Wanne-Eickeler Wache hob ihnen das Absperrband hoch, so dass sie sich der Fundstelle der Leiche nähern konnten. Der Arzt nickte ihnen zu. Rogalla sah zunächst nur das Haar der Toten. Als er sie das letzte Mal getroffen hatte, schien sie gerade vom Friseur gekommen zu sein. Jetzt war von der Pracht nicht mehr viel übrig. Rote Strähnen hingen im Dreck.

In dem Moment klingelte sein Handy. Dienstlich, das hörte er am Klingelton. Er nahm das Gespräch an, hätte ja auch der PP sein können, jetzt wo man den Schauspieler gefunden hatte. Aber es war zum Glück nur Kevin Kestermann. Der hatte allerdings, wie er aus seiner Kenntnislage annehmen musste, eine wichtige Botschaft zu übermitteln.

„Was ist los?"

„Wir haben schon wieder eine Vermisstensache."

„Wer?" fragte Rogalla ein bisschen unwillig.

„Der Ehemann dieser Anwältin Meyer-Strätling hat angerufen."

„Was wollte er?"

„Seine Frau ist seit dem Samstagabend verschwunden. Der hat den ganzen Sonntag über auf sie gewartet, sagt er, und jetzt ist ihm die Sache doch unheimlich geworden."

„Ist keine Vermisstensache. Ruf den Strätling an. Sag ihm, wir kommen gleich. Brauchst ihm aber noch nicht zu sagen, dass seine Frau hier an der Zeche Hannover hinter der Mauer liegt. Tot."

22. Kapitel

Die drei Kripobeamten saßen Im Gebäude 2, oben unterm Dach. Dort befand sich die Kantine des Präsidiums. Es hatte gerade noch geklappt, dass sie etwas vom montäglichen Eintopf bekamen, denn sie waren spät dran. Linsensuppe. Rogalla hatte zweimal zugeschlagen, wobei der letzte Löffel Suppe auf seinem Hemd gelandet war. In letzter Zeit war ihm das öfter passiert. Der Bauch wurde langsam zum Problem, nicht nur infolge des Essens, sondern auch *beim* Essen.

Sein kleines Malheur hatte er zum Anlass genommen, sich kurz das Gesicht seiner Frau auszumalen, das sie ihm bei solchen Gelegenheiten präsentierte. Daraufhin war ihm schmerzlich klar geworden, dass er sich einen weiteren Nachschlag verkneifen müsste. Jetzt schoben sie aber bei einer Tasse Kaffee alle drei ein Stück Schokoladenkuchen hinterher.

„Herr Rogalla", sagte Sabrina, „Sie glauben doch nicht, dass es da keinen Zusammenhang gibt! Das können Sie mir nicht erzählen."

„Kann schon sein, Sabrina, aber mir fehlt der rote Faden, eine schlüssige Verbindung zwischen den verschiedenen Puzzleteilen. Vielleicht habe ich auch nicht genug Fantasie. Ich kann mir im Augenblick keinen Reim darauf machen."

Kevin versuchte, die Dinge zu ordnen: „Also, fangen wir noch mal von vorne an. Da ist dieser Schauspieler, Leon Steiner, ein Schweizer Weltstar, wenn es so was überhaupt geben kann, der hier in Bochum Theater spielt. Dieser Schauspieler verschwindet vor ein paar Tagen, genau am letzten Mittwoch, und zwar nach einem Abend, an dem er noch im Schauspielhaus auf der Bühne gestanden hat. Er isst und trinkt später was im ‚Tucholsky', macht sich dann auf den Heimweg. Ab Mitternacht verliert sich seine Spur. Löst sich, bis auf die Blutflecke, von denen wir immer noch nicht wissen, ob sie überhaupt von ihm stammen, mehr oder weniger in Luft auf. Auf welche Weise das passiert ist, wissen wir noch nicht."

„Wär schon gut, wenn wir das wüssten", knurrte Rogalla.

Eigentlich passte es ihm nicht, dass Kestermann hier die Moderation übernahm. Andererseits saß man in der Kantine eher informell zusammen. Also gut, dachte er, lass ihn machen.

Kestermann fuhr unbeirrt fort: „Klar, Sie haben ja recht. Da ist in diesem Moment noch eine Lücke. Die müssen wir natürlich irgendwann schließen. Aber machen wir erst mal weiter: Dieser Steiner bleibt zunächst einmal verschwunden, taucht dann ein paar Tage später in verwirrtem Zustand bei Wilhelmshaven wieder auf. Irgendwo in einem Badeort am Meer, wo er aufgegriffen wird. Weil er dermaßen durchgeknallt ist, hält man ihn fest, um ihn eventuell auch vor sich selbst zu schützen. Keiner weiß bisher, welche Pferde mit dem durchgegangen sind."

Sabrina rührte in ihrer Kaffeetasse herum: „Und es kann ja auch sein, dass er schon in Bochum, also bei seinem Abgang, durchgedreht war. Vielleicht geistert der ja schon seit Tagen oben an der Nordsee rum. Er soll ziemlich verwahrlost ausgesehen haben, als die Kollegen aus Wilhelmshaven ihn geschnappt haben. Übrigens hat es schon mal einen Bochumer Schauspieler gegeben, der sich in der Nordsee ertränkt hat. Das war allerdings auf Sylt, glaube ich."

„Du meinst diesen Ulrich Wildgruber?"

„Ja, so hieß er. Ich hab den zwar nie auf der Bühne gesehen, da war ich noch zu jung."

Rogalla war das zu viel Spekulation: „Ihr meint, das könnte so eine Art Nachfolgetat sein. Wenn man bedenkt, dass ja nichts dergleichen passiert ist, dann fangt ihr jetzt aber an zu spinnen. Nur weil das Meer in der Nähe ist …“

Kestermann fiel ihm ins Wort: „Warten Sie mal, wir lassen das einfach so stehen, müssen ja keine Schlüsse daraus ziehen. Außerdem wird es ja noch die Gelegenheit geben, mit ihm darüber zu reden, sofern er reden will oder kann. Aber eine andere Sache scheint mir doch wichtig zu sein. Die Hamburger Kollegen finden in der Wohnung des Schauspielers Kontoauszüge einer Schweizer Bank. Sind übrigens die Fotos von den Auszügen schon hier?“

Rogalla nickte.

„Und dann“, fuhr Kestermann fort, „wird auch noch in Steiners Wohnung eingebrochen oder so ähnlich.“

„Eben. Ob das wirklich ein Einbruch war, wissen wir ja gar nicht“, murmelte Rogalla.

„Keine Frage. Ich denke, dass wir da noch ein paar Informationen von Sabrinas Freund von der Hamburger Polizei bekommen werden.“

Sabrina sagte: „Der Arsch. Kaffeemaus! Wenn ich das schon höre!“

„Aber offensichtlich hat sich jemand Zugang zu der Wohnung verschafft und wohl auch was mitgehen lassen. Wahrscheinlich Bilder, teure Gemälde, denn unser Schauspieler sammelt Kunst. Investiert seine überschüssigen Honorare in Kunst. Interessant ist nun, dass er einige Bilder aus seiner Sammlung vom Ehemann genau derjenigen Bochumer Anwältin gekauft hat, die wir gerade tot am Malakowturm in Bochum-Hordel aufgefunden haben.“

„Interessant ist weiterhin“, fiel Rogalla ihm ins Wort, „dass Steiner seinem Gewährsmann im Schauspielhaus einen Zettel mit der Telefonnummer eben dieser Anwältin gegeben hat, falls etwas passieren sollte. Und interessant ist auch noch, dass die Anwältin, als sie noch unter uns weilte, ein Büro leitete, das sich auf Steuerfragen spezialisiert hat."

„Das meine ich doch", sagte Sabrina und guckte Rogalla strahlend an. „Das kann doch kein Zufall sein, oder?"

„Zufall ist überall."

„Was meinen Sie damit?"

„Weiß ich auch nicht. War nur so ein blöder Spruch. Aber ihr habt schon recht. Wir müssen die Steuersache ins Auge fassen. Kann sein, dass gar nichts dahinter steckt. Aber versuchen müssen wir's. Das machen wir aber erst morgen. Ich denke auch, dass wir noch mal bei diesem Kollegen von Steiner in Stiepel auftauchen sollen. Oder wir bestellen ihn ein. Da ist ja das letzte Wort auch noch nicht gesprochen."

„Bei Hartmut Duwe?"

„Genau. Aber jetzt ist erst mal wichtig, dass zwei von uns zu dem Ehemann hinfahren und ihn befragen. Ich war am Mittag kurz bei ihm, habe ihm in groben Zügen mitgeteilt, was passiert ist. Er war schockiert, hat darum gebeten, das Interview auf den Nachmittag zu verschieben."

„Ich kann zu ihm fahren", sagte Kevin.

„Das ist in der Baumhofstraße. Haben Sie die Adresse?"

Kevin nickte. Sabrina hob ganz kurz die Hand, senkte sie wieder wie eine Schülerin, die nicht wusste, ob sie sich melden sollte oder nicht, guckte erst Kevin, dann Rogalla an.

„Sie wollen mitfahren?" fragte der. „Meinetwegen."

Sabrina strahlte. Während ihrer Ausbildung hatte sie gelernt, dass erste Gespräche mit Angehörigen von Ermordeten aus kriminaltechnischer Sicht höchst interessant waren. Da konnte man was erfahren, wenn man aufmerksam war.

23. Kapitel

Aus den Lautsprechern, die über die gesamte Anlage verteilt waren, ertönte das unerbittliche Stakkato der schwedischen Sängerin Lykke Li, die mehrfach darum bettelte, ihrem *deep sea baby* hinterherlaufen zu dürfen. Später wurde dann aus dem *deep sea baby* ihr *dark doom honey*. Was immer das heißen sollte, auch dem wollte sie folgen. Wohin nur?

Udo Nowak, der das Lied nun schon zum dritten Mal am heutigen Tag hörte und vergeblich versuchte, sich auf den etwas konfusen Text einen Reim zu machen, saß in seinem Büro und langweilte sich. Er blätterte zerstreut in der Bild-Zeitung, die er schon von vorn bis hinten durchgelesen hatte.

In seiner Wattenscheider Muckibude war nicht viel los. Mit Hilfe der flinken Mädchen am Tresen und der beiden Fitnesstrainer in den auffallend roten T-Shirts lief der Laden wie von alleine. Eigentlich hätte er nach Hause gehen können und sich ins Bett legen. Aber da war dieser Anruf gewesen, der ihn notwendig an seiner Arbeitsstätte festhielt.

Durch ein kleines Guckloch, das ihm erlaubte, einen gewissen Teil des Trainingsraums zu überblicken, beobachtete er gerade ein paar unzufriedene Hausfrauen, die hektisch und mit mürrischem Gesicht auf den Sitzrädern herumtrampelten, als wollten sie sich den ganzen Frust ihres verzweifelten Daseins von der Seele schwitzen. Ihnen gegenüber steigerte ein Mann Mitte dreißig, mit arabischem Einschlag und prächtiger Waschbrettfigur, kontinuierlich seine Gewichte an der Bauchmaschine. Drei Schülerinnen, die wahrscheinlich direkt aus der Schule in die Halle gekommen waren, hampelten auf den Laufbändern herum, und zwei

Sportstudenten feuerten sich gegenseitig beim Gewichtheben an. Alles ganz normal am Nachmittag. Gegen Abend würden dann die Massen wieder strömen.

Schon am Morgen waren die kräftigen Jungs von dem einschlägigen Wachdienst zum Kassieren gekommen. Einmal im Monat erschienen sie vor Ort und machten die Hand auf, hier in seiner Bude. Noch ein kleines Pils hinterher, ein paar belanglose Worte über das Wetter oder so ähnlich, dann war gut. Man kannte sich inzwischen, hatte auch bis zum gewissen Grade Vertrauen zueinander, wenn dieses Wort in dem Rahmen überhaupt angebracht war.

Eigentlich lief das alles wie am Schnürchen. Die Zuständigkeiten in der Region waren sauber aufgeteilt. Da konnte normalerweise nichts schief gehen. Außerdem hatte er, was diese Verbindung betraf, in jeder Hinsicht die Billigung seines Chefs, der gerade im Zusammenhang mit solchen eher zweifelhaften Geschäftsbeziehungen ein unverwüstliches Harmoniebedürfnis besaß.

Der machte ihm allerdings ein paar Sorgen. Er hatte vorhin angerufen, kam gerade von der Nordsee und war auf dem Heimweg ins Bergische, wollte aber vorher merkwürdigerweise noch mal hier in Wattenscheid vorbeikommen. Was er genau wollte, hatte der Chef nicht gesagt. Nowak spürte seinen Magen, der sich immer dann meldete, wenn etwas nicht so lief, wie es eigentlich sollte. Nowaks Magen war ein guter Vorbote ungewöhnlicher Ereignisse.

Allein die Ankündigung des Besuchs war ungewöhnlich, denn falls Dr. Weber es sich doch mal einfallen ließ, in der Wattenscheider Halle zu erscheinen, dann stand er in aller Regel unangekündigt auf der Matte. Jetzt war das allerdings in kürzester Zeit schon das zweite Mal, dass er hier auftauchen würde, und in beiden Fällen hatte er vorher angerufen.

Das erste Mal war in der vorletzten Woche gewesen. Da hatte er auch angerufen und gefragt, ob Nowak im Hause war. Eine Stunde später war er, offenbar etwas beunruhigt, zu ihm gekommen und hatte ihm ein Tonband vorgespielt, auf dem er ein Telefonat mitgeschnitten hatte. Gespräche mitzuschneiden war seine große Leidenschaft. Nowak war mal in Webers Villa gewesen. Da hatte ihm der Chef voller Stolz die Anlage gezeigt, die automatisch jedes Gespräch aufzeichnete.

„Hör dir das mal an", hatte er gesagt, „meine Frau sagt, du erkennst den vielleicht. Sie war sich nicht sicher, meinte, du könntest da helfen."

Nowak hatte sich das Band angehört, ließ es noch mal zurückspulen, hörte es erneut. Von dem Inhalt hatte er nicht viel verstanden, denn Weber spielte ihm nicht das ganze Gespräch vor, sondern nur ein paar Ausschnitte, auf denen die fremde Stimme zu hören war. Worum es eigentlich ging, war ihm nicht klar geworden.

Nachdem er das Band dreimal angehört hatte, sagte er: „Das könnte Leon Steiner sein. Er verstellt zwar ein bisschen seine Stimme, aber ich glaube doch, er ist es. Habe ihn ja gerade noch im ‚Wilhelm Tell' gesehen."

„Danke. Auf den hat meine Frau auch getippt."

Auf Nowaks Frage, was das Ganze zu bedeuten habe, hatte Weber nur gesagt: „Tut mir leid, aber das geht dich nichts an."

Und dann wurde er auf einmal ganz ernst: „Dieses Gespräch hat niemals stattgefunden. Das Band hast du nie gehört. Verstanden?"

Nowak hatte verstanden, obwohl ihm das alles nicht passte, auch nicht die Art, wie der Chef ihn im Dunkeln ließ und überhaupt mit ihm umging. Gerade darin lag wahrscheinlich der Grund, warum er die Sache nicht aus dem Kopf kriegte, immer wieder darüber nachdenken musste.

Hinzu kam seine große Leidenschaft. Er wusste ja nicht, wann man einen Leon Steiner hier in Bochum noch einmal zu Gesicht kriegen würde. Als er sich am Sonntag noch einmal im Schauspielhaus den ‚Tell' ansehen wollte, war er verwundert, dass er schon mittags im Bochumer Lokalfunk zu hören bekam, dass die Vorstellung ausfallen würde. Da hatte er angefangen, sich wirklich ernsthafte Gedanken zu machen.

Gegen halb fünf tauchte Erich Rogalla in der Fitnessbude auf. Das Erscheinen des Polizisten verstärkte das ungute Gefühl, das er seit Dr. Webers Anruf in der Magengegend verspürte. Hoffentlich würde Rogalla schon wieder verschwunden sein, wenn der Chef hier auftauchte. Eine Begegnung der beiden käme ihm verdammt ungelegen.

Nowak hatte Rogalla schon beobachtet, wie der sich an den Geräten vorbei schlängelte und die Treppe zur Umkleidekabine hinabstieg. Als er im einschlägigen Sportdress wieder erschien, schwang er sich gleich auf einen der freien Crosstrainer. Es war genau das Gerät, über das Rogalla vor ein paar Tagen noch so heftig gemeckert hatte.

Nowak überlegte, ob er Rogalla überhaupt sprechen wollte. Die Polizei war nicht immer willkommen, auch wenn sie in Person eines alten Schulfreunds auftrat. Trauen konnte man manchmal den besten Kumpels nicht. Und schon gar nicht konnte man denen alles erzählen. Schließlich gab er sich einen Ruck und schlenderte zu Rogalla hinüber.

„Na, schon Feierabend?" fragte er.

„Genau wie du", sagte Rogalla.

„Wieso das denn? Ich arbeite hier. Ist ein Sechzig-Stunden-Job."

„Und ich dachte, das wäre deine Freizeitbeschäftigung. Hast doch nichts zu tun, oder? Der Laden läuft doch ganz von alleine."

„Du hast Nerven!"

„Ich weiß schon. Es ist die Verantwortung, an der du so schwer zu tragen hast."

„Beamter müsste man sein. Dann kann man sich auch über die arbeitende Bevölkerung lustig machen."

„Übrigens", sagte Rogalla, „was ist denn eigentlich mit dem Theater los? Ich hatte sogar meine Frau überredet, am Sonntag in den ‚Wilhelm Tell' zu gehen."

„Guck mal an. Da hätten wir uns ja beinahe getroffen."

„Aber da war nix. Ausgefallen. Weißt du, warum?"

„Keine Ahnung. Am Samstag stand in der Zeitung, der Steiner wäre krank. Kann ja mal passieren. Heute steht da, so ein paar Wichtigtuer hätten den an der Nordsee gesehen. Kann ich mir gar nicht vorstellen, dass der sich aus dem Staub gemacht hat. So ein Weltstar!"

„Ich dachte, du wärst der große Experte, hättest immer ein Ohr hinter den Kulissen."

„Das bildest du dir ein."

„Schade. Gerade, wenn ich mich mal für die Kultur entschieden habe, dann gibt es eine Pleite. Ich glaube doch, dass ich besser beim Fußball bleibe."

„Hör mal. Wenn ich mir die Leistungen deines Bundesligavereins so ansehe, dann hast du da auch keine Freude dran."

„Wohl wahr."

Kannst eben nicht alles haben, dachte Nowak, als er wieder in sein Büro ging. Er selbst ging ja an den Wochenenden zu Wattenscheid 09, und die Schalker waren ihm scheißegal. Über Rogalla hatte er sich geärgert. Macht den großen Kripo-Fuzzi im Präsidium, verärgert hier meine Kunden wie kürzlich den schönen Rudi, verarscht mich nach Strich und Faden, weil ich gern ins Theater gehe und mir das angeblich gar nicht zusteht. Ein Glück, dass auch Bullen von Zeit zu Zeit Niederlagen wegstecken müssen. Und wenn es nur im Fußball ist.

Über die Lautsprecher dröhnte Adeles *Rolling in the deep*. Sie behauptete steif und fest: *We could have had it all*. Aber Udo Nowak war sich da gar nicht so sicher. Was ihn besonders freute, war die Tatsache, dass auch sein Schulfreund Erich Rogalla nicht alles kriegte, was er haben wollte.

24. Kapitel

Von der Universitätsstraße kommend bogen sie in die Markstraße ein, dann links in die Stiepeler Straße. Kevin, der sich in Bochum noch nicht auskannte, saß am Steuer, Sabrina führte ihn. Sie brauche kein Navi, hatte sie gesagt, das sei doch ihre Heimatstadt. Allerdings verhakten sie sich erst einmal im Gestrüpp der Wege, die nach Bäumen benannt waren. Da gab es den Ahornweg, den Platanenweg, den Zedernweg und den Eichenweg. Als Sabrina das Schild Kastanienweg sah, wusste sie, dass sie zu weit gefahren waren. Also zurück. Über den Akazienweg landeten sie dann schließlich doch in der Baumhofstraße. Sabrina stellte reumütig fest, dass man hier einfacher hätte herfinden können. Aber sie sagte nichts. Kevin parkte direkt vor dem Haus.

Es war ein helles Flachdachhaus, das zwei Etagen aufwies und zur Straße hin noch wenig von sich zu erkennen gab. In der Einfahrt stand Strätlings Maserati. Vornehm geht die Welt zugrunde – Sabrina schoss der Spruch durch den Kopf, den ihre Oma so oft benutzte.

Der Hausherr schien inzwischen gefasst. Er selbst empfing die beiden Polizisten an der Eingangstür und führte sie durch ein geräumiges, vom einfallenden Licht durchflutetes Wohnzimmer in den Garten. Auf einem Tischchen neben der Terrassentür stand eine Flasche, daneben zwei Gläser. Sabrina verharrte einen Moment vor der Flasche. Caol Ila stand darauf, das konnte ja kein Mensch aussprechen.

Kevin, der sich auszukennen schien, flüsterte ihr zu: „Das ist ein Malt Whisky. Einer von der harten Sorte. Fünfzehn Jahre alt."

Von der Gartenseite konnte man die ganze Pracht des Gebäudes erkennen. Es war klar konturiert, schien effektiv und war irgendwie prächtig. Im Dachgeschoß, oberhalb des breiten, großzügigen Fensterbandes lag eine eingezogene Dachterrasse, zu der es von der Straße her keinen Einblick gab.

Der Garten war gepflegt. Offensichtlich konnten sich die Strätlings einen ständigen Gärtner leisten, der die Anlage versorgte. Hinter einer höher gelegenen Rasenfläche öffnete sich eine üppige Gartenlandschaft dem Blick. Ein solider Zaun trennte die beiden Bereiche.

Sabrina wandte sich noch einmal um und sah, dass sie sich nicht getäuscht hatte. Im Wohnzimmer hing nur ein einziges, großformatiges Bild an der Wand. Auch durch die Glasscheibe war es gut zu erkennen. Es wirkte modern, war aber nicht gegenstandslos. Man erkannte eine Waldlandschaft, die so aussah, als sei sie aus einer höheren Perspektive, wie vom Flugzeug aus, gezeichnet worden. Sehr realistisch, fast fotografisch genau. Aber ein paar eingestreute Rottöne brachten den realistischen Eindruck durcheinander. Eigentlich waren nur die Spitzen eines Tannenwaldes zu sehen, die aber zum großen Teil vereist waren. Das Gemälde wirkte kalt, beim Betrachten des Bildes hätte sich Sabrina am liebsten einen Mantel angezogen.

Ansonsten gab es geschmackvoll integrierte Bücherregale. Tatsächlich keine weiteren Bilder an den Wänden. Merkwürdig. Sie hatte gedacht, dass es im Haus eines Galeristen so aussah wie in einem Museum. Keine Spur davon.

Lars Strätling geleitete sie zu einer soliden Sitzgruppe aus Terrassentisch und Bänken, auf denen Kissen befestigt waren. Auf dem Tisch stand eine Kristallkaraffe mit Gläsern bereit. In der Karaffe sprudelte das Mineralwasser. Offenbar war es gerade eingeschenkt worden. Hatte er sie genau jetzt erwartet, oder war das Zufall?

„Es tut mir leid, dass ich heute Mittag nicht in der Lage war, Ihrem Chef Rede und Antwort zu stehen, aber ich denke, er hat es verstanden."

„Jetzt geht es?"

„Was soll ich machen. Es bleibt ja keine Wahl, das ist mir schon klar. Sie müssen Ihre Arbeit tun, das verstehe ich. Bitte nehmen Sie Platz. Und ich wäre Ihnen verbunden, wenn wir meine derzeitige Verfassung in diesem Gespräch nicht thematisieren würden."

Strätling setzte sich erst, als Sabrina und Kevin ihrerseits Platz genommen hatten. Alte Schule. Er war ausgesprochen attraktiv, schlank, hochgewachsen, trug gut geschnittenes, graues Haar ohne Tönung. Auf seinen Wangen zeichneten sich ein paar gerötete Äderchen ab, die vielleicht unter anderen Umständen nicht zu sehen gewesen wären. Er wirkte ruhig, fast ein wenig abgeklärt, so, als hätte er die Situation zuvor mit Erfolg geprobt.

„Kann ich Ihnen etwas anbieten? Wasser? Oder lieber Kaffee? Alles kein Problem."

„Machen sie bitte keine Umstände", sagte Kevin. „Aber ja, gern ein Wasser."

Sabrina schloss sich an. Sie wunderte sich, dass Kevin, der die Führung des Gesprächs übernommen hatte, so zögernd an die Sache heranging. Sie hatte gedacht, er würde den Ehemann der Getöteten sogleich mit den einschlägigen Fragen konfrontieren. Aber irgendetwas, das sie nicht ausmachen konnte, schien Kevin daran zu hindern.

Als Strätling den beiden Kommissaren aus der Karaffe eingoss, sah Sabrina, dass seine Hand zitterte.

„Ich weiß gar nicht", sagte Kevin, offenbar um einen Einstieg zu finden, „ob Sie Kinder haben. Sie leben hier in so einem prächtigen großen Haus, da könnte man sich doch gut vorstellen, dass hier ein paar Kinder herumliefen."

„Ein paar nicht. Aber wir haben eine Tochter, die in England zur Schule geht. Ich habe sie vorhin angerufen und ihr mitgeteilt, was passiert ist. Sie wird heute Abend noch kommen."

„Wie alt ist Ihre Tochter?"

„Vierzehn. Wir hatten damals einige Jahre gewartet, bis wir uns schließlich ein Kind zugetraut haben. Aber Sie wollen sicher nicht über unsere Tochter reden."

Seltsam, dachte Sabrina, dass sich Kevin jetzt auch noch an die Hand nehmen lässt. Sie fand, dass hier ein Regiefehler vorliege. Was Strätling sagte, hätte von Kevin kommen müssen.

„Da haben Sie recht", sagte sie und hätte sich beinahe auf die Lippe gebissen, weil Kevin sie so verwundert ansah.

Strätling setzte nach: „Also, bitte, bringen wir's hinter uns."

„Erzählen Sie vom Samstag. Unter welchen Umständen haben Sie gemerkt, dass Ihre Frau nicht zu Hause war? Wann hat sie das Haus verlassen?"

„Das kann ich gar nicht so genau sagen, Herr Kestermann. Ich war den ganzen Tag in Düsseldorf, wo wir zurzeit eine neue Ausstellung planen. Sie wissen vielleicht, dass ich in Düsseldorf eine Galerie betreibe."

„Was heißt ‚wir'? Wer ist noch dabei?"

„Da ist Frau Canetti, Elena Canetti, meine Sekretärin. Außer ihr beschäftige ich noch zwei weitere Mitarbeiter, Herrn Breuer und Herrn Fröhlich. Wir waren am Samstag alle vier damit beschäftigt, die Ausstellung vorzubereiten."

„Wie lange?"

„Bis zum Abend. Wir haben hinterher alle zusammen etwas gegessen, nur eine Kleinigkeit in einem Bistro an der Berliner Allee. Anschließend bin ich mit Frau Canetti noch für ein paar Stunden in ihrer Wohnung gewesen, erst in der Nacht habe ich mich dann auf den Heimweg gemacht. Das war so verabredet mit meiner Frau."

„Und als Sie nach Hause kamen ..."

„War sie nicht da."

„War sie mit dem Auto gefahren?"

Strätling drehte sich um. Hinter ihm, auf einem Pfosten des Zauns, der den eigentlichen Garten von der Rasenfläche abschirmte, hatte sich eine Elster niedergelassen. Ihr Krächzen, das offenbar nicht nur Sabrina als störend empfand, machte das Gespräch fast unmöglich. Der Hausherr klatschte mehrmals in die Hände, die Elster zögerte einen Moment, breitete dann aber ihre Schwingen aus, drehte noch eine Runde über ihren Köpfen und flog davon.

„Entschuldigen Sie, was wollten Sie wissen?"

„Ob Ihre Frau mit dem Auto gefahren war. Wir haben nur ein Fahrzeug in der Einfahrt gesehen, einen Maserati."

„Das ist mein Wagen, mit dem ich auch in Düsseldorf war. Das Auto meiner Frau ist ein BMW Cabrio, das eigentlich auf dem Kiesweg hätte stehen müssen, als ich nach Hause kam. Sie stellt es nie in die Garage. Aber es war nicht da. Deshalb hatte ich sogleich befürchtet, sie sei doch nicht zu Hause, was sich dann ja auch bestätigt hat. Ich war trotzdem sehr überrascht. Wir hatten am Vormittag noch telefoniert. Ich glaube, sie hatte vor, mir etwas zu erzählen. Was das war, weiß ich aber nicht. Sie hat nicht einmal Andeutungen gemacht."

„Wir müssen zusehen, dass wir das Auto Ihrer Frau finden. Welche Farbe hat es?"

„Weiß. Kennzeichen BO – MS 1972, das Geburtsjahr meiner Frau."

Sabrina mischte sich ein: „ Auf dem Parkplatz an der Zeche Hannover stand kein Cabrio, das weiß ich genau."

Kevin übernahm wieder die Regie: „Sie sagen, Ihre Frau wollte Ihnen etwas mitteilen. Haben Sie wirklich keine Ahnung, worum es gegangen sein könnte?"

„Nein, nicht die geringste."

„Und dann ist sie nicht mehr zurückgekommen?"

„So ist es. Ich hatte am Samstagabend noch auf sie gewartet. Hatte eine Flasche Wein aufgemacht, da ich annahm, dass sie jeden Moment in der Tür stehen würde."

„Haben sie sich keine Sorgen gemacht, als sie dann die ganze Nacht weggeblieben ist?"

„Ja und nein. Ja, weil wir das anders abgesprochen hatten. Sie wusste ja auch, dass ich einiges zu tun hatte in Düsseldorf. Es war schon ungewöhnlich, dass sie sich nicht an unsere Absprache hielt."

„Und warum nein?"

„Nein, weil es im Grunde nicht unüblich gewesen wäre, wenn sie auch über Nacht nicht nach Hause kam."

„Warum nicht unüblich?"

Strätling zögerte für einen Moment, sagte dann: „Weil meine Frau Freunde und Freundinnen hatte, bei denen sie gelegentlich übernachtet hat, und – weil sie einen Geliebten hatte, mit dem sie von Zeit zu Zeit ihre Nächte verbracht hat."

„Können Sie uns verraten, wer das ist?"

„Ja, sicher, das ist ja auch kein großes Geheimnis. Es handelt sich um einen Kollegen meiner Frau, der auch in ihrer Kanzlei arbeitet. Er heißt David Brühl, ist ein adretter, junger Mann", sagte Strätling und lächelte.

„Entschuldigen Sie, dass ich frage. Aber wie haben Sie darauf reagiert, als Sie erfuhren, dass Ihre Frau ein Verhältnis hat?"

„Lieber Herr Kommissar, Sie wissen, dass Sie das nichts angeht. Aber ich will Ihnen gleichwohl antworten. Ich habe so reagiert, wie das in einer liberalen, aufgeklärten Ehe sinnvoll ist."

„Nämlich?"

„Ich bin auch ein Verhältnis eingegangen, und zwar mit meiner Sekretärin, Frau Elena Canetti. Sie hatte mir schon lange signalisiert, dass ihr eine engere Verbindung zu mir durchaus willkommen wäre, so etwas merkt man, und als ich dann von der Affäre meiner Frau erfuhr – mit der sie übrigens ganz offen umgegangen ist – da habe ich meinerseits Konsequenzen gezogen."

„Und das hat funktioniert?"

„Gut sogar. Die jeweiligen Partner haben außer den üblichen körperlichen keine weiteren Ansprüche gestellt. Andererseits waren meine Frau und ich sicher, dass wir beieinander bleiben wollten. So hat das, wie Sie sagen, funktioniert."

Zu Sabrina gewandt fügte er noch hinzu: „Sie gucken ein wenig ungläubig, meine Liebe. Bringe ich Ihr Weltbild durcheinander?"

„Sie haben recht, ich bin ein bisschen überrascht, dass Sie Ihre Situation offensichtlich als ziemlich normal empfinden und auch, dass Sie sie so positiv darstellen."

„Glauben Sie mir nicht?"

„Ich habe keinen Grund, ihnen nicht zu glauben. Aber mich würde interessieren, wie Ihre Tochter mit der Situation umgegangen ist."

„Da haben Sie den heiklen Punkt unseres Arrangements erwischt. Sie war, als sie davon erfuhr, nicht so begeistert. Einer der Gründe, warum wir im Familienrat beschlossen haben, es mit einem Internat in England zu versuchen."

Kevin fragte: „Warum haben Sie so lange gewartet, bis Sie sich bei uns gemeldet haben? Sie hätten doch auch schon am Sonntag anrufen können und Ihre Frau als vermisst melden."

„Ich wollte das nicht. Sie würden vielleicht sagen, ich wollte nicht die Pferde scheu machen. Aber es gab noch einen Grund. Meine Frau hat manchmal ihre häusliche Abwesenheit als Druckmittel benutzt."

„Verstehe ich nicht."

„Sie wusste, dass ich am Ende doch zufriedener war, wenn wir beide auch eine gewisse Zeit gemeinsam hier in unserem Heim verbrachten. Gelegentlich hat sie damit spekuliert, besonders, wenn sie mir gegenüber irgendetwas durchsetzen wollte."

„Was wäre das in diesem Fall gewesen?"

„Weiß ich nicht. Aber, wie gesagt, ich hatte den Eindruck, sie wolle mir etwas sagen. Fragen Sie mich bitte nicht, was das gewesen sein soll. Ich weiß es wirklich nicht. Aber ich wollte mich auch nicht im Blick auf etwas, das ich noch nicht erfahren hatte, unter Druck setzen lassen. Das war so ein Spielchen unter uns."

„Aus dem diesmal bitterer Ernst geworden ist."

„Meinen Sie wirklich, dass man sie nicht umgebracht hätte, wenn ich mich früher gemeldet hätte?"

„Ich glaube, nicht. Aber Genaues kann ich noch nicht sagen."

Die Kommissare erkundigten sich nach möglichen Feinden seiner Frau. Die Antworten blieben eher im Allgemeinen. Natürlich kam sie in ihrem Job mit Leuten in Berührung, die viel zu verlieren oder auch schon viel verloren hatten. Steuergeschichten waren immer heikel. Da gab es Klienten, die sich von der Steuerfahndung verfolgt fühlten, manche zu Unrecht, andere wieder zu Recht. Bei Geld hörte, wie allseits bekannt, die Gemütlichkeit auf.

Soweit es um die geschäftlichen Belange seiner Frau ging, kannte Strätling keine Einzelheiten. Yvonne habe ihn nie über Personen, die in der Klemme saßen, informiert, habe ihm nur ganz allgemein von Fällen berichtet, die interessant gewesen waren, sagte er. Namen hatte sie nie genannt.

Aber das Büro würde da unter Umständen weiterhelfen können, sofern nicht die anwaltliche Pflicht zur Verschwiegenheit dem widersprechen würde. Strätling empfahl den beiden Polizisten, sich diesbezüglich an David Brühl zu halten. Der habe auch in dienstlichen Dingen viel mit seiner Frau zusammengearbeitet, wisse von den geschäftlichen Dingen, mit denen seine Frau zu tun hatte, erheblich mehr als er selbst, wahrscheinlich alles.

Kestermann schnitt den Fall Steiner an, ganz vorsichtig, nur andeutungsweise. Von seiner Frau habe man erfahren, dass Strätling den Schauspieler Leon Steiner kannte, dass da auch eine gewisse geschäftliche Verbindung bestand. Ob er von Steiner kürzlich etwas gehört oder ob seine Frau den Namen Steiners erwähnt habe. Von der Telefonnummer, die Steiner dem Hausmeister gegeben hatte, sagte er nichts.

„Wir haben Steiner auf der Bühne des Schauspielhauses gesehen, am letzten Mittwoch. Aber Kontakt haben wir nicht zu ihm gehabt. Allerdings stimmt es schon, dass er früher mal ein paar Bilder bei mir gekauft hat."

Hatte Rogalla nicht erwähnt, dass Steiner wegen einer Steuersache mit Strätlings Frau Kontakt aufnehmen wollte? Dass der Kontakt über ihren Mann gelaufen war? Konnte Strätling das vergessen haben? Oder wusste er nicht, dass seine Frau dies dem Kommissar mitgeteilt hatte? Das musste man jedenfalls im Auge behalten.

Sabrina war noch eine Sache wichtig: Ob Frau Dr. Meyer-Strätling ein Handy mithatte, wollte sie wissen. Strätling hatte daran noch gar nicht gedacht, sagte er, begab sich aber unverzüglich ins Obergeschoss, um nachzusehen. Kurz darauf kam er zurück, gab Kestermann ein Smartphone, von dem er sagte, es sei das seiner Frau.

„Es lag auf dem Tisch in ihrem Ankleidezimmer. Als ich am Montagmorgen versucht habe, bei ihr anzurufen, muss es dort oben geläutet haben. Das hört man hier nicht. Sie können es gerne mitnehmen. Vielleicht bringt es Sie weiter."

Als sie sich verabschiedeten, fragte Sabrina: „Was haben Sie eigentlich am Sonntag gemacht?"

„Da bin ich am Vormittag noch einmal für ein paar Stunden nach Düsseldorf gefahren. Es gab noch Arbeit dort."

„Und später?"

„Bin ich zurückgekommen und habe auf meine Frau gewartet."

25. Kapitel

Im Präsidium hatte sich Rogalla von Sabrina und Kevin in aller Kürze über die Knackpunkte aus dem Gespräch mit dem Kunsthändler Strätling berichten lassen. Sein Gesichtsausdruck erstarrte ein wenig, als es um die liberale Ausgestaltung der Strätlingschen Ehe ging. Hätte man diesen Ausdruck beschreiben wollen, so wären Begriffe irgendwo zwischen ungläubig und hochachtungsvoll angebracht gewesen.

Dann hatte er Kevin auf die Schulter geklopft und die beiden jungen Leute in ihren „wohlverdienten" Feierabend entlassen, hatte dabei aber ziemlich griesgrämig geguckt. Wenn das Absicht war, dann sollte es wohl heißen, dass für ihn selbst der Arbeitstag noch längst nicht beendet war. Chef sein war auch nicht immer die Erfüllung.

Jetzt saß Sabrina in ihrem flotten Fiat 500 und fuhr nach Bochum-Langendreer, wo sie seit ihrer festen Anstellung in einer kleinen Erdgeschosswohnung lebte. Das Haus, das zu einer altehrwürdigen Zechensiedlung gehörte und zumindest im Inneren renoviert worden war, lag in der Hauptstraße. Das war gar nicht so weit von dem Kulturzentrum Bahnhof-Langendreer entfernt, wo sie gelegentlich ins Kino ging und auch schon mal die Diskothek besuchte. In ihrer Wohnung lebte sie allein, aber sie war davon überzeugt, dass sich daran noch etwas ändern würde. Sie wäre in dieser Hinsicht nie auf die Idee gekommen, ihre Möglichkeiten zu unterschätzen.

Ob allerdings Kevin Kestermann der Richtige war, daran hatte sie doch inzwischen erhebliche Zweifel. Mal abgesehen von der Tatsache, dass es sowieso nicht sinnvoll war, sich mit einem Kollegen einzulassen. Obwohl solche Verbindungen nicht gern gesehen wurden, gab es derartige Fälle, auch im Präsidium.

Zunächst war Kevin ihr ausgesprochen sympathisch gewesen. Einerseits war er munter, manchmal sogar ein bisschen redselig, so, wie sie die Rheinländer kannte, andererseits hatte er eine gewisse Gelassenheit, die ihm im Job auch so etwas wie Souveränität verlieh.

Allerdings war sie mit seinem heutigen Auftritt nicht zufrieden gewesen. Was hatte Kevin nur veranlasst, diesen Kunsthändler mit Samthandschuhen anzufassen, ihn ausgesprochen zurückhaltend zu befragen. Klar, dieser Strätling war schon eine beeindruckende Persönlichkeit. Der hatte sich vollständig im Griff, auch in dieser für ihn nicht ganz einfachen Situation. Aber Kevin hatte nicht versucht, daraus Kapital zu schlagen, etwas herauszukriegen, was man sonst nicht erfahren hätte. Gerade deshalb, so hatte sie es ja auch an der Polizeischule gelernt, mussten solche Befragungen zeitnah erfolgen. Wer zu lange wartete, kriegte nur noch das, was sich der Befragte zuvor zurechtgelegt hatte.

Ja, Kevin war ihr sympathisch gewesen, sehr sogar. Aber wenn sie ihm das ein bisschen zeigen wollte, nur ansatzweise und spielerisch, wenn sie versucht hatte, mit ihm so zu flirten, wie sie das früher mit Rogalla getan hatte, dann war er immer zurückgewichen, hatte nicht mitgespielt, hatte so getan, als wüsste er nicht, worum es ging. Sie hatte es ein paar Mal versucht, hatte mehrmals Ansätze gemacht, die immer ins Leere liefen.

So richtig war die Klappe bei Kevin runtergegangen, als sie ihm erst mal ausführlich von ihrer Oma erzählt hatte und dann versuchte umzuschwenken, und zwar mit dem Hintergedanken, etwas über seine persönlichen Familienverhältnisse herauszukriegen. Natürlich ging es ihr dabei nicht um seinen Vater, der offenbar sehr ausgiebig Karneval gefeiert hatte, als Kevin geboren wurde. Das wusste sie ja längst, hatte auch inzwischen herausgekriegt, dass diese Story eine von Kevins

Standardgeschichten war, sozusagen zu seiner Vita, wie er sie anderen anbot, gehörte. Sabrina hätte gern mehr gewusst, wollte etwas über seine Lebensumstände herauskriegen. Hatte er Freundinnen? Etwa eine feste Partnerin? Aber so weit ließ er sie nicht an sich heran.

Er wohnte in Essen, in der Wandastraße, im Stadtteil Bergerhausen. Das wusste sie. Auf dem Stadtplan hatte sie die Straße aufgesucht, hatte gesehen, dass sie in der Umgebung einiger Straßen mit etwas antiquierten Frauennamen lag, eine Eleonorastraße gab es dort, eine Sybillastraße. Eine trug sogar den Namen Sabina, leider nicht Sabrina.

Alle diese Straßen waren nah an der A 52 gelegen, die von Essen nach Düsseldorf führte. Kevin hatte ihr gesagt, dass er in die Wandastraße umgezogen war, als er nach Bochum versetzt wurde, hatte aber nicht erwähnt, wie nah es von dort in die Landeshauptstadt war. Da mussten doch noch Verbindungen bestehen, in die er seine Kollegen im Kommissariat nicht einweihen wollte, und schon gar nicht Sabrina. Allerdings hatte sie auch nie gehört, dass er mit Rogalla über Privates gesprochen hätte. Aber Rogalla fragte ja auch nicht nach, dem gingen die privaten Verhältnisse seiner Mitarbeiter so ziemlich am Arsch vorbei, wenn sie sich nicht täuschte.

Sie wollte auf andere Gedanken kommen, schaltete das Radio an. Normalerweise war die Frequenz 98/5 bei ihr eingestellt, der Regionalsender.

Im ‚Radio Bochum' wurde gerade ein Gedicht vorgelesen. An die Stimme des Vorlesers erinnerte sie sich sofort, und sie spürte schon von vornherein einen schlechten Beigeschmack. Es war der Autor selbst, der sein Gedicht, ein ‚Opus zehn', vortrug. Sie wusste nicht, ob sie Zugang zu dem Gedicht hätte finden können, wenn ihr der Autor persönlich nicht bekannt gewesen wäre. Aber da sie sich an die Begegnung mit ihm erinnerte, hatte sie kein Vertrauen in die Worte, die sie vernahm. Der Dichter hieß Andreas Arndt und hatte vor ein paar Jahren in der Wolfsgeschichte eine ungute Rolle gespielt. Sie war damals noch Praktikantin gewesen.

Arndts Beitrag zu dem Verbrechen war aber erst im Zuge der Ermittlungen herausgekommen, und sie musste auch fairerweise zugeben, dass er sich bei der betreffenden Sache eher passiv verhalten hatte. Außerdem lag damals die eigentliche Geschichte schon viele Jahre zurück. Das war dann auch der Grund gewesen, warum man ihn nicht mehr belangen konnte. Darüber hatte sie sich jedenfalls maßlos geärgert.

Nachdem Arndt das ‚Opus zehn' vorgelesen hatte, wurde er zu seinem neuen Gedichtband befragt, der gerade erst erschienen war. Die Moderatorin, die offensichtlich die Aufgabe hatte, lokale Bezüge aufzugreifen, fragte ihn, ob er als Bochumer Autor auch viele Leserinnen und Leser in seiner Heimatstadt habe.

Arndt sagte: „*Sie fragen mich nach der Rolle des Propheten im eigenen Lande. Das ist natürlich immer eine schwierige Angelegenheit. Es gibt hier Leute, die mich von klein auf kennen oder denen ich aus anderen Zusammenhängen bekannt bin. Viele wissen ja, dass ich tagsüber in einer Sparkasse arbeite. Da kann es schon sein, dass der eine oder andere meinem Werk allein schon aus dem Grunde, weil ich einem so trivialen Brotberuf nachgehe, nicht so viel Zutrauen entgegen bringt, wie man dazu bei einem fremden Autor, über dessen Lebensbedingungen man nichts weiß, bereit wäre. Andererseits habe ich doch einen recht großen Leserstamm hier im Ruhrgebiet. Ich darf nicht unzufrieden sein, bin es auch nicht.*"

Er sprach ruhig und artikulierte in allerreinstem Hochdeutsch. Sabrina erinnerte sich, dass sie schon damals in Arndts Artikulation keinerlei sprachliche Anklänge an seine Heimat wahrgenommen hatte. Vielleicht war ihm das Ruhrdeutsch an der Schule ausgetrieben worden, oder er hatte sich selbst in dieser Hinsicht diszipliniert.

Wie das in seinem Bekanntenkreis wäre, fragte die Moderatorin. Er hätte doch sicher eine Menge Freunde. Ob die auch seine Gedichte läsen.

„Sie wollen eine ehrliche Antwort?"

„Unbedingt!"

„Dann sage ich Ihnen Folgendes: Es gibt gewissermaßen drei Gruppen oder, wenn Sie so wollen, drei Kategorien von Freunden und Bekannten. Meinetwegen können wir die Verwandten mit dazu zählen, denn die verhalten sich auch nicht anders. Vielen von ihnen bin ich jedenfalls aus irgendwelchen Gründen verpflichtet und schicke ihnen dann auch gern ein Exemplar zu, wenn, wie gerade jetzt, ein neues Buch von mir erschienen ist."

„Kostenlos?"

„Ja, natürlich. Ich schenke es ihnen. Ob sie alle glücklich darüber sind, bleibt mal dahingestellt."

„Sie wollten von den drei Kategorien berichten."

„Dazu komme ich jetzt. Die erste Gruppe ist mir natürlich die liebste, denn es sind diejenigen, die mein Buch wirklich lesen oder zumindest irgendwann gelesen haben. Übrigens ist dies die kleinste Gruppe von den dreien. Dass sie das Buch gelesen haben, merkt man daran, dass sie sich zurückmelden, Dinge loben, andere kritisieren, eventuell Fragen stellen. So etwas braucht man als Autor, und es macht auch Spaß."

„Die anderen beiden Gruppen?"

„Zur zweiten Gruppe gehören Personen, die sich auch bei mir zurückmelden, und zwar in der Regel ganz schnell. Sie bedanken sich, was ja schon an sich erfreulich ist, und sie geben dann einen kurzen Kommentar über ein bestimmtes Gedicht ab. Meistens ist es das erste, weil sie das Buch vorn aufgeschlagen haben."

Er machte eine kurze Pause, aber die Moderatorin, wartete, wollte wohl, dass er den Gedanken noch weiter ausführte.

„Oft folgt auch noch der klassische Satz: ‚Mein Lieber, ich habe natürlich noch nicht alles gelesen, bin aber sehr

gespannt, was da noch kommt …' Dann weißt du als Autor schon, du wirst von diesen Leuten nie wieder einen einzigen Satz über dein Buch hören. Im besten Fall werden sie es in ihrem Bücherschrank verschwinden lassen, im zweitbesten Fall werden sie es weiter verschenken, sofern sie eine Widmung, die ich vorher hineingeschrieben habe, nicht daran hindert, weil das peinlich wäre. Im schlechtesten Fall landet das Buch im Papiercontainer."

„Fehlt noch eine Gruppe."

„Das ist zahlenmäßig bei weitem die größte. Mitglieder dieser Gruppe reagieren überhaupt nicht. Sie bedanken sich nicht, äußern sich nicht zu den Texten. Vielleicht sind sie auch zu stumpf, zu unsensibel, um ahnen zu können, dass man als Autor, der ein eigenes Buch verschenkt, darauf wartet, dass eine Reaktion kommt. Und ich bin sicher, dass viele meiner Kolleginnen und Kollegen ganz genauso empfinden. Aber die erhoffte Reaktion kommt nicht. Das kann dann schon ziemlich deprimierend sein. Man weiß ja selber nicht, warum diese Leute sich nicht äußern. Mögen sie nicht, was man geschrieben hat? Oder – viel wahrscheinlicher – gucken sie einfach nie hinein in das Buch? Eigentlich sollte man ihnen nie wieder ein Buch zukommen lassen. Aber auch das tut man nicht. Man hofft, sie würden beim nächsten Mal doch hineinsehen. Vielleicht haben sie ihre Gründe gehabt, warum sie sich bisher nicht gemeldet haben und so weiter."

„Das klingt alles nicht sehr aufbauend."

„Ist es auch nicht. Und trotzdem macht man weiter …"

Sabrina drückte auf den Sendersuchlauf. Sie hatte keinen Nerv mehr, dem Geschwafel dieses Dichters weiter zuzuhören. Nach allem, was damals ans Tageslicht gekommen war, hätte er besser den Mund gehalten und sich im Tresorraum seiner Sparkasse versteckt.

Aber nach dem Dreck, den dieser Arndt am Stecken hatte, wollte die Moderatorin wohl nicht fragen. Vielleicht durfte sie auch nicht. Womöglich hatte er sich das schon vor der Sendung verbeten und davon seinen Auftritt abhängig gemacht. Also lieber WDR 2. Dort kündigte Steffi Neu gerade eine Rockgruppe an, die am Abend in einem Kölner Konzert auftreten sollte. Auf jeden Fall war Steffi lustiger als dieser selbstverliebte Dichter und wahrscheinlich auch nicht so eitel.

Eins war klar: Auch wenn der Dichter Andreas Arndt ihr alle seine Gedichte nebst persönlicher Widmung hätte zukommen lassen, würde sie darauf nicht reagieren. Sie hätte sich mit diebischer Freude in die dritte Gruppe einsortieren lassen.

26. Kapitel

Als Kevin Kestermann in die Wandastraße einbog, sah er, dass Saschas Auto vor der Tür stand. Der hatte offenbar den letzten Parkplatz ergattert. Kevin musste noch zweimal die Runde drehen, bis er einen freien Platz fand. In dieser Straße war es immer voll. Es war eben eine ausgesprochen bürgerliche Gegend, wo sie hier wohnten. Viele der ansässigen Familien hatten zwei Autos. Das galt schließlich auch für Sascha und ihn selbst.

Die schöne Altbauwohnung im zweiten Stock, die sie gemeinsam bewohnten, hatten Sascha Grothe und Kevin Kestermann zu gleichen Teilen gemietet. Sascha war Finanzbeamter, aber keiner von der üblichen Sorte. Er arbeitete bei der Steuerfahndung in Wuppertal. Die beiden hatten sich kennen und irgendwann auch lieben gelernt, als Kevin noch bei der Kripo in Düsseldorf tätig war.

In Kevins Düsseldorfer Zeit hatten sie noch nicht in einer gemeinsamen Wohnung gelebt. Aber nachdem er die Stelle in Bochum bekommen hatte, war das möglich und sinnvoll geworden. Essen als Ausgangspunkt war für beide günstig. Sie hatten ganz bewusst in einer Stadt zusammen leben wollen, in der keiner von ihnen arbeitete. Saschas Weg zu seiner Dienststelle war etwas weiter als der von Kevin. Aber Sascha hatte viel im Außendienst zu tun, von daher spielte die längere Anfahrt keine große Rolle.

Sascha stand in der Küche und kochte. Er war kleiner, noch etwas stämmiger als Kevin, hatte kurzes, schwarzes Haar, das über den Ohren ein bisschen igelartig geschnitten war, was seinem Gesicht etwas Witziges, Verschmitztes verlieh.

„Da bist du ja“, sagte er, „hab uns was gekocht, nichts Besonderes. Hähnchen in Wein, du wirst es mögen.“

Kevin setzte sich auf die Bank, die zu einer kleinen Essecke gehörte. Er schob ein paar Gerätschaften, mit denen Sascha hantiert hatte, von sich weg, als wollte er sagen, dass er heute nichts mit der Küchenarbeit zu tun hatte.

„Wie war dein Tag?“ fragte er.

„Eigentlich ganz normal, bis auf eine Sache, von der ich dir gleich beim Essen erzählen muss. Sonst alles okay. Und bei dir?“

Kevin ließ Sascha weiter hantieren, schenkte aber für beide ein Glas Rotwein ein. Das gehörte zur feierabendlichen Routine.

„Wir haben so einen blöden Mordfall. Frau aus der High Society, so Mitte vierzig. Etwas mysteriös.“

„Klingt spannend.“

„Das weiß ich nicht. Aber ich durfte den Ehemann befragen. War gar nicht so einfach, weil der ausgesprochen souverän wirkte, nicht so angeschlagen, wie das sonst oft der Fall ist.“

„Ist er verdächtig?“

„Glaube ich nicht. Aber er weiß sicher Dinge, die er sich nicht entlocken lassen wollte. Die üblichen Methoden, die emotionale Verfassung auszunutzen, haben da gar nicht gezogen. Das habe ich gleich gemerkt.“

„Und? Was dann?“

„Wir müssen sehen, wie das weitergeht. Vielleicht sollte man ihn noch einmal ins Präsidium laden, wo er nicht so sicher ist wie in seiner eigenen Umgebung. Hochherrschaftlich, kann ich dir nur sagen. Das geht sogar in Bochum. Hätte ich nicht gedacht.“

Sascha hatte inzwischen den Tisch freigeräumt, hatte Teller und Besteck bereit gestellt. Kevin verteilte alles, legte Servietten dazu. Sie aßen in der Küche, was zumindest im Alltag ganz normal für sie war. Er schenkte Rotwein nach. Saschas Coque au vin schmeckte vorzüglich. Schon als er auf der A 40 im Stau stand, hatte er sich auf diesen Moment gefreut, hatte gehofft, dass Sascha etwas vorbereiten würde. Endlich zu Hause.

„Jetzt erzähl", sagte er, „was war los?"

„Ich war heute den ganzen Tag in Wuppertal."

„Im Außendienst oder in der Dienststelle, Unterdörnern?" fragte Kevin, der Sascha mal an seinem Arbeitsplatz besucht hatte.

„Dienststelle. Und zwar hatten wir Besuch von einem Industriellen aus Essen. Der Name würde dir nichts sagen, brauchst ihn auch nicht zu wissen."

„Musst du entscheiden."

„Dieser Industrielle hat uns was Interessantes erzählt. Er gehört nämlich zu der Sorte, die endlich reinen Tisch machen wollen. Ich glaube, dass er auch Druck von seinen Kindern bekommen hat, die keine Lust haben, sich nach dem Ableben des Vaters mit dessen Steuersünden zu befassen. Ist schon ein älterer Herr."

„Reinen Tisch machen heißt, er hat sich selbst angezeigt und muss nun Steuern nachzahlen?"

„Genau so. Aber der Witz kommt noch. Seine Selbstanzeige ist bei dem zuständigen Finanzamt eingegangen, schon vor einem Vierteljahr. Er hat sich auch einen sachkundigen Anwalt genommen, der ihn, soweit ich das auf die Schnelle beurteilen kann, wohl gut beraten hat. Alles in Ordnung, bis jetzt. Aber nun kommt es. In der letzten Woche hat er einen Anruf erhalten, mit dem er unter Druck gesetzt werden sollte, oder anders gesagt, mit dem man ihn erpressen möchte."

„Wie soll das gehen?"

„Der Anruf kam von einem Handy, man kann also nicht sagen, woher. Der Anrufer sprach mit einem leichten, aber zugleich unüberhörbaren Schweizer Akzent."

„Was hat er gesagt?"

„Er habe das Vergnügen, Besitzer einer CD zu sein, auf der eine Liste mit Namen und Adressen stehe, und der Name dieses Essener Herrn sei ebenfalls dabei. Alle, die auf der Liste verzeichnet seien, wären einschlägige Steuerbetrüger. Der Anrufer wäre gewissermaßen im Begriff, diese Liste an die Steuerfahndung Wuppertal weiterzureichen, es sei denn, der potentielle Steuerbetrüger könnte sich dazu bereit erklären, eine bestimmte Summe zu zahlen. Diese Summe würde angenehmerweise erheblich unter derjenigen liegen, die er als Strafe oder auch als Steuernachzahlung zu erwarten hätte. Er würde also bei weitem günstiger wegkommen, wenn er zahlte."

„Und? Wie seid ihr verblieben?"

„Wir haben gesagt, er solle sich keine Sorgen machen. Wir werden die Sache natürlich an die Staatsanwaltschaft weiterleiten, und die muss dann Ermittlungen aufnehmen."

„Lustig ist", sagte Kevin, „dass die ermordete Person in Bochum, von der ich vorhin gesprochen habe, eine ausgewiesene Fachanwältin für Steuerfragen war."

„Lustig oder seltsam?"

„Vielleicht eher seltsam oder meinetwegen merkwürdig. Muss man mal sehen."

Sie stellten ihr gebrauchtes Geschirr in die Spülmaschine und begaben sich auf den Balkon, weil Sascha rauchen wollte. Von oben hatte man einen schönen Blick auf den gepflegten Innenhof. Das war zwar nicht die Baumhofstraße, dachte Kevin, aber hier konnte man sich jedenfalls wohlfühlen. Er war heilfroh, dass es hier ganz normal, nicht so aseptisch aussah wie in dem Nobelhaus des Kunsthändlers.

Sie schwiegen, erfreuten sich an ihrer abendlichen Gemeinsamkeit. Als Sascha sich die zweite Zigarette ansteckte, fragte Kevin: „Ist das überhaupt denkbar, dass jemand an so eine Datensammlung kommt und damit Leute erpressen kann?"

„Eigentlich nicht. Die Verkäufer – das sind übrigens auch keine Heiligen, im Gegenteil – wenden sich in der

Regel an eine Staatsanwaltschaft oder, wenn ihnen nichts Besseres einfällt, direkt an uns. Das muss natürlich nicht die Steuerfahndung Wuppertal sein, sondern an irgendeine Steuerfahndung. Könnte genauso gut Bochum sein. Die Kollegen sitzen ja ganz in der Nähe eures Präsidiums. Und dann kann die Sache losgehen."

„Ist euch das nicht unangenehm, dass ihr da eigentlich mit Kriminellen gemeinsame Sache macht?"

„Gemeinsame Sache machen wir ja nicht. Wir haben durchaus unterschiedliche Interessen. Aber was dabei für die Gesellschaft heraus kommt, wertet das Finanzministerium in unserem Land so hoch, dass sich die Sache aus dieser Sicht lohnt. Wir selbst sehen das übrigens ähnlich, sonst wären wir wahrscheinlich nicht so effektiv."

„Akzeptiert ihr auch die Vermittlung von Anwälten?"

„Nein, grundsätzlich nicht."

„Also kauft ihr eure Datensätze immer nur von solchen Gewährsleuten, die sich in ihrer eigenen Bank die Daten ergaunert haben."

„So ungefähr. Es muss nicht immer die eigene Bank sein. Sagen wir vorsichtiger – alle, mit denen wir verhandeln, haben irgendeinen Bezug zur Bank. Da gibt es verschiedene Möglichkeiten."

„Und wie läuft das weiter ab?"

„Wir verlangen Proben von dem Gewährsmann. Das müssen mindestens zehn Prozent des gesamten Datensatzes sein. Denn du musst ja damit rechnen, dass auch Leute wie dieser Essener Industrielle dabei sind, die inzwischen längst eine Selbstanzeige gestartet haben. Die nützen uns ja gar nichts mehr. Das ist dann sozusagen der Ausschuss, weil es nichts mehr zu verdienen gibt. Aber wir kriegen das schnell raus, welche Namen der Liste aufgrund von Selbstanzeigen durchs Raster fallen. Was dann übrig bleibt, wird genau unter die Lupe genommen. Wenn uns die Sache überzeugt, können die Verhandlungen beginnen."

„Dann gibt's ein Treffen, du kriegst die CD und der Betrüger seine Million."

„Na, so einfach ist das auch wieder nicht. Von *einem* Treffen kann gar keine Rede sein. In der Regel trifft man sich um die fünf bis sechs Mal, bis alles wasserdicht ausgehandelt ist. Auch die Geldübergabe ist kompliziert, aber damit will ich dich nicht behelligen. Übrigens ist in den Nachrichten immer von CDs die Rede, aber das müssen nicht CDs sein, können auch ganz andere Datenträger sein, zum Beispiel USB-Sticks oder Festplatten."

„Gehst du zu solchen Treffen auch gelegentlich allein?"

„Nein natürlich nicht. Wir sind mindestens zu zweit, oft auch zu dritt."

„Das würde ich dir auch geraten haben!"

„Danke für den Tipp, Herr Polizeirat in spe! Mit deinen Kollegen arbeiten wir übrigens gut zusammen, zum Beispiel wenn es um Durchsuchungen geht. Aber das weißt du ja selbst. Komm, lass uns reingehen. Mir wird allmählich kalt hier draußen."

„Soll ich dir eine Decke holen?"

„Das fehlte noch. Ich koche ja gern für dich, mein Lieber. Aber wie ein Heimchen am Herd möchte ich nicht behandelt werden."

Dienstag,
12. Mai 2015

27. Kapitel

Die Kolleginnen und Kollegen hatten ihm den Vortritt gelassen. Er glaubte allerdings nicht, dass dies aus uneigennützigen Beweggründen geschehen war.

David Brühl saß mutterseelenallein in seinem eigenen Büro und wartete, dass das Telefon klingelte. Das Büro der Verstorbenen hatte die Polizei abgesperrt, die Tür war versiegelt worden. Die Sekretärinnen hatten, bevor sie von der Bildfläche verschwunden waren, die Telefonanlage so eingestellt, dass eingehende Anrufe auf Brühls Apparat landeten, auch für den Fall, dass jemand Yvonnes Durchwahl eingetippt hatte.

Der Rest der Belegschaft war zu Hause geblieben, erst morgen würde der allgemeine Betrieb wieder aufgenommen. An der Eingangstür zur Kanzlei klebte ein großer Aushang, der etwaige Besucher darüber informierte, dass am heutigen Tag aufgrund eines Trauerfalls Publikumsverkehr nicht möglich war.

Ein paar Anrufe hatte er schon entgegengenommen, hatte selbst diejenigen Mandanten, deren Termine unmittelbar bevorstanden, angerufen. Weitere Termine mussten verschoben werden, auch vor Gericht. Hinzu kam, dass Yvonnes Mandanten unter den Kollegen aufgeteilt werden mussten, wozu aber erst noch vielfältige Rücksprachen nötig waren. Es stand zu befürchten, dass manch einer absprang, weil er sich nach dem Tod der Anwältin Meyer-Strätling von einer anderen Kanzlei vertreten lassen wollte.

Vollmachten mussten neu erteilt werden. Mit Betül Gündogan, die Yvonnes Wochenpläne arrangierte und glücklicherweise sehr zuverlässig war, hatte er gestern noch die wichtigsten Daten durchgesprochen. Es war ihm bisher nie so richtig bewusst gewesen, dass Yvonne eine derartig große Zahl an Mandanten betreut hatte. Da kam jetzt viel Arbeit auf die Kanzlei zu.

Auch die Frage, wer die Kanzlei in den kommenden Jahren federführend leiten würde, stand in Kürze an. ‚Dr. Meyer-Strätling und Partner', das war die Bezeichnung, unter der sie bisher firmiert und sich ihren Ruf als kompetente Anwaltskanzlei mit Schwerpunkt Steuerrecht erworben hatten. ‚David Brühl und Partner' klang auch nicht schlecht, aber der Doktortitel fehlte ihm leider, im Unterschied zu zwei potentiellen Mitbewerbern, die den Titel besaßen und die diesen Vorteil auch auszuspielen wussten, wenn sie es für nötig hielten. Immerhin konnte er sein kürzlich erworbenes Notariat ins Feld führen. Man musste sehen, wie sich die Dinge entwickelten, welche Chancen er hatte, wenn er seinen Hut in den Ring warf. Am Ende war es auch eine Frage der Anteile. Da kamen wie immer in solchen Fällen die Finanzen ins Spiel.

Die Affäre mit Leon Steiner belastete ihn, wie sie zuletzt auch Yvonne zugesetzt hatte. Vielleicht hatten sie sich übernommen, hatten die Risiken, die damit verbunden waren, nicht richtig einschätzen können.

Ein besonderes Problem bestand darin, dass sonst niemand aus der Kanzlei davon Kenntnis hatte. Jetzt lag alles bei ihm. Ein positiver Ausgang war immer noch nicht ausgeschlossen. Wenn es klappte, konnte das ein enormer Vorteil sein, wenn nicht, hatte er den schwarzen Peter, um nicht zu sagen, die Arschkarte gezogen. Eigentlich war ihnen alles so einfach erschienen, und mit Steiner war bei ihnen der richtige Mann an Bord. Einen besseren hätten sie nicht finden können. Das hatten sie zumindest angenommen.

Als das Telefon klingelte, verlangte der Anrufer, ein Mandant, Frau Dr. Meyer-Strätling zu sprechen. Brühl kannte seinen Namen, wusste auch mehr oder weniger, worum es bei der Sache ging, da Yvonne ihm von dem Fall erzählt hatte. Es handelte sich um einen pensionierten Ministerialrat aus dem Düsseldorfer Schulministerium, der als Ruheständler in Bochum bei seinen Kindern lebte. Dieser hohe Beamte hatte vor vielen Jahren eine sechsstellige Summe auf einem Schweizer Konto deponiert und nun kalte Füße gekriegt. Mit Yvonnes Hilfe hatte er reinen Tisch gemacht. Sie hatten gemeinsam die Selbstanzeige aufgesetzt und sie nach allen Seiten abgesichert.

Heute, sagte der Anrufer, habe das Finanzamt Bochum-Mitte ihm den Bescheid mit der Zahlungsaufforderung zugeschickt, und die überschreite allerdings bei Weitem diejenige Summe, die seine Anwältin für ihn zuvor ausgerechnet habe. Was er bloß machen solle! Er sei kürzlich in Herne an der Prostata operiert worden, aber sein Urologe habe zu spät Alarm geschlagen, und bei der Operation habe man nicht alles weggekriegt. Nun hatte er Angst, dass er bald sterben musste und seinen Kindern kaum noch etwas hinterlassen konnte, wenn man ihn derartig überdimensioniert und – verdammt nochmal – regelrecht unfair zur Kasse bitten würde. Da müsste doch was zu machen sein, bettelte er.

Das hättest du dir lieber vorher überlegen sollen, dachte David Brühl. Was er sagte, war allerdings etwas ganz anderes. Er erklärte dem Herrn Ministerialrat a.D. zunächst einmal, aus welchem Grund er Frau Dr. Meyer-Strätling nicht sprechen könne. Sie sei ganz überraschend verstorben. Das war die knappe Version, die sie gemeinsam in der Kanzlei vereinbart hatten und die ja auch der Wahrheit entsprach.

„Machen Sie sich im Augenblick keine Sorgen“, fügte er hinzu. „Das Beste wird sein, Sie melden sich in der nächsten Woche noch einmal bei mir, wenn wir das Chaos hier in der Kanzlei ein wenig besser im Griff haben. Dann kommen Sie mit dem Steuerbescheid zu mir, wir prüfen den Bescheid und werden gegebenenfalls Widerspruch einlegen. Die Berechnungen meiner Kollegin waren eigentlich immer sehr präzise. Vielleicht hat auch das Finanzamt einen Fehler gemacht, das soll ja schon mal vorgekommen sein."

Dem Ministerialrat war aber nicht zum Lachen zumute. Er mache sich trotzdem Sorgen, betonte er noch einmal und klang jetzt wie ein bockiges Kind. Er fürchte, dass auf diese Weise seine ganze Lebensleistung – was immer das gewesen sein mochte – den Bach runter gehe. Brühl fürchtete, der ältere Herr werde gleich am Telefon in Tränen ausbrechen, entschuldigte sich für seine Eile mit der besonderen Situation, in der man sich augenblicklich befinde, und beendete vorsichtshalber das Gespräch.

Direkt nach dem Anruf des Ministerialrats kam der nächste. Brühl konnte den Namen auf dem Display nicht erkennen, er war nicht im System gespeichert. Auch eine Nummer erschien nicht. Vielleicht rief da jemand von einem Prepaid Handy an. Aufgrund der besonderen Schaltung konnte er nicht erkennen, ob der Anrufer die Nummer der Zentrale gewählt hatte. Es hätte auch Yvonnes oder seine eigene Durchwahl sein können. Brühl meldete sich mit dem Namen der Kanzlei, der Anrufer wartete ein paar Sekunden, legte dann auf. Dieselbe Prozedur wiederholte sich noch zwei Mal. Dann war es ruhig.

David Brühl trat ans Fenster und starrte hinunter auf den Dr. Ruer-Platz. Nach dem Wärmeschub, den es gestern gegeben hatte, war es wieder kühler geworden. Man sah das auch an der Kleidung der Menschen, die dort herumliefen. Sie trugen Jacken, leichte Mäntel, Überhänge. Um dort unten Gesichter zu identifizieren, waren sie zu weit von ihm entfernt.

Alle diese Menschen waren in die unterschiedlichsten Lebensumstände eingebunden, die ihn, David Brühl, nichts angingen. Man konnte die Sache auch umdrehen, einfach die Perspektive wechseln. Ob es ihn, den Anwalt David Brühl, gab oder nicht, würde für all die Menschen, die er im Augenblick sah und eigentlich auch für alle, die er nicht sah, keinen Unterschied machen. Deren Lebensläufe würden sich nicht im Geringsten ändern, wenn er von der Bildfläche verschwinden würde. Er dachte an den Film „Der dritte Mann“, zu dem Graham Greene den Text geschrieben hatte. Zu Hause besaß er die deutsche Fassung auf DVD.

Immer wieder hatte er sich die Szene angesehen, in der Harry Lime, der dritte Mann, und sein alter Freund Holly Martins vom Riesenrad aus auf die Menschen herunter guckten, die nur noch als kleine Punkte zu erkennen waren. Diese Distanz, diese Fremdheit allen andern gegenüber sollte die Verbrechen des Harry Lime legitimieren. Brühl kannte jedes der Worte auswendig, die Lime hoch oben über dem Prater seinem Schulfreund sagte:

In Italien, in den dreißig Jahren unter den Borgias hat es nur Krieg gegeben, Terror, Mord und Blut, aber dafür gab es Michelangelo, Leonardo da Vinci und die Renaissance. In der Schweiz herrschte brüderliche Liebe, fünfhundert Jahre Demokratie und Frieden. Und was haben wir davon? Die Kuckucksuhr!

Vielleicht war die Kuckucksuhr sogar mehr als nur eine peinliche Lächerlichkeit. Spießbürger aller Länder – vereinigt euch unter der Kuckucksuhr. Ein Kuckuck war doch ein Parasit, ein faules Wesen, das seine Eier in fremde Nester legte und sie dort von anderen ausbrüten ließ. Einer, der von der Leistung anderer profitierte. Einer, der nicht arbeitete, sondern der arbeiten ließ. Er wollte nicht weiter darüber nachdenken. Nur eins war ihm inzwischen klar geworden. Er würde in Zukunft die Finger von allem lassen, was mit der Schweiz zu tun hatte.

Wieder meldete sich das Telefon. Als er den Namen *Strätling* im Display sah, zögerte er für einen Moment, nahm dann aber doch den Hörer auf.

„Herr Strätling, es tut uns allen wahnsinnig leid, was passiert ist. Sie wissen ja, wie sehr …"

Strätling unterbrach ihn, blieb kühl: „Herr Brühl, sparen wir uns die wechselseitige Anteilnahme. Ich weiß genau, was Sie versuchen möchten zu sagen, und weil ich das weiß, würde ich vorschlagen, dass wir uns auf das Geschäftliche beschränken."

„Wie Sie belieben."

„Es wird noch einiges zu besprechen geben, einiges abzuwickeln sein, was Ihre Kanzlei betrifft, beziehungsweise den geschäftlichen Anteil meiner Frau daran. Aber das sollten wir erst bereden, wenn wir sie begraben haben."

„Natürlich."

„Heute habe ich nur eine Information, die Sie vielleicht interessieren könnte. Ich weiß nicht genau, warum ich Ihnen das sage. Es ist nur so ein Gefühl, dass diese Information auch für meine Frau nützlich wäre, wenn sie noch leben würde."

„Bitte?"

„Die Kriminalpolizei war gestern bei mir und hat einiges wissen wollen."

„Kann ich mir vorstellen."

„Man hat natürlich das Übliche gefragt: Wo war ich? Wann bin ich wiedergekommen? Wer kann das bezeugen? Und so weiter."

„Das ist ja alles Routine."

„Eben. Aber dann hat mich eine Frage doch überrascht, und ich weiß gar nicht, wie die Polizei auf diese Frage gekommen ist. Man hat sich nach unseren Beziehungen zu Leon Steiner erkundigt. Ob wir mit ihm kürzlich Kontakt gehabt hätten. Ich habe das erst einmal verneint, obwohl ich Steiners Anfrage wegen eines Termins bei meiner Frau nicht vergessen habe."

„Das haben Sie richtig gemacht."

„Er wollte sie wohl wegen einer Steuersache kontaktieren, hat sich vielleicht schon einen Termin geben lassen. Das weiß ich nicht mehr, davon hat meine Frau auch nichts gesagt. Kein Wort hat sie darüber verloren. Vielleicht hätte sie es getan, wenn ich in Bochum gewesen wäre."

„Das weiß ich nicht. Das Berufsgeheimnis war ihr heilig."

„Ja, ja, das wissen wir beide. Aber ich denke, dass da irgendein Kontakt zu Steiner bestanden hat und dass die Polizei daran ein dezidiertes Interesse hat. Vielleicht ist es anders, ist das alles völlig trivial. Aber die Art, wie nach Steiner gefragt wurde, hat mich irritiert."

„Wie denn?"

„Eher en passant. Beiläufig. Ich dachte, ich sage Ihnen das. Sie können ja mit der Information umgehen, wie Sie es für richtig halten. Wenn Sie es in diesem Zusammenhang hinkriegen, meine Frau aus irgendwelchen posthumen Problemen herauszuhalten, wäre mir das besonders lieb. Vielleicht Ihnen ebenso."

Nach dem Gespräch mit Strätling ging Brühl wieder ans Fenster, öffnete nun beide Flügel und steckte sich eine Zigarette an. Während er rauchte, meldete sich das Telefon erneut. Von seinem Fensterplatz aus konnte er erkennen, dass auf dem Display wieder kein Name und auch keine Telefonnummer erschienen war. Er ließ es klingeln. Nach dem fünften Mal wurde aufgelegt.

Wer wollte da etwas von ihm? Wusste der Anrufer, dass er im Hause war? Oder wollte der herausfinden, ob sich überhaupt jemand in der Kanzlei aufhielt? Vielleicht hatte er den Anschlag draußen gelesen und wartete, bis die Luft rein war. Aber warum? Allmählich wurde es ungemütlich. Bevor Brühl die Kanzlei verließ, spülte er noch den Aschenbecher aus.

28. Kapitel

Leon Steiner war wieder in Bochum. Aus der Klinik für Psychiatrie am Bochumer Stadtpark hatte man angerufen und Rogalla informiert. Der Kommissar fragte, wie es dem Schauspieler gehe. Doch die Ärztin, mit der er sprach, blieb in ihrer Beurteilung sehr zurückhaltend, wollte nichts oder durfte auch nichts sagen. Hinzu kam, dass Steiner ja erst am Vormittag eingetroffen war. Wahrscheinlich wusste man noch gar nicht, was man hätte mitteilen können, auch wenn man es gewollt oder gedurft hätte. Auf jeden Fall bot die Ärztin Rogalla an, er könne kurz mit Steiner reden, am Nachmittag, um 16 Uhr. Aber nicht länger als eine Viertelstunde. Das wäre möglich.

Vorsichtshalber rief er, bevor er in die Klinik ging, in der Viktoriastraße an und sprach mit der Staatsanwaltschaft. Er war unsicher, ob für ihn überhaupt noch so etwas wie Handlungsbedarf bestand. Steiner war offensichtlich nicht umgebracht worden, also brauchte in diesem Fall eine Mordkommission nicht eingerichtet zu werden. Der Mann lebte, war wohl nur ein wenig verwirrt. Das konnte ja vorkommen. Von daher hätte er selbst den Fall ad acta legen können. Eventuell musste noch weiter ermittelt werden, zum Beispiel stand die Frage, ob hier eine Straftat vorgetäuscht worden war, im Raum. Aber das war, bitte sehr, nicht seine Sache.

Auf der anderen Seite gab es diesen Bezug zu der ermordeten Anwältin Meyer-Strätling. Es war jedenfalls nicht auszuschließen, dass da eine Verbindung bestand. In der Staatsanwaltschaft hatte man aufmerksam zugehört und ihm für weitere Ermittlungen zu den mysteriösen Vorfällen um Leon Steiner grünes Licht gegeben.

Eigentlich hätte er zu Fuß gehen können; die paar Schritte bei sonnig-frischem Frühlingswetter durch den Stadtpark hätten ihm wahrscheinlich gutgetan. Aber er wollte nicht. Es musste reichen, wenn er sich zwei oder drei Mal pro Woche in der Fitnessbude von Udo Nowak abarbeitete. Für den Rest war das Auto zuständig.

An Krankenhäusern bestand in der Stadtparkgegend kein Mangel. Er passierte den Eingang zum St. Josef-Hospital, parkte ein Stückchen weiter auf der Klinikstraße, ging dann die letzten einhundert Meter zu Fuß, vorbei am Eingang zum Tierpark und dem k.u.k.-Restaurant ‚Franz Ferdinand'. Vielleicht konnte man hier mal mit Ingrid zum Essen gehen. An einem der nächsten Geburtstage, seinetwegen auch am Hochzeitstag. Hinter den Gehegen des Tierparks ragte der Bismarckturm empor. Rogalla fand, dass es hässlichere Ecken in Bochum gab. Genau hier trafen sich Alexandrinenstraße und Klinikstraße.

Er stieg die wenigen Stufen hoch bis zu dem säulengestützten Vorbau der Psychiatrischen Klinik. Rogalla verharrte für ein paar Minuten vor dem Eingang. Links gab es ein Kunstwerk, das ihn für einen Moment beschäftigte. Es war eine Art Skulpturenensemble, das er zu deuten versuchte. Er wusste gar nicht, ob Skulpturenensemble der richtige Ausdruck war. Ein paar große, unbehauene Steine lagen da, einen hatte der Künstler aufrecht hingestellt. Das war so ein Hinkelstein, wie der Gallier Obelix ihn immer mit sich herumschleppte. Im Hintergrund standen dann sauber behauene Steine, aufgerichtet wie Soldaten in einer Reihe. Dazwischen Kies, ein paar Pflanzen. Er versuchte, den Bezug zu einer Psychiatrischen Klinik herzustellen, was ihm nicht gelang.

Die Säulen, die den Eingangsbereich stützten, erinnerten Rogalla an die herbe Nüchternheit der fünfziger Jahre. Draußen standen ein paar junge Leute und rauchten. Patienten der Klinik, vielleicht auch nur Besucher.

Er war immer noch ein bisschen zu früh dran. Die Dame an der Rezeption sagte, es werde gleich jemand kommen und ihn in Empfang nehmen. Man sei schon unterwegs. Hoffentlich verwechseln die mich nicht mit einem Patienten, dachte er. Aber in diesem Moment tauchte eine freundliche, dunkelhaarige Frau auf, die sich als Dr. Winter vorstellte. Anja Winter, so verkündete es auch das Namensschild an ihrem Kittel. Sie war nicht sehr groß, sah aber drahtig, durchaus sportlich aus. Er nahm an, dass sie so um die vierzig war, er konnte aber mit seiner Schätzung auch verdammt danebenliegen.

„Sie sind Herr Rogalla, nicht wahr? Wir haben vorhin telefoniert."

Sie gaben sich die Hand. Die Ärztin hatte einen warmen, festen Händedruck.

„Ich bringe sie zu ihm. Er wartet schon in seinem Zimmer auf Sie."

Mit dem Fahrstuhl fuhren sie hoch bis auf die zweite Ebene. Der Schauplan, der unten im Eingangsbereich hing, hatte ihn informiert, dass auf dieser Ebene ältere Personen mit psychischen Störungen behandelt wurden und wohl auch untergebracht waren.

Dr. Winter führte Rogalla um zwei Ecken herum, bis sie in einem langen Flur landeten, an dem links und rechts die Zimmer der Patienten lagen. Der Raum, den sie ihm öffnete, sah etwas wohnlicher aus, nicht ganz so karg, wie Rogalla sich ein Krankenzimmer in einer Psychiatrie vorgestellt hatte. Zum Fenster hin standen auf beiden Seiten zwei Betten, daneben gab es jeweils Nachtschränke Vorn im Raum waren Stühle und ein Tisch. Rechts führte eine Tür zur Toilette und zu der Nasszelle. Einen Fernseher gab es nicht. Der Blick aus dem Fenster war freundlich, ging über hohe Bäume hinweg bis hin zur Kinderklinik.

An der Wand über dem Tisch hing ein mittelgroßes Ölgemälde, das eine Art Flusslandschaft darstellte und in warmen Farben gehalten war. Farben zum Wohlfühlen. Die Möbel sahen ein bisschen nach Ikea aus, waren aber okay. Auf dem Schreibtisch lag ein Buch mit schwarzem Einband. Es konnte die Bibel sein. Daneben stand eins von diesen Plastikdöschen, in denen Patienten ihre Ration an Pillen zugeteilt wird.

Auf einem der Stühle saß, mehr oder weniger in sich zusammengesunken, ein älterer, bärtiger Herr, Leon Steiner. Er stand höflich auf, als Rogalla ihn begrüßte. Der Kommissar hatte sich Steiner größer vorgestellt, erinnerte sich an das Gesicht, das er aus Filmen kannte, die er sich irgendwann mal mit seiner Frau im Fernsehen angeguckt hatte. Mein Gott, dachte er, wie alt der schon ist! Lag das nur an dem Bart?

Frau Dr. Winter machte die beiden Herren miteinander bekannt. Als sie Rogallas Namen nannte, unterschlug sie, wohl absichtlich, den Hauptkommissar. Sie wollte nicht unnötig Druck aufbauen, so verstand er das. Dann verabschiedete sie sich, sagte, sie werde in einer guten Viertelstunde wiederkommen. Steiner nickte nur, sagte nichts.

Rogalla setzte sich auch: „Sie haben uns Sorgen gemacht, Herr Steiner."

„Warum?" fragte Steiner und guckte an dem Kommissar vorbei zum Fenster hinüber.

„Sie sind am letzten Mittwoch aus Bochum verschwunden. Vielleicht war es auch in der Nacht zum Donnerstag."

„Bin ich das?"

„Sie waren vorher noch im ‚Tucholsky', haben gegessen und ein paar Glas Bier getrunken."

„Ich mag kein Bier. Wein – ja. Eine Flasche weißen Merlot aus dem Tessin. Aber kein Bier!"

„Wir haben Blutflecken vor der Tür Ihrer Unterkunft gefunden. Das Blut wird noch untersucht, wir gehen aber davon aus, dass es Ihres ist. Die Flecken fanden wir vor der ‚Villa Wahnsinn'. Erinnern Sie sich an die ‚Villa Wahnsinn'?"

„Scheußlicher Name. Aber ja, ich erinnere mich. Da wohne ich immer, wenn ich in Bochum bin. Warum soll ich mich nicht daran erinnern? Da liegt doch noch mein Rasierapparat. Den muss ich bald holen, wenn man mir die Erlaubnis gibt."

Es war die erste längere Passage, die Steiner formulierte. Rogalla war verwundert über den starken Schweizer Akzent, mit dem er seine Sätze artikulierte. Er sprach sehr leise, kroch beim Reden irgendwie in sich zusammen. Der südliche Akzent unterstrich eine Art Fremdheit, die sich auch im Verhalten des Schauspielers ausdrückte. Wollte er sagen, dass er hier nicht hergehörte? Dass seine Heimat weit entfernt war? Oder wollte er Rogalla abwehren, ihm zeigen, dass sie nichts miteinander gemein hatten?

„Warum fragen Sie das alles?"

„Sie sind aus Bochum verschwunden und ein paar Tage später an der Nordsee wieder aufgetaucht. Wir möchten wissen, was in der Zwischenzeit passiert ist."

„Das haben mich die Herren da oben auch gefragt."

„In Wilhelmshaven?"

„Wenn Sie das sagen, wird es so sein."

„Ich habe nur gefragt."

„Ich weiß keine Antworten auf Ihre Fragen."

„Erinnern Sie sich nicht, wie Sie nach Norddeutschland gekommen sind? Hat man sie entführt?"

„Wilhelm Tell lässt sich nicht entführen."

Er stand auf, hob die Arme und machte mit seinen Händen eine Bewegung, als wolle er einen Bogen spannen. Rogalla erinnerte Steiners Geste an die Siegerpose Usain Bolts, des Weltrekordlers. Aber bei Steiner wirkte sie nicht großspurig, sondern eher hilflos. Dann sackte er wieder auf dem Stuhl in sich zusammen. Es entstand eine längere Pause.

„Nehmen Sie mich mit", sagte er leise.

„Warum? Ihnen geht es doch gut hier in der Klinik. Ist man nicht freundlich zu Ihnen?"

Auf Rogallas Frage ging Steiner nicht ein, sondern sagte nur: „Ich muss meinen Rasierapparat holen. Ich muss diesen verdammten Bart loswerden."

„Sie haben dort am Kopf ein Pflaster. Ist das eine Platzwunde?"

„Eine Platzwunde."

„Woher stammt sie?"

„Die hatte ich immer schon. Der Reichsvogt Hermann Geßler hat sie mir beigebracht."

„Sie meinen Ihren Kollegen Harmut Duwe?"

„Der will mich töten."

In diesem Moment trat Frau Dr. Winter ein und bat, das Gespräch zu beenden.

„Eine Frage noch, wenn Sie gestatten. Herr Steiner, hängen in Ihrer Hamburger Wohnung Kunstwerke an der Wand?"

„Ich liebe Kunst", Steiner sagte dies mit einem verträumten Gesichtsausdruck.

Eine Antwort, mit der man etwas anfangen konnte, war wohl im Augenblick nicht zu erwarten. Rogalla machte eine hilflose Handbewegung und stand auf. Der Schauspieler guckte nicht hoch, als der Kommissar und die Ärztin den Raum verließen. Steiner schien ganz bei sich zu sein. Allein.

„Was ist mit ihm los?" fragte er die Ärztin.

Die zuckte mit den Achseln: „Wenn wir das wüssten."

Rogalla fragte Frau Dr. Winter, warum es in Steiners Raum keinen Fernseher gab. Sie erklärte ihm, es gebe in keinem der Zimmer ein TV-Gerät. Der Grund sei, die Patienten sollten, soweit das möglich war, an Gruppensitzungen teilnehmen und sich nicht in ihren Räumen isolieren.

Ob das auch für Steiner galt, fragte er nicht. Er konnte sich nicht vorstellen, dass der in seinem jetzigen Zustand für irgendwelche gesprächstherapeutischen Aktivitäten zu gebrauchen war. Rogalla hatte schon öfter flapsig behauptet, das Präsidium sei nichts anderes als ein Irrenhaus. Nach seiner Begegnung mit dem Patienten Steiner wusste er, dass er mit dieser Einschätzung falsch lag.

Draußen wäre er beinahe an seinem Auto vorbeigelaufen. Das Gespräch mit diesem völlig in sich gekehrten Schauspieler hatte ihn selbst durcheinander gebracht. Wenn Brenner noch im Lande gewesen wäre, hätte er heute nach Dienstschluss gern ein Bier mit ihm getrunken, um wieder festen Boden unter die Füße zu bekommen.

Im Präsidium teilte man ihm mit, das weiße BMW Cabrio der verstorbenen Yvonne Meyer-Strätling sei inzwischen gefunden worden. Es stand in der Arnikastraße, einer reinen Wohngegend in der Nähe der Königsallee. Wie es dort gelandet war, konnte man sich nicht erklären. Der Fundort des Autos war höchstens insoweit interessant, als der Wagen nicht weit entfernt von der ‚Villa Wahnsinn' gestanden hatte. Auch das Schauspielhaus war in der Nähe.

Man hatte das Auto inzwischen abgeschleppt, um es noch ein wenig erkennungsdienstlich unter die Lupe zu nehmen. Danach sollte es an Lars Strätling übergeben werden.

29. Kapitel

Sabrina Melies war in Düsseldorf gewesen, hatte die Angaben des Kunsthändlers Strätling überprüft. Rogalla war von ihrem Plan zunächst nicht überzeugt gewesen, hatte ihr nahegelegt, die Aussagen erst mal telefonisch zu verifizieren und nur dann, wenn es Unsicherheiten gebe, tatsächlich nach Düsseldorf zu fahren. Aber sie ließ sich in ihrem Vorhaben nicht beirren, war doch gefahren, weil sie fand, dass manche der Angaben Strätlings durchaus noch einmal nachgeprüft werden konnten. Stimmten die Zeiten so, wie er sie angegeben hatte? War er wirklich am Sonntag noch einmal in Düsseldorf gewesen?

Was sie aber am meisten interessierte, war die Geliebte Strätlings. Sie hatte ihn so verstanden, dass diese Geliebte, Elena Canetti, erst ins Spiel gekommen war, als sich Yvonne Meyer-Strätling schon ihren David Brühl gekrallt hatte. Da konnte man doch mal nachfragen. Irgendetwas, das sie ganz altmodisch und nur für sich selbst ‚weiblichen Instinkt' genannt hätte, drängte sie dazu.

Die beiden Mitarbeiter, die Herren Breuer und Fröhlich, waren jung und dynamisch, überaus geschmackvoll angezogen. Sie hatten beide an der Kunstakademie in Düsseldorf studiert, rochen gut und waren, soweit sie das beurteilen konnte, beide schwul. Höflich beantworteten sie Sabrinas Fragen und bestätigten alle Angaben, die Strätling gemacht hatte. Zwischen ihre und die Angaben ihres Chefs passte kein Blatt Papier. Das konnte Sabrina abhaken.

Ein bisschen anders sah die Sache schon mit Elena Canetti aus. Sie war bestimmt dreißig Jahre jünger als Lars Strätling, selbstbewusst und unglaublich hübsch. Frau Canetti war eine natürliche Schönheit, die das auch wusste. Sie hatte ihre dunklen Haare in der Mitte gescheitelt und hinten zu einem Zopf zusammengebunden, der so lang und prächtig war, dass sie ihn seitlich über die rechte Schulter legen konnte.

Sabrina fragte sich, wie sie es hinbekam, dass sich der Zopf auf ihrer Schulter hielt. Unter ihren dunklen, sauber markierten Brauen blickten Sabrina Augen an, deren Farbe im Spektrum irgendwo zwischen braun und grün lag. Diese Augen waren freundlich, lächelten aber nicht, warteten, oder besser, sie erwarteten etwas. Elena Canetti trug Jeans, eine weiße Bluse, darüber einen roten Umhang, den sie locker über die Schultern geworfen hatte. Die Schuhe waren halbhoch, die Figur mustergültig.

Sie bestätigte freimütig das Verhältnis mit Strätling, spürte wohl, dass Sabrina ein wenig zögernd reagierte.

„Sie denken, er ist zu alt für mich“, fragte Elena und lächelte dünn.

„Das ist Geschmacksache“, sagte Sabrina.

„Finde ich auch.“

Die Sekretärin sprach gutes Deutsch, dem man keine dialektale Färbung anmerkte. Aber da war ein ganz leichter Zungenschlag, den Sabrina zunächst nicht einzuordnen wusste. Das klärte sich aber, als Frau Canetti ihr noch ein bisschen mehr von sich selbst erzählte.

Sie war als kleines Kind mit ihren Eltern aus Rumänien gekommen, hatte in der Gegend von Hannover Abitur gemacht, wo ihre Eltern heute noch lebten. Dann hatte sie in einem übereilten Impuls ihren damaligen Geliebten, einen Herrn Backes aus Düsseldorf, geheiratet und war mit ihm zusammengezogen. Die Ehe hatte gerade mal zwei Jahre gehalten, und zwar genau bis zu dem Zeitpunkt, da Backes, der sich auch im Kunstgeschäft betätigte, von der Bildfläche verschwunden war, weil es geschäftliche Ungereimtheiten gab. Als er wieder auftauchte, brachte er gleich eine andere Frau mit. Die Ehe wurde geschieden, Elena nahm ihren Mädchennamen wieder an, und dann kam der Job bei Strätling.

Was Elena Canetti in der Nacht zum Samstag gemacht habe, als Strätling nach Bochum gefahren war, wollte Sabrina noch wissen.

„Gar nichts", sagte sie, „das heißt, ich bin ganz brav ins Bett gegangen." Sie lächelte: „Genauer gesagt, bin ich im Bett geblieben."

Sabrina blieb ungerührt: „Und am nächsten Tag?"

„Lars hat mich bei mir zu Hause abgeholt. Dann sind wir zur Arbeit gefahren. Alles ganz langweilig und normal."

Im Kommissariat erzählte Sabrina von ihren Bedenken, ob die Liebesgeschichte zwischen den beiden sich wirklich so entwickelt hatte, wie es in Strätlings Darstellung klang. Sie war der Meinung, dass Elena Canetti es nicht nötig hatte, auf einen Mann so lange zu warten, bis er sich endlich für sie entschied. Die brauchte nur zuzugreifen, wenn ihr danach war.

Rogalla nörgelte herum: „Sabrina, Sie sind ein Instinktmensch. Aber in unserem Job hilft das nicht immer weiter."

„Ist das jetzt eine Beleidigung, Herr Rogalla?" sagte sie mit gespielter Empörung. „Dann müssen Sie einen ausgeben."

„Können wir machen, Sabrina. Wir haben ja sowieso gleich Feierabend."

Kevin guckte von seinem Computer hoch. Sein Blick verriet den anderen, dass er unbedingt rauskriegen wollte, was sich denn da zusammenbraute.

Rogalla setzte noch einen drauf: „ Und dann nehmen wir den Kevin auch noch mit."

Vorher musste der Hauptkommissar aber noch telefonieren. Er wählte eine Nummer in Bochum-Stiepel, stellte den Lautsprecher an, so dass die anderen beiden mithören konnten.

Sabrina amüsierte sich über die formvollendete Art, in der sich Rogalla meldete: „Hier ist Hauptkommissar Erich Rogalla vom Kriminalkommissariat 11 im Polizeipräsidium. Spreche ich mit Herrn Hartmut Duwe?“

„Am Apparat.“

„Herr Duwe, Sie erinnern sich, dass vor ein paar Tagen meine Kollegen Frau Melies und Herr Kestermann bei Ihnen waren und Sie nach Leon Steiner fragten.“

„Ja, natürlich. Erinnere mich sehr genau. Reizende Menschen.“

„Nun hat es eine Entwicklung in der Angelegenheit gegeben.“

„Ja, bitte?“

„Herr Steiner ist wieder aufgetaucht.“

„Ach.“

„Das klingt, als ob Sie ihn schon abgeschrieben hatten.“

„Nein, das nicht. Er ist also wieder da. Wie schön für ihn. Und auch für unser Haus. Dann kann der ‚Tell‘ ja wieder angesetzt werden.“

„Das weiß ich nicht. Das hängt auch von Herrn Steiner selbst ab. Aber das müssen am Ende andere entscheiden.“

„Dann sagen Sie mir, Herr Kommissar, was ich für Sie tun kann.“

„Wir müssen noch einmal miteinander reden.“

„Gern, wenn Sie es wünschen. Aber ich dächte, es sei im Gespräch mit Ihren Kollegen alles gesagt worden, oder?“

„Ich fürchte, da kommt noch etwas auf Sie zu, das es zu klären gilt. Und zu diesem Zweck bitte ich Sie, morgen zu mir ins Präsidium zu kommen. Uhlandstraße.“

„Ich weiß, wo das ist. Komme gern. Wann bitte?“

„Wenn es geht, um 10 Uhr?“

„Passt ganz ausgezeichnet. Ich bin keiner von diesen Langschläfern, die man in unserem Gewerbe immer wieder antrifft. Aber sagen Sie mir: Worum geht es?"

„Herr Steiner hat gesagt, Sie wollten ihn töten."

Ihr heutiges Bilanzgespräch verlegten die drei Kommissare ins ‚Parkschlösschen' an der Bergstraße, wo es um diese Zeit noch leer war. In der betriebsinternen Gruppensprache war das ‚Parkschlösschen' die Beamtenbank. Sabrina und Kevin entschieden, dass man zu Fuß gehen würde. Rogalla wurde einfach überstimmt.

Er gab drei Weizenbier aus. Die jungen Leute wählten alkoholfreies, Rogalla nahm richtiges Bier. Die Zeiten ändern sich, dachte Sabrina, als sie den ersten Schluck nahm. Sein Bierkumpel Brenner ist nicht mehr da. Hart für ihn, aber da muss er durch.

30. Kapitel

Auf dem Heimweg nach Wattenscheid überlegte Rogalla kurz, ob er noch im Schrebergarten vorbeigucken sollte. Da gab es immer was zu tun. Aber eigentlich machte das auch nur Spaß, wenn man sich dabei ein Bier genehmigte. Das wäre nach dem Hefeweizen im ‚Parkschlösschen' doch zu viel geworden.

Es gab ja Alternativen. Zu Hause in der Emilstraße war niemand da. Wer hätte auch da sein sollen? Ingrid war bestimmt wieder auf einer der zahlreichen Schulkonferenzen oder Klassenpflegschaften oder Fachkonferenzen, wenn die nicht alle schon in der vorigen Woche stattgefunden hatten. Aber da gab es sicher noch mehr, was man so alles in einer Schule nach der eigentlichen Unterrichtszeit machen konnte. Er stieg da nicht mehr durch. War jetzt auch egal.

Er schnappte sich seine Sporttasche, die schon gepackt bereit stand, setzte sich aufs Fahrrad und fuhr zu Udos ‚Fitness am Hellweg'. Da wollte er erst mal die Spuren des Tages wegschwitzen, und wenn Udo gute Laune hatte, dann holte der noch ein Pils aus dem Kühlschrank.

Draußen vor der Halle, auf dem Parkplatz, der für das Personal reserviert war, stand ein metallic-blauer Audi Q 7, den Rogalla hier noch nie gesehen hatte. So etwas stand auf Wattenscheider Parkplätzen ohnehin nicht so oft herum. Der hatte bestimmt an die dreihundert PS.

Drinnen war gut Betrieb. Die arbeitende Bevölkerung des Stadtteils echauffierte sich im Schweiße ihres Angesichts. Er öffnete ganz kurz die Tür zu Udos Büro, empfing aber einen derart abweisenden Blick von seinem alten Schulfreund, dass er sie sofort wieder zumachte. Offensichtlich hatte Udo Besuch, der nicht nur zum Plaudern gekommen war, sonst hätte der Sportskamerad Nowak seinen Kumpel Rogalla freundlicher empfangen. Der Kommissar hatte nur den

Rücken von dem gesehen, der Udo gegenüber saß. Graues Haar und grauer Nadelstreifen, mehr war in der Eile nicht zu erkennen.

Also erst mal an die Geräte. Konnte ja nicht schaden. Bei den Sitz-Fahrrädern war noch eins frei, die Laufbänder und Crosstrainer waren alle besetzt. Auch bei den Liege-Fahrrädern war nichts mehr zu holen. Sitz-Fahrrad, das war ja eigentlich was für Sabrinas Oma, aber wenn nichts anderes frei war, bitte sehr. Ein Vorteil gegenüber den Liege-Fahrrädern war der, dass man die Prostata nicht so malträtierte. Und wenn man ein bisschen schneller trampelte, dann kam man auch auf so einem Gerät ins Schwitzen.

Ihm gegenüber arbeitete eine Frau um die dreißig an der Brustpresse. Immer wenn sie sich nach vorn beugte, konnte er so viel von ihren Titten sehen, dass es ihm Spaß machte. Als die Dame seinen Blick auffing und wohl auch in der einschlägigen Weise interpretierte, traf ihn ein derartig kalter Blick, dass er meinte, man hätte ihm Eiswürfel in die Hose geschüttet. Das sind die richtigen, dachte er noch, die lassen ganz weit raushängen, holen aber die lange Schere raus, wenn man hinguckt.

Er verabschiedete sich schleunigst von seinem Sitz-Fahrrad und begab sich in den vorderen Bereich der Halle, wo er sich jetzt beim Rudern abarbeitete. Das soeben Erlebte hatte ihm wieder ein bisschen zugesetzt. Klar, man war inzwischen in einem Alter angekommen, wo einem immer weniger vergönnt war. Wenn er allerdings so ausgesehen hätte wie dieser smarte David Brühl aus der Anwaltskanzlei, dann hätte die Dame wahrscheinlich gern an ihrem Trikot herumgefummelt und gezupft, hätte es mit Vergnügen ein bisschen weiter gelüftet, um ihm noch mehr Freude zu bereiten.

Von der Rudermaschine aus hatte er einen guten Blick auf die Tür zu Udos Bude. Was die beiden da drinnen wohl mauschelten? Hatte er Udo eigentlich mal gefragt, ob hier auch Schutzgeld kassiert wurde? Eigentlich konnte das kaum anders sein.

Sein alter Schulfreund war ja auch kein Kind von Traurigkeit, wenn es darum ging, mal einen schnellen Euro zu verdienen. Schon damals, als es noch um die schnelle Mark ging, im Fußballverein, da hatte er manchmal die ganz große Tasche dabei, in der er nagelneue Lacoste-Hemden mitbrachte. Günstig abzugeben und natürlich nagelneu. Kein Zweifel, dass die irgendwo vom Wagen gefallen waren oder aus der bewährten chinesischen Produktion stammten – Markenschilder sorgfältig aufgeklebt.

Es war schon ein großes Glück, dass die Polizei nicht alles erfuhr, was sich da jenseits der Legalität abspielte. Sonst hätte man vom Staat gleich die doppelte Anzahl an Beamten fordern können, die Polizeigewerkschaft hätte ihre Freude dran. Auch diese Steuersache, von der Kevin ihm erzählt hatte, war ja lustig. Da hatte jemand freiwillig seine Schuld eingeräumt, wollte alles bezahlen, was er verbockt oder verschwiegen hatte, und dann versuchte noch ein anderer, der was über die Vorgeschichte des reuigen Sünders rausgekriegt hatte, ihn zu erpressen. An Ideen fehlte es den Ganoven nicht.

Die Tür zu Udos Büro wurde geöffnet, die beiden Herren blieben aber noch stehen, weiterhin ins Gespräch vertieft. Das musste eine harte Verhandlung sein, die Udo da führte. War der Herr im grauen Nadelstreifen und offenem weißen Hemd sein Chef, dieser mysteriöse Dr. Weber, von dem Udo ihm erzählt hatte und dessen Ehefrau eine regelrechte Granate sein sollte? Aber bis auf die Frau an der Brustpresse war hier von einer Granate nichts zu sehen. Udo nickte immer wieder, wenn der Herr in Grau auf ihn einredete. Von dem unverwüstlichen Selbstbewusstsein, das sein Schulfreund gewöhnlich an den Tag legte, war augenblicklich nichts zu spüren. Wie ein Hund, dachte Rogalla, der seinem Herrn die Stiefel leckt.

Jetzt gaben sich die beiden Männer die Hand, und Udo verbeugte sich ziemlich tief vor dem anderen. So etwas hatte Rogalla überhaupt noch nicht bei ihm gesehen. Im selben Moment gab es draußen einen gewaltigen Knall, der jeden chinesischen Kanonenschlag übertrumpft hätte.

Rogalla dachte an den schönen Rudi, sprang von seinem Sitz-Fahrrad und lief zusammen mit Nowak und dem grauen Herrn nach draußen. Aber der schöne Rudi war nirgends zu sehen. Stattdessen stand der Audi Q 7 in hellen Flammen. Man konnte nicht sehr nah an das Auto herangehen, weil zunächst geklärt werden musste, ob es noch weitere Explosionen geben würde. Personen hatten sich wohl nicht darin aufgehalten.

„Ruf die Feuerwehr!“ brüllte Rogalla.

Immer mehr Menschen kamen aus der Halle gelaufen. Auch vom Wattenscheider Hellweg liefen Passanten herbei. Rogalla versuchte zusammen mit Nowak, die Gaffer von dem brennenden Auto fernzuhalten. Der Herr in Grau war wieder in die Halle gegangen.

„Wer war das?“ fragte Rogalla.

„Der große Chef, Dr. Weber.“

„Ist das sein Auto?“

„Ja.“

„Na, herzlichen Glückwunsch!“

„Du bist gut.“

„Habt ihr hier draußen nicht eine Überwachungskamera am Laufen? Du hast doch so einen Monitor in deinem Büro, da guckst dir doch an, was hier draußen passiert, oder?“

„Ist gerade kaputt. Jetzt sag mal, wie kann man denn so schnell ein so großes Auto in Brand setzen? Da muss doch jemand genau wissen, wie das geht.“

„Kannst du im Internet nachlesen. Brauchst nur einen Grillanzünder auf einen Reifen zu legen. Dann anstecken. Klappt wunderbar."

„Wunderbar ist anders!"

Als die Feuerwehr nach wenigen Minuten anrückte, wurde die Brandstelle sofort professionell gesichert, Fahrzeuge, die in der Nähe standen, mussten entfernt werden. Zuschauer, die der Feuerwehr erklären wollten, was sie zu tun hatte, wurden ersucht, deren Arbeit nicht zu behindern. Dann begannen zwei Männer unter Atemschutzmasken damit, dem Brand zu Leibe zu rücken. Dazu benutzten sie Schaumstrahlrohre.

Im Augenblick gab es für Rogalla und Nowak draußen nichts mehr zu tun. Sie gingen in Nowaks Büro, wo Dr. Weber saß und wartete. Nowak stellte die beiden Herren vor, nannte auch gegenüber Weber Rogallas Dienstgrad.

Rogalla sagte zu Dr. Weber: „Ich rufe mal in unserer Dienststelle an. Wir haben bei uns in der Kripo eine Fachfrau für die Untersuchung von Brandstellen. Wenn der Brand gelöscht ist, kann die sich die Sache mal ansehen."

„Muss das sein?" fragte der.

„Ja natürlich. Oder wollen Sie nicht wissen, wie das passiert ist? Allerdings sind die Chancen nicht sehr groß. Die Aufklärungsrate bei Bränden ist ausgesprochen bescheiden."

Weber zuckte nur mit den Achseln. Vielleicht wusste der arrogante Herr ja schon längst, wer seinen Q 7 angesteckt hatte. Aber das sollte die Polizei nicht daran hindern, hier genau hinzusehen. Er wollte das Nötige schon veranlassen.

Mittwoch,
13. Mai 2015

31. Kapitel

Der Tag fing mit einem Paukenschlag an. Aus dem Bochumer Theater kam die Nachricht, dass der Schauspieler Hartmut Duwe verstorben war. Man hatte ihn im Schauspielhaus tot aufgefunden. Er war hoch oben vom Schnürboden auf die Bühne des großen Hauses gefallen und hatte sich den Hals gebrochen. Wenn es ein Unglücksfall war, fragte man sich, was er dort oben gemacht hatte. Wenn es Mord war, fragte man sich, wer es geschafft haben sollte, ihn dort hochzuschleppen und anschließend wieder runterzustoßen. Und wenn es Selbstmord war, dann fragte man sich, was ihn dazu veranlasst hatte.

Viele gute Gründe, um Kevin und Sabrina loszuschicken und erste Untersuchungen anzustellen. Die beiden hatten Rogalla etwas ungläubig angesehen angesichts seiner ersten Reaktion.

„Komisch“, hatte Rogalla gesagt. „Der Duwe hat sich beinahe gefreut, als ich ihn gestern ins Präsidium zitiert habe. Vielleicht hat er gehofft, dem Leon Steiner einen auswischen zu können. Was noch komischer ist: Steiner selbst hat mir gesagt, der Duwe wolle ihn töten. Und nun ist er selber tot. Irgendwie bekloppt alles. Fahrt mal hin und guckt, was ihr rauskriegen könnt.“

An der Pforte des Schauspielhauses wurden sie von Bernd Vordenbäumen, dem Verwaltungsdirektor, empfangen. Er sagte, die Intendantin müsse er entschuldigen. Sie sei seit gestern zu Verhandlungen am Theater Zürich tätig, werde aber im Laufe des Tages zurückkehren und sei natürlich sofort informiert worden. Dann führte er sie in gebückter Haltung ein paar Gänge entlang, entschuldigte sich umständlich, dass er den Herrschaften nicht den Vortritt lassen könne, aber Ortskenntnis weise ihm diese Rolle zu.

Er redete ununterbrochen über die Tragik der Ereignisse, die das Bochumer Theater getroffen habe, bis sie auf der Bühne des Großen Hauses standen.

Albert Potthoff war auch schon da und widmete sich mit seinen Kollegen vom Erkennungsdienst der Spurensicherung. Er würdigte die beiden Kripobeamten zunächst keines Blickes, als wollte er sagen: Unter Hauptkommissar läuft bei mir gar nichts.

Auf der Bühne stand eine Badewanne, die nach Angaben des Verwaltungsdirektors zur Ausstattung der ‚Wilhelm-Tell'-Inszenierung gehörte. Es schien sich um eine Sonderanfertigung zu handeln, denn sie war so geneigt, dass man vom Zuschauerraum aus beobachten konnte, was in der Wanne passierte. Das Badewasser bestand aus einer in sanften Wellen geformten Plastikfolie.

„Erster Akt", sagte Vordenbäumen wichtig.

Hinter der Badewanne erhob sich eine aus Pappmaschee modellierte Berglandschaft. Das sollten die Alpen sein, erklärte Vordenbäumen. Irgendwo lag noch ein Föhn herum, dessen Funktion sich den Polizisten nicht erschloss. Sonst war die Bühne leer.

Der Tote lag direkt neben der Badewanne, war nach seinem Flug vom Schnürboden herunter mit dem Hinterkopf auf den Rand der Wanne geschlagen.

„Er muss sofort tot gewesen sein", sagte eine Ärztin, die bei dem Toten kniete.

„Wer hat ihn gefunden?" fragte Kevin den Kollegen von der Schutzpolizei, der als erster Polizist eingetroffen war. Er wartete geduldig im Zuschauerraum darauf, den beiden Kripobeamten Bericht zu erstatten.

Wie sich die Sache im Augenblick darstellte, war Fremdverschulden nicht auszuschließen, aber auch noch nicht nachweisbar. Früh am Morgen hatte der diensthabende Wachmann den Aufschlag des Toten gehört, hatte ihn auf der Bühne entdeckt und als erstes die Polizei gerufen.

„Wo ist dieser Wachmann jetzt?“ fragte Kevin.

„Wir haben ihn nach Hause geschickt. Er musste ärztlich betreut werden.“

„Hat der Wachmann gewusst, dass Harmut Duwe im Hause war?“

„Nein, das hat er nicht gewusst. Aber als Schauspieler, der hier engagiert ist, hat Duwe natürlich jederzeit Zugang zum Haus. Er könnte schon gestern am Nachmittag gekommen sein und sich dann für Stunden irgendwo im Haus aufgehalten haben. Das kann keiner so genau kontrollieren, wenn jemand, der Ortskenntnis besitzt, sich hier verstecken will.“

Sabrina und Kevin zogen sich den Ganzkörperanzug an und schlüpften mit ihren Schuhen in die Plastiküberzüge. So ausgestattet konnten sie näher an die Leiche heran gehen. Die war inzwischen vollständig entkleidet worden. Die beiden Mediziner wollten noch vor Ort herausfinden, ob es irgendwelche weiteren Wunden oder Auffälligkeiten gab.

Es war doch nur ein paar Tage her, dass Kevin und sie selbst diesen Duwe in Bochum-Stiepel besucht hatten. Und jetzt lag da vor ihnen diese jämmerliche Figur, völlig entblößt und vom Leben abgewandt. Sabrina dachte daran, wie selbstbewusst und durchaus arrogant der Schauspieler sie noch am letzten Donnerstag empfangen hatte. Und nun? Was von solch einer Person, die auf vielen Bühnen die Funken nur so hatte sprühen lassen, am Ende übrig blieb, war eigentlich erbärmlich.

Von den Ärzten war im Augenblick nicht mehr zu erfahren. Also stiegen sie nach oben, bis auf den Schnürboden, von wo Duwe sich aller Wahrscheinlichkeit nach herabgestürzt hatte oder herabgestürzt worden war. Hier trafen sie wieder auf Albert Potthoff, der dort zusammen mit seinen Kollegen vom Ermittlungsdienst die Feinarbeit besorgte. Diesmal registrierte er zumindest die Anwesenheit der Kripo. Während er sprach, blickte er die Beamten nicht an, sondern ostentativ in die entgegengesetzte Richtung.

„Im Augenblick kann ich noch keine Auskunft geben, was hier passiert ist. Es gibt auch keine Hinweise, dass hier eine andere Person beteiligt war. Spuren von Duwes Kleidung haben wir reichlich. Mehr aber nicht."

Dann wandte er sich endgültig von ihnen ab, hatte ja den entscheidenden Spruch aufgesagt, aber das war es dann erst mal. Fremdverschulden konnte er im Augenblick nicht feststellen, aber nach wie vor auch nicht ausschließen. Dann war ja alles klar.

Mit seinen Worten gab Albert Potthoff jedenfalls Kevin und Sabrina zu verstehen, dass sie gewissermaßen entlassen waren. Sie hatten nichts mehr am Tatort verloren, ihre Gegenwart war eher hinderlich.

Sabrina fragte sich, wie Potthoff sich verhalten hätte, wenn sie weiterhin auf dem Schnürboden herumgetrampelt wären. Aber das taten sie ja nicht, sondern sie stiegen brav wieder hinunter. Mit Rogalla hätte er das nicht gemacht, dachte Sabrina.

Der Verwaltungsdirektor fragte noch nach Leon Steiner. Bis in die Verwaltung des Schauspielhauses war offenbar die Botschaft vorgedrungen, dass der Tell-Darsteller wieder im Lande war. Aber Kevin und Sabrina konnten dazu gar nichts sagen. Er möge sich bitte an Hauptkommissar Rogalla wenden, wenn er etwas wissen wollte.

Als sie das Haus verlassen wollten, kam ihnen im Gang neben der Pförtnerloge der Hausmeister Frobenius entgegen. Er sprach sie nicht an, verbeugte sich nur knapp. Die beiden Augenschlitze bildeten eine düstere Linie.

32. Kapitel

Im Fall der getöteten Frau Dr. Meyer-Strätling liefen jetzt im Kommissariat die ersten Ergebnisse des Erkennungsdienstes ein. Es sah im Augenblick so aus, dass die Anwältin in der Nähe der Zeche Hannover umgebracht worden war. Wahrscheinlich noch jenseits des äußeren Zauns. Albert Potthoff hatte so etwas ja schon bei der ersten Begehung vermutet. Die Leiche war dann durch ein Loch im Zaun gehievt und weiter bis zur Mauer gezerrt worden, die als innere Umfriedung des Areals diente. Dort hatte man sie über die Mauer gehoben und an der anderen Seite liegen gelassen.

Wie viele Täter an der Aktion beteiligt waren, konnte noch nicht eindeutig geklärt werden. Es hätte auch bloß einer sein können. Er musste aber stark genug sein, die Leiche vom Zaun bis zur Mauer zu ziehen und sie dann auch noch über die Mauer zu heben.

Sicher war inzwischen, dass das Opfer stranguliert wurde. Der Bericht der Ärzte besagte, dass der Tod durch Ersticken, also durch Sauerstoffentzug, eingetreten war. Die Benutzung irgendeines Strang- oder Drosselwerkzeugs, also einer Schlinge oder sogar einer Garrotte, konnte nicht zweifelsfrei nachgewiesen werden. Man ging im Augenblick davon aus, dass Frau Meyer-Strätling erwürgt worden war.

Weitere Untersuchungen standen noch aus. Man hatte auch irgendwelche Reifenspuren entdeckt, war damit aber noch nicht weitergekommen, weil deren Alter noch überprüft werden musste.

Nachdem die Ergebnisse eingetroffen waren, hatte Rogalla mit der Staatsanwaltschaft gesprochen. Man war überein gekommen, dass die im Bochumer Präsidium übliche Mordkommission in der Stärke von sieben

Personen gebildet werden sollte. Es war naheliegend, dass Rogalla die Kommission leiten würde. Jetzt musste er ein Ermittlungsteam zusammenstellen. Da kam eine Menge Arbeit auf ihn zu.

Gegen Mittag gab es einen Anruf aus Düsseldorf. Frau Canetti, die Sekretärin von Lars Strätling, teilte mit, ihr Chef wolle gern Frau Sabrina Melies oder Herrn Kevin Kestermann sprechen. Rogalla war aufgrund der Nachrichten, die er aus dem Schauspielhaus erhalten hatte, ein wenig gereizt. Kevin hatte angerufen und ihn kurz informiert. Jetzt wusste er nicht, ob man den Fall des verstorbenen Hartmut Duwe mit demjenigen von Yvonne Meyer-Strätling sozusagen in einen Sack stecken, das hieß, von ein und derselben Mordkommission bearbeiten lassen konnte.

Eigentlich ging das nicht. Für jeden Mord musste eine eigene Kommission einberufen werden. Wenn er fand, dass man sich an diese Vorschrift nicht halten sollte, war es sicher sinnvoll, sich auch dazu die Rückendeckung der Staatsanwaltschaft zu holen, die schließlich als Herrin des Verfahrens fungierte.

„Er wird schon mit mir vorlieb nehmen müssen“, muffelte er ins Telefon.

„Einen Moment, ich verbinde.“

„Herr Kommissar, wir kennen uns. Sie waren der Überbringer der schlimmen Nachricht.“

„Ja, tut mir leid, Herr Strätling. Sie wollten gern Herrn Kestermann oder Frau Melies sprechen? Die sind allerdings gerade im Außendienst.“

„Schade. Es geht um einen Aspekt, der eine gewisse Rolle in dem Gespräch gespielt hat, das ich mit Ihren Kollegen geführt habe.“

„Das Gespräch mit Ihnen ist gewissenhaft protokolliert worden.“

„Haben Sie das Protokoll gelesen?“

„Ja, natürlich. Bin also bestens informiert."

Rogalla dauerte das Geplänkel zu lange. Jetzt sollte der mal endlich mit der Sprache rausrücken. Er hatte eine verdammte Mordkommission zu bilden, da blieb normalerweise keine Zeit für Plaudereien am Telefon. Sechzehn-Stunden-Tage kamen jetzt auf ihn zu.

„Es ist eine etwas heikle Sache, die ich Ihnen sagen möchte", fuhr Strätling nach wie vor in bedächtigem Ton fort.

„Bitte!"

„Ihre Kollegen haben mir gegenüber den Namen Steiner erwähnt. Sie wollten wissen, inwieweit wir uns kannten."

Rogalla erinnerte sich, dass Kevin im Protokoll vermerkt hatte, dass Strätling nichts von einer zukünftigen Geschäftsbeziehung zwischen Steiner und seiner Frau gesagte hatte, obwohl nach Angaben der Frau Dr. Meyer-Strätling, diese Geschäftsbeziehung durch Herrn Strätling angebahnt worden war.

„Ich wusste nicht, was die Frage bezwecken sollte, also was Steiner mit dem Tod meiner Frau zu tun haben könnte. Zumal Steiner, was ich inzwischen in der Zeitung gelesen habe, offenbar psychische Probleme hatte oder auch noch hat."

„Sie haben aber in dem Gespräch ausgesagt, Steiner habe gelegentlich Gemälde bei Ihnen gekauft. Ist das so?"

„Ja, das stimmt, und das ist auch der Grund, warum ich Sie anrufe."

„Nämlich?"

„Mir ist ein Bild zum Kauf angeboten worden. Ein Bild des norddeutschen Malers Franz Radziwill. So etwas kommt gelegentlich vor. Das Besondere an diesem Fall ist aber, dass es genau das Bild ist, das ich Leon Steiner vor Jahren einmal verkauft habe."

„Das ist interessant. Woher wissen Sie, dass es dasselbe Bild ist, das Sie verkauft haben? Haben Sie das Bild gesehen?"

„Nein, noch nicht. Mir ist aber der Titel genannt worden. Es hat den etwas pathetischen Titel ‚Andacht vor der Schöpfung'. Der Titel steht auf dem Rahmen, den der Künstler noch selbst angefertigt hat. Ich habe mir das Bild von dem Anrufer beschreiben lassen. Die Beschreibung war nicht professionell, aber aus einigen Details habe ich geschlossen, dass es genau dieses Bild sein könnte. Es müsste dann geprüft werden, ob es echt ist."

„Wie sind Sie mit dem Anrufer verblieben?"

„Das war alles ein bisschen mysteriös. Ich habe ihn gefragt, ob er in meine Düsseldorfer Galerie kommen und mir das Bild zeigen würde. Aber das wollte er nicht."

„Hat er gesagt, warum?"

„Nein. Er war ziemlich schroff in seinem Ton. Offenbar wusste er, dass ich in Bochum wohne. Er würde sich, hat er gesagt, in Bochum mit mir treffen. Ich habe ihm dann mitgeteilt, dass noch nicht klar sei, wann ich wieder in Bochum sein würde. Mir kam sofort der Gedanke, dass ich mich in dieser Sache mit Ihrem Kommissariat in Verbindung setzen müsste."

„Das war eine kluge Entscheidung. Wie soll es weitergehen?"

„Der Anrufer wird sich wieder bei mir melden, wahrscheinlich heute Abend."

„Gut, dann haben wir noch ein bisschen Zeit. Ich rufe Sie wieder an."

„Ihre Frau Melies weiß, wie Sie mich in Düsseldorf erreichen können."

Seltsame Geschichte, dachte Rogalla. Da wollte jemand ein Bild verkaufen, das es eigentlich auf dem Markt gar nicht geben durfte. Gut, dass Strätling nicht sofort darauf eingegangen war. Da müsste sich doch was machen lassen. Er wollte die Sache mit Sabrina und Kevin besprechen, wenn sie wieder im Hause waren.

Und er wollte noch mal diesen Hamburger Lautsprecher anrufen. Vielleicht hatten die Damen und Herren aus der Weltstadt im hohen Norden ja auch inzwischen was rausgekriegt. Man würde sehen.

33. Kapitel

Dr. Weber ahnte, wer ihm die Sache mit seinem Q 7 eingebrockt hatte. Was das betraf, brauchte er nicht lange zu überlegen. Da wollte jemand offensichtlich Druck machen, und das war ihm ja auch bis zu einem gewissen Grade gelungen. Da wies jemand mit Nachdruck darauf hin, dass noch eine Rechnung offen war.

Das Problem bestand für Weber darin, dass er im Augenblick ein wenig klamm war, weil er es vermied, das verdammte Schweizer Konto zu benutzen. Er wusste ja nicht, wer sich da Einblick verschafft hatte. Aber wer immer das war, dem wollte er keinen Vorteil gewähren. Es war sicher nur eine Frage der Zeit, bis man wieder an das Geld kam. Es war ja genug da.

Er saß zu Hause in seinem Bungalow und schaute ins Grüne. Es kam jetzt darauf an, nicht die Geduld zu verlieren. Alles konnte noch gut werden. Wichtig war, dass die Polizei ihm nicht zu nahe kam, nicht anfing, ihre Finger in Dinge zu stecken, wo sie nicht hingehörten.

Natürlich konnte man nicht alles alleine machen. Man brauchte Hilfe, sozusagen zuverlässige Gewährsmänner. Aber daran war kein Mangel. Er hatte seine Leute. Und für die ganz entscheidenden Dinge gab es im Norden den Hausmeister Arno Holje. Der hatte gerade jetzt wieder bewiesen, wie wertvoll er sein konnte.

Im Ruhrgebiet war Udo Nowak sein Mann. Auch so einer, auf den man sich hundertprozentig verlassen konnte. Nowak war zwar ein bisschen naiv, besonders wenn es ums Theater ging. Dieser Enthusiasmus war ja geradezu kindisch. Aber Weber hatte diesmal sogar davon profitiert.

Mit Steiner schien alles so zu laufen, wie es verabredet war. Der war eben ein Profi vom Scheitel bis zur Sohle.

Wie er die Fronten gewechselt hatte, das war schon phänomenal. Weber war ganz sicher, dass sich die Polizei an dem noch die Zähne ausbeißen würde. Und erfreulicherweise kam noch hinzu, dass Steiner seinen Spaß daran hatte.

Heute würde er im Hause bleiben, nur ein paar Kontrollanrufe tätigen. Er schnappte sich sein Handy, tippte eine Nummer ein.

„Steht das Wrack noch da?“ fragte er.

„Ja, steht noch da“, sagte Nowak.

„Wie lange noch?“

„Keine Ahnung. Da kommt doch so eine Expertin von der Kripo. Die hat schon angerufen. Rogalla hat sie informiert. Sie will sich heute den Wagen ansehen. Spätestens morgen. So lange muss er noch stehen bleiben.“

„Was ist mit diesem Rogalla? Kriegen wir Probleme mit dem?“

„Probleme? Nee, wieso?“

„Mir war er unsympathisch.“

„Ist ein alter Kumpel. Alles gut.“

„Ich hoffe, du hast recht. Sieh jedenfalls zu, dass der Schrott vor deiner Tür schnellstens verschwindet.“

Draußen vor dem Fenster ging seine Frau in den Garten. Sie war immer noch so schön wie vor zwanzig Jahren. Er hatte täglich seine Freude an ihr, würde sich nie anders orientieren. Wenn er ehrlich mit sich selbst war, dann musste er sich eingestehen, dass vieles von dem, was er sich erarbeitet hatte, um ihretwillen geschehen war.

„Ich tue, was ich kann“, sagte Nowak.

„Und denk daran, dass du mich aus der Bildersache raushältst. Frag nicht, warum, sondern halt dich an unsere Verabredung.“

„Ich mache die Dinge so, wie wir sie besprochen haben.“

„Das ist gut.“

Weber war im Augenblick ganz zufrieden. Nowak kannte die Zusammenhänge, um die es ging, nur teilweise, er hatte ihn ganz dosiert informiert, ihm nur Häppchen geliefert, wie den Hunden in Moorhausen. So musste man die Dinge angehen.

Divide et impera, teile und herrsche, diesen Spruch hatte er mal im Lateinunterricht gelernt. Die alten Römer wussten schon, wie man den Bestand eines Imperiums sicherte. Er hatte den Sinn schon damals erfasst, hatte sich den Spruch gut gemerkt. Man musste seine Truppen unterteilen, sie in Teiltruppen gliedern, sie aufspalten, dann waren sie besser zu beherrschen, kamen nicht auf dumme Gedanken. Und das große Ziel, das man selbst natürlich immer im Auge behalten musste, wurde auf diese Weise nicht gefährdet, im Gegenteil, man kam durch dieses Prinzip der Lösung erheblich näher. Er hatte das immer beherzigt und war gut dabei gefahren.

Eines war klar: Nach dem Tod der Anwältin Meyer-Strätling war die Angelegenheit, um die es ging, um kein Deut einfacher geworden. Aber man würde damit schon fertig werden. Dass es einen Mitwisser gab, hatte sich ja herausgestellt. David Brühl hieß der und war Anwalt in derselben Kanzlei. Weber hatte ihn beobachten lassen, hatte Fotos von Brühl in seiner Schublade. Und er hatte schon mal damit begonnen, ihn ein wenig zu irritieren. Der sah nicht so aus, als ob er starke Nerven hatte. Dazu war er viel zu schön. Es gab da ein paar Mittelchen. Vielleicht konnte man den smarten Jüngling aus der Ruhe bringen.

Er hoffte nur, dass in Dangast jetzt wieder alles im Lot war. Er wollte Arno Holje noch einmal anrufen und bei ihm nachfragen. Der war ziemlich nervös gewesen nach der Bilderaktion in Hamburg. Aber Weber hatte versucht, ihn zu beruhigen.

Der hatte es eigentlich gut wie niemand sonst. Er

wurde ja nicht so oft von seinem Chef behelligt. In der Regel ließ er Holje an der langen Leine, so dass der, wenn es wichtig wurde, auch wieder zu gebrauchen war. Da oben gingen die Uhren anders, das galt auch für Holje. Auf seinem kleinen Hof hatte er nicht viel zu tunt. Der konnte am Tage mit den Hunden am Wasser spazieren gehen, abends in der Kurhaus-Klause sein Jever-Pils trinken und gleichzeitig zugucken, wie in Wilhelmshaven die Lichter angingen. Mehr konnte Holje vom Leben gar nicht erwarten.

34. Kapitel

Heute war Rogalla für seine Verhältnisse früh zu Bett gegangen. Es war erst halb elf, und er lag schon unter der Daunendecke und lauschte den wechselnden Schnarchgeräuschen seiner Ehefrau. Er hatte sich vorgenommen, mal richtig durchzuschlafen, hatte auch nur ein Bier getrunken, um morgen richtig fit zu sein. Der Tag würde anstrengend werden, vielleicht auch aufregend, wenn er an das Unterfangen Strätling dachte. Man musste mal sehen, was dabei herauskam. Im Zweifelsfall bedeutete es viel Aufwand für wenig Ertrag.

Jetzt lag er da und konnte, verdammt noch mal, nicht einschlafen. Ingrid hatte sich schon sehr viel früher hingelegt, hatte wahrscheinlich noch ein paar Seiten in einem ihrer außerordentlich realistischen englischen Krimis gelesen, bis sie, von den Eskapaden des britischen Landadels ermüdet, das Licht ausgemacht hatte. Sie schlief neben ihm seelenruhig und hörbar tief. Man hätte neidisch werden können.

Draußen im Flur brannte immer ein kleines Nachtlicht. Das war grundsätzlich wichtig, damit er nach der Schicht im ‚Toffte', seiner Wattenscheider Stammkneipe, nicht an der Toilettentür vorbei segelte, wenn ihn das Bedürfnis überkam, das abendliche Bier wieder loszuwerden. Aber hier im Schlafzimmer war es stockfinster. Der Gesichtssinn war bei geschlossener Tür völlig ausgeschaltet. Das hatte zur Folge, dass er allen möglichen Geräuschen lauschte, die er sonst wohl kaum wahrnehmen würde, wenn er etwas sehen könnte. Wahrscheinlich auch dann nicht, wenn er einen anderen Beruf gehabt hätte. Einmal Bulle, immer Bulle.

Nachdem Ingrid sich auf die Seite gelegt hatte, verstummten die Geräusche, die sie gewöhnlich produzierte. Überlagert waren alle sonstigen akustischen Signale, die er meinte wahrzunehmen, durch ein ewiges Summen, das vom Wattenscheider Hellweg herkam. Der Verkehr dort brach nie ab, floss im eintönigen Rauschen dahin. Zwischen Bochum und Essen war immer Betrieb. Wattenscheid war die Durchgangsstation.

Er dachte an Udo Nowak, der ein paar hundert Meter entfernt von ihm jetzt immer noch in seiner Bude saß und die Tageseinnahmen abrechnete. Was mochte bloß hinter dem Brandanschlag auf das Auto dieses obskuren Dr. Weber stecken? Udo hatte so komisch geguckt, als ob da irgendetwas im Busch war. Aber leid tat der Weber ihm nicht. Wer einen Q 7 besaß, der war auch gut versichert, machte wahrscheinlich noch seinen eigenen Schnitt bei der Sache.

Gerade kam das Pärchen von nebenan nach Hause. Schon von Weitem waren sie zu vernehmen. Rogalla hatte nichts gegen Schwule. Sollten doch leben, wie sie Lust hatten. Wagnerfreunde waren die beiden, besuchten jede neue Inszenierung einer Wagner-Oper, die es im Revier zu sehen gab. Er wollte sie mal mit Udo Nowak bekannt machen. Vielleicht ließ sich da ja eine dauerhafte Freundschaft schmieden.

Das einzige, was ihn an den beiden Nachbarn irritierte, war die Tatsache, dass sie immer besonders laut und akzentuiert redeten, wenn sie abends nach Hause kamen. Er hatte fast den Eindruck, als würden sie sich besonders gern streiten, wenn der Tag zur Neige ging. Aber das gab es ja bei anderen Paaren auch. Der hartnäckige Wunsch, sich regelmäßig zu zanken, war nicht an eine bestimmte sexuelle Disposition gebunden. Das wusste er aus leidvoller Erfahrung.

Nachdem die beiden Streithähne ihre Wohnungstür geschlossen hatten, war es wieder ruhig, geradezu still. Nur die Begleitmusik vom Wattenscheider Hellweg brummte im Hintergrund. Ihm war klar, dass es umso schwieriger war einzuschlafen, je empfindlicher er alles wahrnahm, was außen passierte. Jetzt meinte er, ein Geräusch an den Mülltonnen zu vernehmen. Vielleicht hatte da ein Passant einen Zigarettenstummel hineingeworfen. Ihm kam der absurde Gedanke, dass draußen der schöne Rudi herumschnüffelte, um Rogallas Fahrrad zu klauen. Aber das stand ja, mit zwei Schlössern gesichert, im Keller. Er wurde endlich müde.

Beim nächsten Geräusch schreckte er hoch. Hatte da jemand ein Steinchen ans Fenster geworfen? Aber das konnte nicht sein. Die Zeiten waren doch längst vorbei. Dann noch einmal. Er hatte sich nicht getäuscht. Im selben Moment, als er aufstehen wollte, schnellte Ingrid neben ihm hoch.

„Sag mal, was ist das denn? Sind die alten Pfadfinderzeiten wieder zurück? Ihr habt sie doch nicht alle!“ maulte sie.

„Schlaf weiter!“

Rogalla schloss die Schlafzimmertür hinter sich, ging ins Wohnzimmer und machte das Fenster auf. Draußen war nur ein Schatten zu sehen.

„Komme“, flüsterte Rogalla und machte das Fenster wieder zu.

Er zog sich seine Klamotten an, weil er schon ahnte, was ihm bevorstand. Draußen wartete der Kollege Brenner und rauchte.

„Hör mal, du brauchst aber lange, bis du kapierst, was los ist“, sagte der.

„Hab schon geschlafen.“

„Wie? Mitten am Tage?“

„Du bist gut.“

„Hab dich ein paarmal angerufen. War aber nichts.“

„Mein Handy lag im Wohnzimmer. Hab heute keine Bereitschaft. Brauche auch mal meine Ruhe. Das ist beim LKA anders. Da könnt ihr auch am Tage pennen.“

Brenner ging nicht darauf ein: „Ich hab ein Taxi hier. Das bringt uns ins ‚Tucholsky'. Muss doch einen ausgeben."

Rogalla stutzte: „Verdammt, du hattest ja gestern Geburtstag. Hab ich vollkommen vergessen."

„Macht nichts. Ich wundere mich ja, dass ich selber dran gedacht habe."

„Warst du bei der Familie?"

„Ja bis eben. Gab aber nichts zu trinken. Nur Kaffee und Kuchen. Und ein Käsebrot."

„Also gut. Fahren wir."

Es dauerte keine zehn Minuten, bis sie im Bochumer Zentrum gelandet waren. Am Bermudadreieck stiegen sie aus. Brenner bezahlte das Taxi. Eigentlich hatte sich Rogalla diese Nacht ganz anders vorgestellt. Besinnlicher und weitgehend störungsfrei. Das konnte ja noch heiter werden.

Im ‚Tucholsky' wurde gerade, als sie reinkamen, die Ecke am Fenster frei. Da konnten sie ungestört reden. Er fand, dass Brenner in dem halben Jahr, in dem sie sich nicht gesehen hatten, älter geworden war. Klar, alle wurden älter, aber bei Brenner war das doch auffällig. Das Kopfhaar war sehr dürftig, eigentlich waren nur noch über den Ohren ein paar Stoppeln zu sehen. Oben war gar nichts mehr. Ging das so schnell? Oder hatte Brenner sich das Haupthaar abrasiert? Rogalla hatte keine Lust, danach zu fragen, weil er ohnehin nur eine ausweichende Antwort erhalten hätte. Eitle Menschen waren schwierig. Auf jeden Fall kam Brenners Nase nun eine besondere Funktion zu. Sie war prominenter als früher, fast zu dick, gewöhnungsbedürftig.

Brenner bestellte Fiege Pils in den großen Krügen. Dazu zwei Williams Christ. Als sie antranken, gratulierte Rogalla ihm zum Geburtstag, dachte, dass es vielleicht doch eine ganz gute Idee gewesen war, hierher zu kommen. So trocken, wie er es ursprünglich vorgehabt hatte, konnte man eigentlich nicht ins Bett gehen.

Sie fragten sich gegenseitig aus, erzählten aus ihrem jeweiligen Alltag. Brenner war neugierig, wie die Dinge in Bochum liefen, wollte auch Neuigkeiten über den PP wissen, die es nicht gab. Ob der sich gegenüber Rogalla inzwischen etwas liebenswürdiger verhielte. Was die Neuen machten. Ob Rogalla immer noch hinter der kleinen Sabrina her war.

Der merkte selbst, dass er etwas übertrieben reagierte: „Sag mal, du spinnst wohl. Die ist doch fast noch eine Minderjährige."

„Vielleicht ja gerade deshalb", sagte Brenner und lachte. „Ich hatte jedenfalls den Eindruck, dass sie dir gutgetan hat. Außerdem muss die doch inzwischen mindestens fünfundzwanzig sein."

Rogalla erzählte von dem aktuellen Fall, sagte, dass er die Fäden nicht zusammenkriegen konnte. Ein Schauspieler, der verschwand und dann in der Psychiatrie landete. Eine tote Anwältin, deren Adresse der Schauspieler mit sich herumtrug. Ein Galerist, der mit der ermordeten Anwältin verheiratet war und dem durchgeknallten Schauspieler Bilder verkauft hatte. Alles merkwürdig. Dann verstarb auch noch ein weiterer Schauspieler, wobei man nicht wusste, ob es Mord oder Selbstmord war. Alles ziemlich verworren.

Brenner bestellte noch mal Bier für beide. Während das Bier gezapft wurde, ging Rogalla auf die Toilette, und Brenner rauchte draußen eine Zigarette.

Als der junge Ober die beiden Krüge brachte, fragte er: „Auch noch zwei Willi?"

Rogalla guckte an die Decke. Brenner hielt nur den Daumen hoch. Also auch noch zwei Willi. Bitte sehr.

„Übrigens soll ich dich grüßen", sagte Rogalla.

„Von wem?"

„Von Udo Nowak."

„Kenne ich nicht."

„Klar, kennst du den. Das ist der aus der Fitnessbude am Wattenscheider Hellweg."

„Ach, der Freak mit der Theatermacke. Was macht der denn?"

„Er sagt, du wärst ein feiner Kerl, aber im Fußball wärst du eine Niete", frotzelte Rogalla.

„Guter Mann", brummte Brenner. „Apropos Fitnessbude. Die am Wattenscheider Hellweg gehört doch auch diesem Dr. Weber."

„Ja, Dr. Gunther Weber. Dem haben sie gerade seinen Q 7 abgefackelt. Direkt vor der Halle. Hat gebrannt wie Zunder."

„Das ist ja interessant. Der kriegt demnächst noch mehr Schwierigkeiten. Hab dir ja gesagt, dass da was läuft, das euch auch in Bochum angeht."

Brenner erzählte von einer groß angelegten Drogenschieberei, der man auf der Spur war. Das LKA hatte die Handelswege der Drogendealer verfolgt und Schritt für Schritt offengelegt. Das Heroin stammte ursprünglich von den Opiumfeldern in Afghanistan, wurde dann über Tadschikistan und Kirgistan nach Deutschland und auch in die USA verbracht.

Umschlagplatz war der ‚Internationale Flughafen Manas' in Bischkek, der Hauptstadt Kirgistans. Teilweise steckten hohe kirgisische Beamte mit den Drogenschiebern unter einer Decke. Das nahm man jedenfalls an, sonst wären die Schiebereien so, wie sie liefen, nicht zu erklären gewesen. Die für das LKA interessanten Kartelle operierten europaweit. In Deutschland versteckten sie ihre Gewinne, indem man das Geld in scheinbar legalen Unternehmungen verschwinden ließ. Dazu gehörten auch einige Fitnesshallen in NRW, insbesondere solche, die von Herrn Dr. Weber regiert wurden.

„Vielleicht hat diese Autosache was damit zu tun?“ fragte Rogalla.

„Jetzt glaub aber nicht, dass wir vom LKA ihm die Karre angesteckt haben.“

„Nein, natürlich nicht. Aber es könnte bedeuten, dass da jemand nervös geworden ist.“

„Keine Ahnung. Ich nehme das mal mit als Information.“

Brenner bestellte wieder. Er ließ alles auf seinen Deckel schreiben. Rogalla gratulierte ihm schon zum dritten Mal. Eigentlich war es ein bisschen wie früher. Nach dem vierten Gedeck sagte Brenner, er habe noch was zu erzählen.

„Was denn? Jetzt nichts Dienstliches mehr.“

„So halb und halb.“

„Kapiere ich nicht.“

„Deshalb erzähle ich dir das ja auch.“

„Also. Jetzt rück mit der Sprache raus. Was ist los? Willst du dich scheiden lassen und diese Profilerin ehelichen?“

„Quatsch! Du spinnst. Mit der Profilerin war nie was am Gange.“

„Du kannst mir viel erzählen. Also! Was?“

„Ich werde wohl meine Abordnung beenden.“

„Wie? Du kommst wieder zurück nach Bochum?“ lachte Rogalla.

„Nee, das nicht. Ich werde ganz nach Düsseldorf gehen.“

„Ans LKA?“

„Ja, man hat mir eine Planstelle im Dezernat 31 angeboten. Die wollen, dass ich stellvertretender Dezernatsleiter werde.“

„Was ist das?“

„Sachgebiet drei. Rauschgiftkriminalität.“

„Na, herzlichen Glückwunsch. Dann sind wir dich ja endgültig los.“

„Sieht so aus."

Als das Taxi Rogalla an der Emilstraße absetzte, war es inzwischen halb zwei. Er fragte sich, wie viele Gedecke sie nach Brenners letzter Mitteilung noch getrunken hatten. Er hatte das Quantum nicht mehr so richtig auf dem Schirm. War auch scheißegal. Wenn er an morgen dachte, war es allemal zu viel. Und was den Abgang von Brenner aus Bochum betraf, so wusste er nicht, ob er darüber lachen oder weinen sollte.

Donnerstag,
14. Mai 2015
(Christi Himmelfahrt)

35. Kapitel

Er war schon gestern hier gewesen, hatte sich die Örtlichkeiten angesehen. Es war wichtig, dass er sich eine Position aussuchte, von wo er die Verhandlungen beobachten konnte, ohne dass er Gefahr lief, bemerkt zu werden. Besser, man hatte die Dinge selbst in der Hand. Dr. Webers Informationen waren präzise gewesen, was Ort und Zeit betraf. Der hatte wohl seine Lektion gelernt. Er würde bezahlen müssen, so oder so. Denn wie sagten die Deutschen? Umsonst war nur der Tod, und der wurde auch noch mit dem Leben bezahlt.

Es war ein wunderschöner, milder Tag gewesen. Er war noch um die Stiepeler Dorfkirche herumgegangen, hatte versucht, auf den Gräbern ein paar Inschriften zu entziffern. Einige der alten Steine standen schräg, andere lagen flach auf dem Boden. Er war auch in die Kirche hineingegangen, hatte sich die mittelalterlichen Wandmalereien angesehen, von deren Bedeutung er wusste. Die biblischen Geschichten, von denen sie erzählten, verstand er allerdings nicht. Draußen atmete er die Mailuft ein.

Heute, am Himmelfahrtstag, würden hier Gottesdienste stattfinden, das nahm er jedenfalls an. Gegenüber der Kirche, auf der anderen Seite der Brockhauser Straße, lag der neue Friedhof, dessen Begrenzungen weiter unten durch hohe Bäume gesäumt wurden. Er ging ein paar Schritte durch das eiserne Tor, versuchte, von dort bis hinunter zur Ruhr zu blicken, aber der Fluss war nicht zu sehen, nur zu erahnen.

Der entscheidende Ort, an dem die Aktion stattfinden sollte, lag eine gute Strecke entfernt von der Dorfkirche. Er befand sich dort, wo die Brockhauser Straße ins Ländliche überging. Da war auf der linken Seite, einige hundert

Meter nach der Kreuzung mit der Gräfin-Imma-Straße, ein kleiner, freier, nicht asphaltierter Platz. Zwei bis drei PKWs konnten hier mühelos abgestellt werden, aber die Stelle war offensichtlich nicht als Parkplatz vorgesehen, denn ein Schild leitete Autofahrer weiter, signalisierte, dass es erst an der Dorfkirche Parkmöglichkeiten gab. Man hätte sich einen schlechteren Ort aussuchen können. Ob der Zeitpunkt gut gewählt war, würde sich herausstellen.

Von dem Platz, dessen ursprüngliche Funktion ihm unklar blieb, führte ein kleiner Weg an einem Wäldchen vorbei und hinunter zu einer Wiese. Mehr war nicht zu sehen; er war auch gestern nicht weiter hinunter gegangen, hatte nicht geglaubt, dass das wichtig sein könnte. Warum man gerade einen Ort in Stiepel als Treffpunkt ausgesucht hatte, wusste er nicht. Aber wer immer die Entscheidung getroffen hatte, musste sich vor Ort auskennen. Hier gab es kaum Durchgangsverkehr, schon gar nicht am Himmelfahrtstag, und doch war man nicht so weit von dem Siedlungsgebiet entfernt, was eine Beruhigung sein konnte. Es war eine Gegend, in der man höchstens auf Rentner treffen würde, die ihre Hunde spazieren führten.

Jetzt stand er etwa hundert Meter oberhalb dieses Platzes, hinter einem kleinen Anwesen, geschützt durch Bäume, beobachtete, was passierte und wartete. Er würde nicht einmal sein Fernrohr benutzen müssen, um mitzukriegen, was dort unten geschah. Seinen schwarzen Volvo hatte er auf der Gräfin-Imma-Straße abgestellt, weit genug, dass ihn niemand mit dem, was an der Brockhauser Straße passieren würde, in Verbindung brachte.

Ein grauer SUV näherte sich von der kleinen Straße ‚An der Alten Fähre', bog dann links ab in die Brockhauser Straße. An dem freien Platz hielt er kurz an, bog noch einmal links ab, verließ die Straße und verschwand auf dem Feldweg hinter dem Wäldchen. Das konnte der Bauer sein, der seinen Acker aufsuchte. Es konnte auch jemand sein, der schon einmal das Terrain sondierte. Er war sich nicht sicher, würde aufpassen müssen. Dann, als ob er es geahnt hätte, kam eine Frau mit ihrem Hund den Feldweg hinauf. Auf der Brockhauser Straße hielt sie sich links, wollte wohl noch länger spazieren gehen.

Jetzt fuhr, von der Koster Brücke kommend, eine schwarze Limousine fast im Schritttempo heran und hielt noch auf der Straße, aber direkt neben dem kleinen Platz. Ein Maserati, wenn er sich nicht irrte. Das konnte nur der Wagen des Kunsthändlers sein. Das Spiel würde beginnen.

Von der Dorfkirche her kam ein blauer VW Golf, er fuhr etwas schneller als der Maserati. Als er das andere Fahrzeug sehen konnte, verlangsamte der Fahrer des Golf die Geschwindigkeit ein bisschen, hielt aber nicht an, sondern passierte den Treffpunkt und verschwand in der Kurve. Doch nach zwei oder drei Minuten tauchte er wieder auf, der Fahrer musste irgendwo gewendet haben. Er fuhr jetzt ganz nah an den Maserati heran, wartete vielleicht noch eine halbe Minute. Dann stieg der Mann aus.

Jetzt nahm er doch sein Fernglas heraus, stellte es scharf. Er erkannte den Mann, der aus dem Golf gestiegen war. Dr. Webers Hilfssheriff.

Auch der Fahrer des Maserati stieg aus, ein schlanker hochgewachsener Herr, der durch seinen Hut noch größer wirkte. Der andere war jünger, kleiner, untersetzt. Sie sprachen miteinander, schienen zu verhandeln. Der Fahrer des Golf verschwand wieder in seinem Wagen, blieb eine Zeitlang verschwunden. Vielleicht telefonierte er mit seinem Herrn. Dann kam er wieder heraus, ging zum Kofferraum, öffnete ihn.

Er holte ein verschnürtes Paket heraus, löste die Schnüre langsam und geduldig. Der Herr mit Hut schaute ihm zu, wartete. Als das Bild ausgepackt war legte es der Kleinere von beiden in den Kofferraum. Beide beugten sich darüber, wohl um es zu inspizieren. Der Kunsthändler würde die Echtheit prüfen wollen, zumindest vorläufig.

Im selben Augenblick schossen auf der Brockhauser Straße von beiden Seiten Polizeiwagen heran und stellten sich quer. In Sekundenschnelle wimmelte es von Polizisten auf der Straße. Auch der SUV kehrte zurück. Wenn der Fahrer wirklich der Bauer war, dann hatte die Polizei ihn eingeweiht, wahrscheinlich sogar für das Unternehmen rekrutiert.

Der Fahrer des Golfs wurde festgenommen. Der andere nicht. Warum nur?

Er packte sein Fernglas ein und ging zurück zu seinem Wagen. Dr. Weber musste sich etwas einfallen lassen. Der Handel war geplatzt.

36. Kapitel

„Na, du steckst ja ganz schön in der Scheiße!“ hatte er zu Udo Nowak auf dem Flur gesagt, als der ins Kommissariat geführt wurde.

Nowak hatte nicht geantwortet, nur ziemlich düster geguckt, mehr oder weniger in sich gekehrt. Das kannte man an ihm gar nicht. Ansonsten war dafür gesorgt worden, dass Rogallas alter Kumpel nicht von ihm selbst verhört wurde. Sogar der PP hatte sich ins Getümmel gemischt und ordnend eingewirkt.

Kevin Kestermann hatte das Verhör federführend übernommen, Sabrina hatte ihm sekundiert, und sie waren fündig geworden. Was Nowak erzählte, war hochinteressant, erklärte so manches, was vorher nebulös gewesen war. Es sah so aus, dass man zumindest in der Sache Leon Steiner weiterkommen würde. Rogalla verfolgte das Verhör von außen durch den Einwegspiegel. Nowak tat ihm leid. Er hoffte, dass er am Ende mit einer Bewährungsstrafe davonkam. Wahrscheinlich musste er sich auch einen neuen Job suchen. Es war in Nowaks Alter sicher nicht so einfach, noch einmal die Bühne zu wechseln.

Rogalla warf ein paar Pfefferminzbonbons ein, die ihm Ingrid am Morgen noch zugesteckt hatte. Nächte mit Brenner hinterließen immer Spuren. Ein schlechtes Gewissen hatte er deshalb nicht, denn im Präsidium gab es zwar ein Alkoholverbot, aber kein Restalkoholverbot. Dann rief er in der Klinik für Psychiatrie an und ließ sich mit Frau Dr. Anja Winter verbinden.

Er kam gleich zur Sache: „Wir haben Anhaltspunkte, dass Leon Steiner simuliert. Anhaltspunkte ist eigentlich zu wenig. Wir haben deutliche Hinweise, dass es so ist.“

„Das würde so manches erklären.“

„Das heißt, Sie wissen immer noch nicht, was mit ihm los ist?“

„Kann man so sagen. Wir haben versucht, Ordnung in das Bild, das wir uns von ihm machen konnten, zu bringen. Wollten irgendwelche Verhaltensmuster erkennen. Aber das ist uns nicht gelungen. Im Übrigen wirkt er inzwischen völlig normal. Die psychischen Störungen, wie Sie sie vorgestern noch wahrgenommen haben, sind seit gestern nicht mehr aufgetreten. Allerdings scheint eine gewisse Amnesie, also eine Störung des Gedächtnisses, immer noch vorzuliegen. Da hat sich nichts geändert. Wir hatten schon gedacht, dass, was immer mit ihm passiert ist, schubweise auftritt. Aber wenn Sie Hinweise haben, dass er simuliert …“

„Sieht wirklich so aus. Und da hängt noch eine Menge dran. Sie können sich vorstellen, dass wir unbedingt mit ihm reden müssen. Möglichst hier im Präsidium.“

„Ich denke, dagegen ist nichts zu sagen. Ich würde vorher noch einmal mit der Klinikleitung reden. Wenn Sie nichts von mir hören, ist das okay.“

„Wann kann ich ihn abholen?“

„In einer Stunde.“

Während er die Stufen zu der Klinik hinaufging, fiel im Vorübergehen sein Blick wieder auf das Kunstwerk der liegenden und stehenden Steine. Symbolik war da im Spiel, das war ihm schon klar. Aber wozu der Unterschied zwischen den behauenen und den unbehauenen Steinen. Rätselhaft. Außerdem schien ihm der Hinkelstein des Obelix über Nacht ein bisschen größer geworden zu sein. Er wollte mal mit Ingrid einen Spaziergang durch den Stadtpark machen und sich dann von ihr das Ensemble erklären lassen. Eine Lehrerin musste so etwas können.

Noch einmal warf er zwei Pfefferminzbonbons ein und kaute auf ihnen herum. Er wollte nicht, dass sein Atem der Ärztin noch etwas von der letzten Nacht verriet. In einer Psychiatrischen Klinik kannte man sich bestimmt auch mit Alkoholikern aus. Womöglich würde sie ihm mit charmantem Lächeln einen Zettel zustecken, auf dem die Adresse einer entsprechenden Selbsthilfegruppe stand. Anonyme Alkoholiker oder so.

In der Cafeteria nahm er Steiner in Empfang und fuhr mit ihm ins Präsidium. Der Schauspieler wirkte nicht mehr so eingefallen und mickrig, wie Rogalla ihn von ihrer ersten Begegnung her in Erinnerung hatte. Er war inzwischen sauber rasiert, wahrscheinlich hatte man ihm in der Klinik einen elektrischen Rasierapparat besorgt.

Rogalla wunderte sich, dass der PP nicht erschien, um den großen Weltstar zu begrüßen. Aber er hatte offenbar der Versuchung widerstanden, hier aufzutauchen, denn womöglich wäre das selbst ihm ein bisschen peinlich gewesen. Die Situation war ja auch nicht erfreulich.

DerKommissarführteSteinerindenVernehmungsraum. Der musterte den kahlen Raum und guckte ein bisschen angewidert. Klar, ein gemütliches Wohnzimmer war das nicht. Sie benutzten im Präsidium leer stehende Büros, in denen mal irgendwelche Sachbearbeiter residiert hatten, als Vernehmungsräume. Es gab einen Schreibtisch, einen Computer, ein paar Wandschränke, einen Tisch, Stühle.

Da hing kein Gemälde des Künstlers Franz Radziwill an der Wand. Schön war anders, das musste auch dem aus der Bahn geratenen Schauspieler Leon Steiner auffallen.

Für das Protokoll war wieder Sabrina zuständig. die notwendigen Personendaten wurden aufgenommen. Steiner war damit einverstanden, dass die Vernehmung auf Tonträger aufgenommen wurde. Als Schauspieler hatte er kein Problem mit der Technik.

„Herr Steiner, Sie erinnern sich an mich?“

Steiner nickte, sagte nichts.

„Wir hatten es zunächst mit Ihrem Verschwinden zu tun. Dazu werde ich Ihnen Fragen stellen. Ich will aber ganz offen zu Ihnen sein. Wir haben heute jemanden in Gewahrsam genommen, dessen Vernehmung uns eine Menge an Aufschlüssen erbracht hat. Diese Person heißt Udo Nowak. Herr Nowak ist Angestellter des Herrn Dr. Weber. Wir haben Grund zu der Annahme, dass Weber für Sie kein Unbekannter ist. Wenn sich die Dinge bestätigen, die Herr Nowak uns mitgeteilt hat, wird auch Dr. Weber zur Vernehmung einbestellt werden müssen. Es ist zu erwarten, dass sich aus dessen Aussagen weitere Anhaltspunkte zu Ihrem Verbleib während Ihrer Abwesenheit und auch zu Ihrem Verhalten insgesamt ergeben. Haben Sie das verstanden?"

Steiner nickte wieder: „Ja, ich habe Sie verstanden, Herr Kommissar."

Er machte eine kurze Pause, blickte an die Decke, wo es eigentlich nichts zu sehen gab, fuhr dann fort: „Mir ist auch klar, dass man Niederlagen als solche rechtzeitig erkennen muss, dass man weiß, wann man verloren hat."

„Verstehe ich Sie richtig, dass Sie ein Geständnis ablegen wollen?"

„Wollen ist vielleicht zu viel gesagt. Aber ich muss es wohl. Wenn man in diesem Kontext überhaupt zutreffend von einem Geständnis reden kann. Bekenntnis zu Verwicklungen mit einem gewissen tragischen Akzent – eine solche Begrifflichkeit wäre mir lieber. Aber Sie werden das sicher nicht akzeptieren, Herr Kommissar."

Rogalla schüttelte nur den Kopf: „Benötigen Sie Rechtsbeistand? Möchten Sie einen Anwalt hinzuziehen?"

„Ach, wissen Sie, Herr Kommissar. Von Anwälten habe ich zunächst einmal die Nase voll. Sie werden mich besser verstehen, wenn Sie gehört haben, was ich Ihnen sagen werde. Nein, ich komme ganz gut allein zurecht. Wenn man am Ende ist, dann ist man ohnehin auf sich gestellt. Da hilft einem keiner mehr. So ist das eben."

Steiner kramte umständlich ein Taschentuch heraus und schnäuzte sich die Nase, wischte sich mit dem Handrücken über die Augen. Rogalla fragte sich, ob Steiner schon wieder anfing, sein Verhalten bühnenwirksam zu inszenieren. Vielleicht konnte der auch nicht anders. Er wollte abwarten, was der Schauspieler zu erzählen hatte.

„Darf ich vorn anfangen?“

„Bitte sehr.“

„Sie wissen, dass ich ein recht erfolgreicher Schauspieler bin, auch im Film durchaus meine Meriten erworben habe.“

„Das wissen wir hier alle.“

„Dann können Sie sich auch vorstellen, dass ich in meinem Gewerbe gut verdient habe, bis zu einem gewissen Grade sogar vermögend bin.“

„Das glaube ich Ihnen gern. Es sei Ihnen gegönnt.“

„Ihre Bemerkung, Herr Kommissar, ehrt Sie. Damit unterscheiden Sie sich von vielen meiner Kolleginnen und Kollegen, denen es – das will ich gerne einräumen – in der Regel längst nicht so gut geht wie mir. Zu solchen Herrschaften, die mir meine Erfolge neiden, gehört übrigens auch mein Kollege Hartmut Duwe, nach dem Sie mich in der Klinik gefragt haben.“

„Harmut Duwe ist tot.“

Steiner machte eine seltsame, ruckartige Bewegung mit dem Oberkörper, sagte leise: „Er hätte später sterben können – es hätte die Zeit sich für ein solches Wort gefunden …“

Rogalla guckte ihn entgeistert an.

„Entschuldigen Sie. Das war Shakespeare. ‚Macbeth‘. Übersetzung von Dorothea Tieck. Manchmal kann ich nicht aus meiner Haut.“

„Bitte, sprechen Sie weiter.“

„Also, ich habe immer gut verdient, im Unterschied zu anderen. Da hieß es nun irgendwann: Wohin mit dem Geld, wenn es nicht durch Inflation und andere volkswirtschaftliche Fehlentwicklungen vor die Hunde gehen soll?“

„Sie haben ein Konto bei einer Schweizer Bank eingerichtet. In Lausanne."

„Woher wissen Sie das?"

„Wir haben Kontoauszüge in Ihrer Hamburger Wohnung gefunden."

„So? Wie Sie oder Ihre Hamburger Kollegen in die Wohnung gelangt sind, kann ich mir leider vorstellen. Aber dazu kommen wir sicher später noch. Was die Auszüge betrifft, die dort gefunden wurden, muss ich bedauerlicherweise sagen, dass meine Frau in solchen Angelegenheiten ein wenig nachlässig ist."

„Das lässt sich ja nicht mehr rückgängig machen."

„Nun gut. Ich habe dieses Konto eingerichtet, ein bisschen Vermögen angehäuft und dummerweise der Steuer verschwiegen, was es mit diesem Konto auf sich hat."

Rogalla nickte, ließ ihn reden.

„Das ging so gut, über viele Jahre. Dann kam der Fall Zumwinkel, will sagen, die Liechtensteiner Steueraffäre und mit ihr die Ära der CDs, auf denen Namen von Steuerflüchtigen verzeichnet waren. Natürlich habe ich auch daran gedacht, mich zu offenbaren, eine Selbstanzeige zu starten. Aber wie das so ist – man wartet noch ein Weilchen, nimmt sich vor zu handeln, wartet weiter und weiter, und irgendwann ist es zu spät."

„Wieso zu spät?"

„Vor ein paar Wochen erhielt ich einen Anruf von Frau Dr. Yvonne Meyer-Strätling. Sie hatte keine Mühe, mich zu erreichen, da ich ein Engagement in Bochum angenommen hatte. Die Hauptrolle in der hiesigen ‚Tell'-Inszenierung."

„Davon habe ich gehört."

„Außerdem war mir die Anwältin bekannt, da ich gelegentlich bei ihrem Mann, dem Düsseldorfer Kunsthändler, ein paar Bilder gekauft habe."

„Was wollte sie von Ihnen?"

„Das ist jetzt der Punkt, an dem ich nicht sehr präzise werden kann, weil ich den Hintergrund nicht kenne. Frau Meyer-Strätling war an Daten einer sogenannten Steuer-CD gelangt, auf welcher Namen und Adressen von Steuerflüchtigen standen, die alle ein Konto bei besagter Bank in Lausanne hatten. Meiner auch."

„Also – was wollte sie?"

„Um es kurz zu machen: Sie wollte mich erpressen oder, genauer gesagt, sie hat mich erpresst."

„Wie?"

„Sie sagte, ich müsse ihr einen Dienst erweisen. Für diesen Dienst sei ich genau der richtige Mann. Ansonsten würde sie die Angaben auf der Steuer-CD an das Finanzamt weiterleiten."

„Die Angaben, die dort über Sie verzeichnet waren?"

„Ja."

„Und was sollten Sie tun?"

„Ich musste mit verstellter Stimme, aber deutlichem Schweizer Akzent, andere Steuersünder anrufen und ihnen mitteilen, dass man ihre Daten ans Finanzamt weitergeben würde, es sei denn, sie zahlten eine bestimmte Summe auf ein noch zu nennendes Konto. Bei diesem Verfahren würden sie erheblich viel Geld sparen."

„Und das haben Sie auch gemacht?"

„Ja, ich habe das gemacht, obwohl mir natürlich alle möglichen Bedenken kamen. Im Nachhinein ist mir auch bewusst, dass ich aus der Klemme, in der ich saß, hätte anders herauskommen müssen. Aber ehrlich gesagt, hat mich auch irgendwie gereizt, einmal in der Realität, im wahren Leben zu spielen. Ich muss Ihnen gestehen, dass sogar ein gewisses Kribbeln aufkam. Alle diese Anrufe waren echte Premieren, gewissermaßen ohne Vorhang. Spannend war das ganz gewiss."

„Wie viele Adressaten haben Sie angerufen?"

„Insgesamt vier. Ich hatte nur die Namen und die Telefonnummern."

„Und ein Weber war auch dabei? Dr. Gunther Weber?"

„Er war der Zweite, den ich angerufen habe. War gar nicht leicht, zu ihm durchzudringen. Aber wozu wäre man Schauspieler, wenn man solch eine Situation nicht ein wenig dramatisieren könnte. Es hat jedenfalls geklappt, und damit fing dann auch das Verhängnis an."

Rogalla wusste, was jetzt kommen musste, denn Udo Nowak hatte von Webers Tonband mit der Stimme Steiners berichtet. Er unterbrach die Vernehmung Steiners, ließ dem Schauspieler Kaffee und belegte Brötchen bringen. Außerdem teilte er ihm mit, man werde etwa in einer Stunde mit der Vernehmung fortfahren. Frau Melies werde sich um ihn kümmern.

37. Kapitel

Rogalla telefonierte mit der Staatsanwaltschaft wegen eines Haftbefehls für Dr. Gunther Weber. Gründe gab es genug. Die Entführung Steiners war von Weber offenbar veranlasst und inszeniert worden. Hinzu kamen Flucht- und Verdunkelungsgefahr. Es musste schnell gehen. Man würde die Kollegen in Wuppertal mobilisieren müssen, sie um Amtshilfe bitten. Außerdem brauchte man dringend einen Durchsuchungsbeschluss für die Räumlichkeiten in der Kanzlei der verstorbenen Anwältin Meyer-Strätling.

Während er damit beschäftigt war, diese Dinge in die Wege zu leiten, kam ein Anruf aus dem Bochumer Schauspielhaus. Es meldete sich Frau Isabe Gumbrecht, die Intendantin, höchstpersönlich. Ohne große Umschweife kam sie zur Sache. In der Post des Schauspielhauses war heute ein Brief eingetroffen, den man gerade erst geöffnet hatte.

Darin erklärte der Schauspieler Hartmut Duwe, warum er sich umgebracht haben würde, wenn der Brief eintraf. Er habe dem ständigen Druck, der auf ihm laste, nicht mehr standhalten können. Für seine Karriere sah er keine Aufstiegsmöglichkeit mehr. Hinzu kam die große Ungerechtigkeit, dass charakterlich äußerst zweifelhafte Schauspieler wie der Kollege Leon Steiner Erfolge feierten, die absolut nicht gerechtfertigt waren. Wahrhaft künstlerische Leistung gepaart mit moralischer Integrität wurde heute nicht mehr gewürdigt. Intrigen und Manipulationen führten zu einer völligen Schieflage in der künstlerischen Hierarchie. Und so weiter.

Rogalla stellte sich naiv: „Hat er denn recht mit seiner Einschätzung?“

„Ach was, nicht im Geringsten. Aber er muss von starken Minderwertigkeitskomplexen geplagt worden sein, litt wohl auch an Depressionen. Ich hätte mir gewünscht, dass er mal mit seinen Problemen zu mir gekommen wäre. Vielleicht hätte man ihm helfen können."

Dann fragte die Intendantin noch nach Leon Steiner, wann er wieder zur Verfügung stände. Rogalla sagte, dazu könne er im Augenblick keine Auskunft geben.

Nach dem Gespräch mit der Intendantin erwog Rogalla die notwendigen Konsequenzen aus der veränderten Situation. Man würde den Brief Duwes von den KTU-Leuten genau prüfen lassen, um sicherzustellen, dass er wirklich auch von dem Schauspieler stammte. Wenn sich das so herausstellte, dann konnte man an dieser Stelle Kräfte sparen, weil der Fall geklärt war. Er hielt es aber nicht für ausgeschlossen, dass Duwe noch leben würde, wenn der verhasste Leon Steiner nicht wieder aufgetaucht wäre. Wahrscheinlich hatte die Nachricht, der große Star sei wieder im Lande, diesem Hartmut Duwe endgültig den Rest gegeben. Eigentlich tragisch, dachte Rogalla.

Merkwürdig war, dass sich auch jemand aus der Kanzlei der verstorbenen Anwältin Meyer-Strätling gemeldet hatte. Der erkundigte sich, ob Herr Steiner Rechtsbeistand benötigte. Rogalla fragte sich, woher die wussten, dass der Schauspieler zurzeit vernommen wurde. Hinzu kam, dass heute ein gesetzlicher Feiertag war. Irgendjemand musste ihm das gesteckt oder auch durchgesteckt haben. Solche Durchstechereien, die inzwischen in aller Munde waren, gab es leider auch hier im Hause. Das war jetzt die ganz große Mode. Er beauftragte Kestermann damit, dem Anwalt mitzuteilen, dass man sich melden werde, sofern seine Dienste erwünscht wurden.

Rogalla ging zurück in den Vernehmungsraum. Sabrina war bei Steiner geblieben, hatte mit ihm Kaffee getrunken. Als Rogalla in den Raum trat, fragte Steiner gerade, ob Sabrina denn auch gelegentlich ins Theater gehe. Sie gehe, ehrlich gesagt, lieber ins Musical, sagte Sabrina. In ‚Starlight Express' sei sie schon dreimal gewesen. Einmal allein und zweimal mit ihrer Oma. Steiner fragte, was das sei, ‚Starlight Express', lächelte und nickte Rogalla ein bisschen gönnerhaft zu, als ob er hier in diesem elenden Raum inzwischen der Hausherr wäre.

„Bevor wir weitermachen", sagte Rogalla, „will ich Ihnen doch eine Information nicht vorenthalten. Sie ist ganz aktuell, wir haben gerade einen Anruf erhalten. Es scheint inzwischen ziemlich wahrscheinlich, dass Ihr Kollege Hartmut Duwe sich selbst umgebracht hat, dass also kein Fremdverschulden vorliegt."

Steiner wirkte ehrlich bestürzt: „Das tut mir leid. Wenn ich es recht bedenke, dann wirkte er auf mich immer ein wenig verbittert. Man traute sich kaum, ihn anzusprechen."

„Aber lassen Sie uns fortfahren. Es gibt ja noch einiges zu klären. Das Letzte, worüber wir geredet haben, war Ihr Anruf bei Dr. Weber. Wie ging es nun weiter?"

„Es war am letzten Mittwoch, gestern vor einer Woche. Am Abend gaben wir den ‚Tell' im Schauspielhaus. Es war ein schöner, erfrischender Theaterabend. Das Publikum war gut gelaunt – sehr wichtig bei dieser Inszenierung. Das Ensemble hatte sich entsprechend verausgabt. Auch der verblichene Kollege Duwe, das muss ich fairerweise konzedieren. Nach solchen Kraftanstrengungen habe ich häufig das Bedürfnis, allein zu sein, denn ich kann mich von der Vorstellung noch nicht endgültig lösen. Mir geht gewöhnlich der Abend noch einmal durch den Kopf, ich rekapituliere, was gelungen, und auch, was misslungen ist."

Während Steiner redete, rutschte Rogalla auf seinem Stuhl hin und her. Er hatte jetzt weder Lust noch Zeit, über Befindlichkeiten eines Schauspielers vor oder nach einer Vorstellung zu reden. Andererseits wollte er den Schauspieler auch nicht unterbrechen. Man musste ihn, da er sich entschlossen hatte zu reden, bei Laune halten.

„Ich ging ins ‚Tucholsky', wo man mich kennt und mich auch abschirmt, wenn es nötig ist. Bestellte mir zu essen und zu trinken. Ich liebe Ihr Bochumer Bier. So herb wie die Menschen hier im Kohlerevier. Herzlich und direkt."

Rogalla wusste nicht, was der Schauspieler meinte. Er fragte sich, ob er ihm sagen sollte, dass hier schon seit Jahrzehnten keine Kohle mehr gefördert wurde. Vom Strukturwandel im Ruhrgebiet hatte der Schweizer wohl noch nichts gehört.

„Auf dem Heimweg zur ‚Villa Wahnsinn' begegnete ich ein paar Autogrammjägern, deren Wünsche ich gern bediente. Und dann folgt der Blackout."

„Bitte, nicht schon wieder."

„Keine Angst Herr Kommissar. Es geht gleich weiter. Blackout heißt, ich wurde vor der Haustür niedergeschlagen und verlor das Bewusstsein."

„Wie lange? Können Sie das im Nachhinein abschätzen?"

"Nein. Keine Ahnung. Vielleicht hat man mir auch noch etwas gespritzt, ein Barbiturat oder etwas Ähnliches. Ich habe da so eine Einstichstelle in der Armbeuge entdeckt."

„Das kann sich der Arzt später ansehen. Eventuell müssen wir Sie ohnehin noch einmal gründlich untersuchen lassen. Je nachdem kann das auch im Haftkrankenhaus in Fröndenberg geschehen."

Steiner reagierte erschrocken: „Wo ist Fröndenberg, um Gottes Willen?"

„Das liegt im Kreis Unna. Ist gar nicht so weit."

„Wenn Sie mich in ein Krankenhaus sperren wollen, dann hätte ich ja auch in der Psychiatrie bleiben können. Da fühlte ich mich geborgen."

„So einfach ist das nicht. Aber wir sehen mal, was wir tun können. Würden Sie bitte zu Ihrer Geschichte zurückkehren? Unter welchen Umständen sind Sie dann wieder wach geworden?“

„Mein Bewusstsein erlangte ich erst zurück, als ich mich im Kofferraum eines Autos befand, gefesselt und geknebelt, wie es so schön heißt. Aber schön war es wirklich nicht. Ich kann von Glück sagen, dass ich nicht erkältet war, sonst wäre ich wohl erstickt.“

„Wie lange hat das gedauert?“

„Einige Stunden. Es war ja stockfinster, so dass ich auch nicht auf die Uhr sehen konnte. Irgendwann hat mich der Entführer dann erlöst.“

„Wo waren Sie, als man Sie aus dem Kofferraum geholt hat?“

„Man sagte mir, ich sei in Norddeutschland. Das muss ein Dorf gewesen sein. Viel habe ich nicht davon gesehen, denn nach einigen Verhandlungen hat man mich wieder in den Wagen verfrachtet. Drei Männer waren da, dieser Dr. Weber und zwei andere. Einer von denen muss der Entführer gewesen sein. Der hat sich immer im Hintergrund gehalten.“

„Worüber wurde geredet?“

„Es ging ums Geld. Man hat mir gesagt, ich müsse mich freikaufen, sonst würde man mich töten. Sie wollten zweihundert tausend Euro haben. Ich habe ihnen gesagt, dass ich nicht so viel Geld flüssig hätte und habe ihnen stattdessen Kunstwerke angeboten, die in meiner Hamburger Wohnung hängen. Zwei der Männer sind dann mit mir nach Hamburg gefahren, in der Nacht. Wir haben ein Bild von Gerhard Richter und eins von Franz Radziwill aus der Wohnung geholt. Die Wohnungstür haben wir aufgelassen, so dass es so aussah, als sei dort eingebrochen worden. Mit den Bildern habe ich mich gewissermaßen freigekauft. Dann haben wir gemeinsam den Plan gefasst, dass ich einen psychisch Kranken simulieren sollte, so dass alle Fragen nach meinem Verbleib ins Leere laufen würden. Das hat ja auch zunächst geklappt. Ich glaube nicht, dass ich als Darsteller versagt habe. Man hat mich oben an der Nordsee ausgesetzt, Hooksiel heißt der Ort. Da habe ich dann in freier Wildbahn Wilhelm Tell deklamiert, das war köstlich. Es war ja eine enorme Herausforderung, sozusagen eine echte Reality-Show, keine nachgestellte."

Was Steiner erzählte, schwankte ständig zwischen Selbstmitleid und einem unverschämten, künstlerischen Ehrgeiz. Dieser gewissenlose Kerl schien auch noch stolz zu sein auf seine Leistung. Hielt, was er gemacht hatte, geradezu für ein Bravourstück. Charakterlich war der eine Null. Wenn Steiner dafür eine große Rolle ergattern konnte, dann würde er wohl seinen besten Kumpel verraten. Aber solche Leute hatten ja oft gar keine Freunde.

„Wie hoch schätzen Sie den Wert der Bilder, die Sie in Ihrer Wohnung hatten?"

„Kunstwerke sind immer so viel wert, wie für sie bezahlt wird."

„Das habe ich mir gedacht", knurrte Rogalla.

„Wie auch immer. Jedenfalls dürfte ihr handelsüblicher Wert erheblich höher als die geforderten zweihundert tausend Euro sein. Der Radziwill ist mindestens das Doppelte wert, und der Richter kostet ein Vielfaches davon. Er gilt zurzeit als der teuerste lebende Künstler. Ich hoffe nur, dass ich die Bilder demnächst zurück bekomme."

„Damit Sie Ihre zu erwartende Steuerschuld bezahlen können?"

Steiner antwortete nicht darauf, sondern holte wieder das Taschentuch heraus und schnäuzte sich laut. Diese Geste hatten wir schon einmal, dachte Rogalla. Lass dir bitte was Neues einfallen, du großer Mime.

„Noch eine Frage. Die Hamburger Kollegen haben versucht, Ihre Frau zu erreichen. Das ist ihnen aber nicht gelungen. Wieso?"

„Das kann ich Ihnen sagen. Sie versteckt sich alle paar Monate für ein bis zwei Wochen auf einer griechischen Insel. In dieser Zeit weiß auch ich nicht, wo sie ist. Wenn sie dann wieder zurückkommt, ist sie wie verwandelt. Eine große Freude für uns beide."

Wenn sie wiederkommt. Komische Verhältnisse, dachte Rogalla. Dann doch lieber eine Frau, die tagsüber in einer Schule verschwindet. Über Nacht ist die ja wieder zu Hause. Vielleicht habe ich es doch besser, als ich manchmal denke.

Zum Schluss ließ der Kommissar noch Leon Steiner die Männer beschreiben. Das gelang bei dem älteren Herrn recht ordentlich und auch bei dem jungen Mann, an dessen Sprache Steiner gemerkt hatte, dass er offenbar aus Norddeutschland stammte. Nicht so gut klappte es bei der Person, die Steiner für seinen Entführer hielt. Dunkler Typ, Mitte vierzig, mittelgroß, etwas hart in der Artikulation, aber kein wirklicher Akzent. Das war nicht viel. Vielleicht hatte Steiner zu viel Angst, um genauer zu sein.

Man brachte den Schauspieler in eine der Zellen im Präsidium. Er schien ein wenig überrascht, dass er hier festgehalten wurde. Wahrscheinlich glaubte er, mit seinem Geständnis sei er schon aus der Nummer raus, damit habe er gewissermaßen das Tor zur Freiheit aufgestoßen. Aber man konnte ihn nicht laufen lassen, solange nicht klar war, ob er überhaupt die Wahrheit gesagt hatte. Wenn das nicht der Fall war, dann bestand natürlich immer noch Verdunkelungsgefahr. Vielleicht steckte er ja immer noch mit seinen Entführern unter einer Decke. Das war vom jetzigen Stand her zwar nicht besonders plausibel, aber ausschließen konnte man es auch nicht.

Freitag,
15. Mai 2015

38. Kapitel

Viel brauchte er nicht. Er würde ja bald wieder hier sein. Davon ging er jedenfalls aus. Und wenn es anders kommen sollte, dann war es ohnehin schwierig einzuschätzen, was für ein Leben er in dem Fall führen würde.

Am Morgen war David Brühl nicht zum Dienst gegangen, sondern hielt sich auch jetzt noch, um die Mittagszeit, in seiner Wohnung auf. Das war in der Brantropstraße in Bochum-Weitmar. Er stand am Kleiderschrank und packte seine Sachen. Über dem Nachttisch an seinem Bett hing immer noch ein Foto von Yvonne, das sie ihm irgendwann im Überschwang ihrer Gefühle geschenkt hatte. Sonst besaß er in seinen eigenen vier Wänden nichts, was ihn an sie erinnerte.

Wenn er hier in der Wohnung andere Damen empfing, packte er dieses Foto immer in die Schublade. Einmal hatte eine neugierige Verkäuferin aus einer Parfümerie in seinen Sachen gekramt und ihn nach diesem Foto gefragt. Er hatte gesagt, das sei seine Mutter. Als das Mädchen ihn ungläubig anguckte, schmiss er sie raus.

Es war ihm unweigerlich klar geworden, dass er weg musste. Vor zwei Tagen hatte er die telefonische Warnung erhalten, man werde ihn töten. Ihm werde es genauso ergehen wie seiner Kollegin und Geliebten, der Anwältin Meyer-Strätling. Er nahm an, dass dieser Dr. Weber dahinter steckte. Es konnte aber auch jemand anders von der Liste sein. Sie hatten sich da auf etwas eingelassen, das eine Nummer zu groß war.

Außerdem hatte die Polizei den Schauspieler Steiner in der Mangel. Brühl glaubte zwar, dass Steiner nicht unbedingt wusste, dass er, Brühl, in alles eingeweiht war. Aber nach dem, was inzwischen bekannt sein musste, brauchte die Polizei nur zwei und zwei zusammenzuzählen. Das ergab selbst bei diesen Dumpfbacken nicht immer fünf.

Ein paarmal ging er raus auf den Balkon, um zu rauchen. Auf diese Weise konnte er gleichzeitig die Situation auf der Brantropstraße prüfen und die Einmündung in die Elsa-Brändström-Straße überblicken. Aber da tat sich nichts. Es sah aus wie immer. Keine Menschen, die dort draußen in Autos saßen und Zeitung lasen. Kein Lieferwagen eines Betriebs, den er nicht kannte. Nur die kleinen Staus vor der Ampel, alles okay.

In der Kanzlei hatte er angerufen und sich krank gemeldet. Die hübsche Betül, die sich seinen Annäherungsversuchen immer entzogen hatte, machte eine schnippische Bemerkung. Sie sagte, das sei ja schnell gegangen mit der Erkrankung, denn er habe gestern noch so gesund ausgesehen, blendend sogar. Er würde darüber nachdenken, ob das mit der kleinen Türkin so weiterging. Auf jeden Fall musste man darüber reden, ob sie nach wie vor ihre Sonderstellung behalten durfte, die ihr Yvonne immer so bereitwillig eingeräumt hatte.

Zweimal klingelte in der Wohnung das Telefon. Einmal war es die Kanzlei. Er ging nicht mehr an den Apparat, stellte sich tot, weil er absolut keine Lust hatte, sich noch weitere Proben von Betüls spitzen Bemerkungen anzuhören. Er ahnte ja, worum es sich handelte. Man war im Begriff, seine heutigen Termine zu verlegen, wollte sicher noch einmal Rücksprache mit ihm halten. Sollten sie doch selber damit fertig werden. Am Montag würde man gucken, wie alles weiterging. Wenn er denn am Montag überhaupt wieder vor Ort war. Den anderen Anrufer konnte er per Display nicht identifizieren, ließ auch hier die Finger vom Apparat.

Er war sich nach wie vor nicht im Klaren, wohin die Reise gehen würde. Eine Möglichkeit war, mit dem Auto wegzufahren, wohin auch immer, sich irgendwo in der Walachei zu verstecken, im Sauerland oder besser noch im Weserbergland. Dorthin hatte er keinerlei persönliche Verbindungen. Wer etwas von ihm wusste, würde nicht auf diesen Gedanken kommen. Seine Eltern lebten in Köln. Dorthin konnte er natürlich nicht fahren, ohne sie zu gefährden. Auch nicht zu seiner Schwester, die ein Haus in der Eifel besaß.

Weserbergland. Warum eigentlich nicht. Zwischen Hameln und Minden gab es diesen hübschen Ort Rinteln. Nur eine Hauptstraße, kleine Gässchen, Fachwerkhäuser ohne Ende. Er war mal dort gewesen, als er während seiner Studienzeit eine Reifenpanne gehabt hatte und in dem Städtchen übernachten musste. Rinteln lag direkt an der Weser, zerfiel durch den Fluss in zwei Teile. Er hatte damals in der Südstadt übernachtet, wo auch das eigentliche Zentrum mit Rathaus, den Kirchen und der Einkaufsstraße lag. ‚Hotel Stadt Kassel' – so hieß seine Unterkunft.

Das Ziel war also klar. Mit dem Auto wären das kaum mehr als zwei Stunden, je nach Situation auf der A 2. Er konnte allerdings auch mit der Bahn fahren. Das war vielleicht sogar klüger. Sein Auto sollte sinnvollerweise die ganze Zeit hier vor der Tür stehen bleiben. Wer ihn suchte, würde ihn noch in Bochum wähnen, musste annehmen, dass er mit der Straßenbahn in die Stadt gefahren war und irgendwann im Laufe des Tages wiederkommen würde.

Auf seinem Laptop suchte er die Homepage des Rintelner Hotels auf. ‚Stadt Kassel' – gut, das gab es noch. Er ließ sich ein Einzelzimmer für zwei Nächte reservieren. Zunächst einmal. Im Internet suchte er einen Zug heraus. Um kurz nach halb drei fuhr ein ICE nach Berlin. In Bielefeld musste er umsteigen. Dort war er wahrscheinlich schon aus der Gefahrenzone heraus.

Irgendwann am Nachmittag würde er in der Kleinstadt ankommen. Mal sehen, ob sich da viel verändert hatte.

Als Nächstes bestellte er ein Taxi. In fünf Minuten sollte es hier sein. Er schnappte sich die Reisetasche, verriegelte die Wohnungstür. Im Hausflur traf er auf seine Nachbarin, die von der Frühschicht nach Hause kam.

„Na, verreisen?“ fragte die neugierige Kuh.

„Nein, nur was wegbringen“, sagte er ausweichend.

Das Taxi stand schon auf dem Bürgersteig. Der Fahrer bot an, Brühls Reisetasche in den Kofferraum zu legen, aber er wollte das nicht, stellte sie lieber neben sich auf den Rücksitz. Auf der Hattinger Straße drehte er sich zweimal um. Aber er konnte nicht erkennen, ob ihnen jemand folgte. Die Autos, die zunächst hinter ihnen gefahren waren, bogen ab oder verlangsamten, um auf dem Randstreifen zu parken. Da schien alles in Ordnung.

Er ließ das Taxi hinter den Bahnhof fahren, stieg kurz vor dem ‚Café Ferdinand‘ aus. Der Taxifahrer musterte ihn mit kritischem Blick, schien sich aber über das üppige Trinkgeld zu freuen. Brühl ging über den Buddenbergplatz, dann durch den hinteren Zugang direkt zum Bahnsteig und zu Gleis 5. Erst im Zug würde er bezahlen, so hatte er sich das vorgenommen.

Der ICE hatte zwanzig Minuten Verspätung. Immer, wenn er mit der Bahn fuhr, wurde ihm dieses Glück beschert. An so etwas hatte er überhaupt nicht gedacht. Es wäre doch richtiger gewesen, wenn er das Auto genommen hätte. Er wandelte auf dem Bahnsteig weiter nach hinten, wo nicht so viele Fahrgäste herumliefen. Als er sich umdrehte, standen zwei Herren in Uniform vor ihm. Bundespolizei – das war ihm sofort klar.

„Guten Tag, entschuldigen Sie bitte, wir würden gern Ihre Personalien überprüfen. Können Sie uns bitte Ihren Ausweis zeigen?“

Brühl zögerte: „Den habe ich nicht dabei."
„Nicht dabei?" fragte der Beamte.
„Sie wissen selbst so gut wie ich, dass es in der Bundesrepublik Deutschland keine allgemeine Mitführpflicht für Identitätsnachweise gibt."
„Sie sind ja gut informiert."
„Ich bin Anwalt."
Im selben Moment hätte er sich fast auf die Zunge gebissen. Warum war er so dumm und verriet den Polizisten seinen Beruf.
„Na, wenn Sie Anwalt sind, dann wissen Sie doch auch, dass wir Sie jetzt mit zur Wache nehmen dürfen, um Ihre Personalien festzustellen."
„Dann werde ich meinen Zug verpassen."
„Vielleicht hätten Sie besser Ihren Personalausweis mitgeführt."
Er dachte: Jetzt ist alles vorbei, ließ sich dann, ohne Widerstand zu leisten, abführen. Ihm schoss in diesem Augenblick der völlig überflüssige Gedanke durch den Kopf, dass er seine Ambitionen, in der Kanzlei den Chefposten zu übernehmen, jetzt in die Tonne treten konnte.
Der Polizist, der mit ihm geredet hatte, tippte eine Telefonnummer in sein Handy. Brühl hörte nur, wie er sagte: „Ich glaube, wir haben hier jemanden für euch."

39. Kapitel

Die drei Kommissare waren in der Kaffeebude verschwunden. Sabrina hatte mal wieder den Kaffee aufgesetzt, obwohl sie im Grunde lieber Tee trank. Schon deshalb war ihr der Hamburger Kollege, den sie ja eigentlich gar nicht kannte, ausgesprochen unsympathisch. Kaffeemaus! Das hätte der sich gut sparen können.

Sie hatten eine Ochsentour an Vernehmungen hinter sich. Dieser Dr. Weber saß inzwischen in der JVA Krümmede in Untersuchungshaft. Udo Nowak hatten sie nach Rücksprache mit dem Haftrichter erst mal laufen lassen. Auch der große Bühnenstar würde wahrscheinlich demnächst entlassen werden, zumindest vorläufig. Die Steuersache würden sie an die Finanzermittler vom KK 24 weitergeben. Da hing ja noch einiges dran. Unter anderem die Drogenschieberei, deren Erträge wohl auf Schweizer Banken landeten und von der Brenner berichtet hatte. Das LKA hatte diese Sache offensichtlich im Visier. Man würde sehr vorsichtig agieren müssen, um zwischenzeitliche Ermittlungserfolge nicht aufs Spiel zu setzen.

Außerdem war nach wie vor unklar, von wem die Meyer-Strätling überhaupt die Daten der Steuersünder erhalten hatte. Da steckte noch ein weiterer Kriminalfall dahinter. Ein ganzer Wust an Ermittlungen kam auch in dieser Hinsicht auf die Kollegen vom KK 24 und wahrscheinlich auch auf das LKA zu. Aber das war nicht mehr Sache der Bochumer Mordkommission. Der Kollege Brenner konnte in diesem Zusammenhang zu ganz großer Form auflaufen.

David Brühl war von Kestermann vernommen worden. Das schien zunächst ein hartes Stück Arbeit zu sein. Als man ihm jedoch eine Liste der Personen vorlegte, die von Steiner angerufen wurden oder noch angerufen werden sollten, knickte er ein. Bei der Durchsuchung seines Büros war das Papier in seinem Schreibtisch entdeckt worden. Der Tatbestand der Erpressung lag auf der Hand. Auf den würde noch einiges zukommen.

Rogalla schlürfte nachdenklich an seinem Kaffee: „Da ist eine ganze Menge zusammengekommen. Aber es fehlt noch was. Den Mord an der Meyer-Strätling haben wir immer noch nicht aufgeklärt."

„Was ist mit diesem Dr. Weber?" fragte Kevin.

„Der macht sich nicht die Finger schmutzig."

„Aber er hat doch diesen Handlanger, der den Steiner entführt hat."

„Das ist ein Profi, der tut, wofür er bezahlt wird."

Sabrina wurde unruhig: „Den können wir doch nicht laufen lassen. Wir müssen nach ihm fahnden, ihn aufspüren."

„Mach das mal", sagte Kestermann, „was wir von dem wissen, ist immer noch sehr vage. Dieser Weber hat gesagt, er hätte ihn nie gesehen, was garantiert eine Lüge ist. Und die Angaben, die Steiner gemacht hat, sind auch sehr unpräzise, passen auf die Hälfte aller Männer, die im Lande rumlaufen. Das heißt aber, dass wir kein brauchbares Phantombild zustande kriegen. Jedenfalls nicht mit der Hilfe von Weber oder Steiner."

„Warum machen die beiden keine differenzierten Angaben? Wollen sie nicht oder können sie nicht?"

Rogalla goss sich noch einmal Kaffee nach: „Die wollen nicht. Das ist doch ganz klar."

„Und warum?"

„Die haben Angst. Sie wissen genau, mit wem sie es zu tun haben. Weber hat schon seine Warnung erhalten. Ich wette, dass dieser Mann, von dem wir sprechen, auch derjenige ist, der Webers Q 7 angezündet hat. Nur mal so. Damit der nicht vergisst, wen er da ursprünglich angeheuert hat und mit wem er es immer noch zu tun bekommt, wenn er nicht bezahlt."

„Aber es ist ja gar nicht gesagt, dass dieser Berufsverbrecher die Frau auch umgebracht hat. Es kann ja jemand ganz anderes sein."

„Was ist mit David Brühl?" fragte Sabrina.

Kestermann lächelte: „Der hat ein Alibi. Wir müssen das zwar noch überprüfen, aber was das betrifft, hat er zumindest sehr klare Angaben gemacht. Und er konnte auch nicht unbedingt damit rechnen, dass er heute hier bei uns landen würde. Wenn das Alibi von der Person, mit der er zusammen war, bestätigt wird, dann ist das sicher nicht manipuliert."

„Was ist das für ein Alibi?"

„Er war in der Nacht zum Sonntag zu Hause. Aber nicht allein. Eine junge Frau war bei ihm. Über Nacht. Er hat uns die Adresse gegeben. Ist eigentlich das Handy der Meyer-Strätling ausgewertet worden?"

„Da war nichts drauf. Alles gelöscht. Kann sie natürlich auch selbst gemacht haben. Und sonst? Dieser Nowak?"

„Unsinn!" sagte Rogalla. „Der Udo ist nicht sauber, aber er ist kein Killer. Sicher nicht!"

„Wenn Sie das sagen, Herr Rogalla."

„Sabrina, hier können Sie sich ausnahmsweise mal auf mich verlassen."

„Herr Rogalla, nie würde ich auf die Idee kommen, an Ihrem kriminalistischen Instinkt zu zweifeln. Das wissen sie doch!"

„Sie wollen mich verarschen, so weit ist es schon gekommen. Sabrina, als Praktikantin haben Sie mir besser gefallen", knurrte Rogalla.

„Da ist noch etwas", sagte Kevin, „was mir unklar ist. Dieser Brühl hat gesagt, der Herr Strätling hätte ihn angerufen und ihn gewarnt. Wir hätten uns nach der

Beziehung zwischen Steiner und seiner Frau erkundigt. Das haben wir auch gemacht, allerdings nicht so intensiv, wie er das dargestellt hat. Ich verstehe nicht den Sinn dieses Anrufs."

Rogalla sprang auf: „Kevin, Sie sind ein Teufelskerl."

„Wieso? Was ist los?"

„Sabrina, wir fahren los. Kevin, Sie haben hier alles im Griff!"

Sabrina trottete hinter Rogalla her. Im Wagen blieb der Kommissar schweigsam, überlegte, reagierte nicht auf Sabrinas Fragen.

40. Kapitel

Das Anwesen der Strätlings lag in der Abendsonne und glänzte. Der Hausherr öffnete ihnen die Tür. Er führte die Polizisten durch das Wohnzimmer auf die Terrasse. Dort saß eine außerordentlich aparte, jüngere Frau in einem Liegestuhl.

„Darf ich bekannt machen? Herr Hauptkommissar Rogalla – meine Sekretärin Frau Canetti."

Zu Sabrina gewandt, fügte er hinzu: „Sie kennen sich ja bereits."

Man gab sich die Hand. Elena Canetti legte sich wieder in den Liegestuhl. Die Kommissare setzten sich an den Gartentisch. Bevor Strätling sich zu ihnen begab, versuchte er noch, eine Elster zu verscheuchen, die lärmend in einer Tanne saß. Aber die war hartnäckig, ließ sich nicht so einfach wegjagen. Strätling gab sein Unterfangen auf.

„Was führt Sie zu mir?" fragte er.

„Wir haben da noch ein paar Fragen", sagte Rogalla. „Es geht um Unklarheiten, die unbedingt bereinigt werden müssen."

„Betreffen die meine Frau?"

„Nein, nicht Ihre Frau, sondern Sie selbst."

Strätling machte eine überraschte Bewegung mit dem Kopf, Elena Canetti, die mitgehört hatte, richtete sich im Liegestuhl etwas hoch.

„Fangen wir mal mit dem ersten Problem an, das wir klären müssen. Das Auto Ihrer Frau war Ihnen ja wieder zugestellt worden, nicht wahr?"

„So ist es."

„Und wo befindet es sich jetzt?"

„In der Garage. Ich benutze es nicht. Warum?"

„Unsere Leute vom Erkennungsdienst haben das Gelände an der Zeche Hannover, da, wo Ihre Frau umgebracht wurde, noch einmal genau untersucht und dabei Reifenspuren gefunden, die wir nicht zuordnen können. Wir müssen überprüfen, ob sie zum Wagen Ihrer Frau passen."

„Aber, sofern ich das richtig verstanden habe, ist das Auto irgendwo in der Innenstadt gefunden worden. Weit weg von der Zeche Hannover. Arnikastraße, glaube ich. Mir scheint das abwegig zu glauben, es könnte dort gewesen sein, wo meine Frau gefunden wurde."

„So abwegig muss das gar nicht sein. Der Täter könnte das Auto gefahren und anschließend in der Arnikastraße abgestellt haben."

„Das scheint mir etwas weit hergeholt!"

„Sie glauben gar nicht, was alles möglich ist. Wir werden die Reifen trotzdem überprüfen. Sie kennen das ja, es geht darum, bestimmte Dinge ausschließen zu können."

„Das sollten Sie sich sparen. Ich habe nämlich gestern die Reifen wechseln lassen. Die alten waren nicht mehr verkehrstauglich. Frau Canetti wird das Auto übernehmen, und ich will ihr kein Fahrzeug überlassen, das nicht fahrtüchtig ist."

„Wir werden das alles feststellen. Sie können uns ja sagen, bei welchem Händler Sie die neuen Reifen gekauft haben. Bei dem dürften die gebrauchten noch irgendwo herumliegen. Und wenn Sie die Reifen selbst gewechselt haben sollten, was ich nicht annehme, dann haben Sie die alten Reifen sicher nicht in die Ruhr geworfen."

Strätling sagte nichts, drehte sich nur nach der Elster um, die wieder angesegelt kam und sich auf dem Gartenzaun niederließ.

„Da ist aber noch etwas. Wir haben uns gewundert, dass Sie bei der Befragung durch Frau Melies und Herrn Kestermann gesagt haben, Sie hätten in letzter Zeit keinen Kontakt zu dem Schauspieler Steiner gehabt. Aber Ihre

Frau hat, als ich sie nach dem Verschwinden Steiners in ihrem Büro aufgesucht habe, erzählt, die geschäftliche Verbindung, die sich da anbahnte, sei durch Sie, Herr Strätling, hergestellt worden. Das passt nicht zusammen."

„Meine Frau hat sich geirrt. Warum sie das gesagt hat, wenn es denn überhaupt stimmt, weiß ich nicht. Leider kann sie das jetzt nicht mehr klären."

„Lassen wir das mal so auf sich beruhen. Aber es gibt noch einen dritten Punkt, der mich ein wenig verwirrt hat."

„Bitte?"

„Bei Ihrer ersten Befragung am Montag haben Sie das Augenmerk meiner Kollegen sehr deutlich auf David Brühl gelenkt. Das haben wir durchaus registriert, haben dem aber auch ein psychologisches Motiv unterstellt. Schließlich war Brühl der Liebhaber Ihrer Frau, und Sie hatten uns ja gesagt, dass Ihre Frau mit diesem Verhältnis Fakten geschaffen hatte, die Sie dann bewogen haben, die Verbindung mit Frau Canetti einzugehen."

Elena Canetti erhob sich elegant aus dem Liegestuhl und trat etwas näher an den Tisch heran.

Strätling schien ein wenig irritiert: „Habe ich das so gesagt? Ich kann mich nicht an den Wortlaut erinnern."

Sabrina sagte: „Klar, das haben wir auch so protokolliert."

Rogalla fuhr fort: „Vor diesem Hintergrund, dass Sie uns signalisiert haben, wir sollten doch Brühl ins Visier nehmen, ist es nun allerdings sehr merkwürdig, dass Sie Brühl angerufen und ihn vor unseren Aktivitäten gewarnt haben. Das passt nicht zusammen."

„Verstehe ich nicht."

„Es gibt nur eine Erklärung, warum Sie ihn gewarnt haben."

„Nämlich?"

„Sie wollten ihn zu einer unbedachten Handlung animieren. Es wäre Ihnen das Liebste gewesen, wenn Brühl sich abgesetzt hätte. Dann hätte man ihm alles Mögliche in die Schuhe schieben können. Insbesondere den Mord an Ihrer Frau."

„Wer sagt überhaupt, ich hätte Brühl angerufen?"

„Er selbst. Wir haben ihn gestern vernommen."

„Er lügt."

„Dazu hat er gar keinen Grund. Er hat ein umfassendes Geständnis über die Aktivitäten abgelegt, die er mit Ihrer Frau ausgeheckt hat. Aber den Mord an Ihrer Frau hat er nicht begangen. Sein Alibi ist wasserdicht."

„Ich habe auch ein Alibi!"

„Das hast du nicht!" sagte Elena Canetti, die inzwischen direkt neben Strätling stand. Sie spuckte dem Kunsthändler zweimal ins Gesicht. „Jetzt bin ich wieder auf so einen Scheißkerl reingefallen."

„Herr Strätling, ich nehme Sie fest, da der dringende Verdacht besteht, dass Sie Ihre Frau Yvonne Meyer-Strätling ermordet haben!"

Im Garten krächzte die Elster.

Samstag,
16. Mai 2015

41. Kapitel

„Erich, das mit den Autoreifen, das hast du doch selbst erfunden, oder?"

„Würde ich nie tun, Sabrina."

„Du kannst mir viel erzählen!"

„Wieso denn? Da waren tatsächlich Reifenspuren auf dem Gelände, aber als wir mit Strätling sprachen, muss ich dummerweise vergessen haben, dass mir Potthoff gesagt hat, die wären viel älter. Ist mir wohl so durchgegangen. Zum Glück, kann ich nur sagen. Vielleicht hätten wir sonst kein Geständnis von Strätling gekriegt."

Es war später Nachmittag, und es war Feierabend, im wortwörtlichen Sinn, denn es gab etwas zu feiern. Die drei Kommissare saßen wieder im ‚Parkschlösschen' an der Bergstraße. Es war derselbe Tisch, an dem sie auch am Dienstag gesessen hatten.

Zur Feier des Tages hatte Erich Rogalla seinen beiden engsten Mitarbeitern das Du angeboten.

„War schon längst fällig", hatte er gesagt.

Der Fall war, soweit er die Mordkommission betraf, gelöst. Rogalla hatte morgens schon geahnt, dass sie die Sache zumindest zu einem vorläufigen Abschluss bringen konnten und war vorsichtshalber mit öffentlichen Verkehrsmitteln ins Präsidium gefahren. Das war samstags ohnehin eine angenehme Alternative, weil in der Straßenbahn nicht so viele Schülerinnen und Schüler herumturnten, die ihn an anderen Tagen daran erinnerten, was für einen schweren Job seine Frau hatte.

An den Vernehmungen am Vormittag waren alle sieben Mitglieder der aktuellen Mordkommission beteiligt gewesen. Bei Rogalla waren die Fäden zusammengelaufen.

Strätling hatte darauf beharrt, er habe seine Frau nicht ermordet. Getötet, ja, das wollte er nicht in Abrede stellen.

Aber es sei kein Mord gewesen. Nach seiner Darstellung hatte ihn seine Frau am Abend erwartet, um ihm ein paar unangenehme Dinge mitzuteilen. Es ging um die Steuergeschichte, für die sie auch Leon Steiner in die Pflicht genommen hatte, wobei Pflicht wohl nicht ganz der richtige Ausdruck war. Er hätte zuvor von alledem nicht das Geringste gewusst, gab Strätling an. Bisher habe er die Kanzlei seiner Frau für ein ausgesprochen seriöses Unternehmen gehalten. Wie man sich irren konnte!

Rogalla referierte die Darstellung Strätlings: „Nach ihren Enthüllungen hatte sie ihn gebeten, sie zur Zeche Hannover zu begleiten, da sie dort unter Umständen Steiner treffen würde, so sei das verabredet gewesen. Sie wollte aber nicht unbegleitet dorthin fahren, weil ihr die Gegend nicht geheuer war. In der Nähe des Tores, sagt er, sei es dann im Auto zu einem massiven Streit zwischen den beiden gekommen. Er hatte ihr nämlich eröffnet, dass er sich scheiden lassen wollte, weil er Elena Canetti heiraten wollte." Er fügte hinzu: „Wahrscheinlich hat die junge Dame ein bisschen Druck gemacht. Siehst du auch so, Sabrina?"

„Habe ich euch ja gleich gesagt, dass die nicht ohne ist. Und dann?"

„Er sagt, seine Frau sei daraufhin handgreiflich geworden, hätte regelrecht auf ihn eingeschlagen, dass er sich hatte wehren müssen und sie im Zuge seiner Gegenwehr wohl ein bisschen zu hart angefasst habe. Vielleicht stimmt es ja, dass seine Frau auf ihn losgegangen ist, weil er sie wegen einer erheblich Jüngeren verlassen wollte."

Aber Sabrina war empört: „Das ist doch ungeheuerlich! Der kann doch nicht ernsthaft glauben, dass ihm seine Version irgendein Richter abnimmt! Wenn er so unschuldig ist, wie er es hinstellt, dann hätte er sofort den Notarzt rufen müssen. Und was hat er stattdessen getan? Hat die Leiche seiner Frau einfach über die Mauer geschmissen!"

„Du hast recht. Schwer zu glauben, was er behauptet", sagte auch Rogalla, „aber das ist ja nicht mehr unsere Sache. Wir haben unseren Job gemacht und können jetzt ein Bier trinken, oder zwei."

„Etwas würde mich doch noch interessieren. Warum hat die Canetti ihr Alibi platzen lassen?" wollte Sabrina wissen. „Die hat doch alles darauf angelegt, sich den Strätling an Land zu ziehen. Das habe ich euch ja schon gesagt, nachdem ich sie in Düsseldorf befragt hatte."

„Strätling hat ihr wohl irgendein Märchen erzählt, warum er völlig unschuldig wäre, seine Frau eigentlich die ganze Schuld trüge. Und gestern in der Baumhofstraße, da ist ihr dann klar geworden, dass ihr Geliebter mit einer großen Portion krimineller Energie gehandelt hat."

Kevin nickte: „Die ist schon mal von einem Mann beschissen worden. Das wollte sie sich nicht ein zweites Mal antun. Sie ist zwar durchaus egoistisch, aber wahrscheinlich im Kern trotz allem eine anständige Frau."

„Kann schon sein, obwohl sie dafür eigentlich zu gut aussieht."

Kevin bot Rogalla an, ihn nachher mitzunehmen und in Höntrop abzusetzen. Er selbst werde nur alkoholfreies Bier trinken. Das kam dem Hauptkommissar natürlich gelegen. Kevin würde ihn schneller nach Wattenscheid kutschieren als die Straßenbahn. Schalke spielte heute gegen Paderborn. Vielleicht konnte er die zweite Halbzeit zu Hause am Radio verfolgen. Im WDR 2 lief die Konferenzschaltung, der Klassiker.

Gerade als die dritte Runde angeliefert wurde, ging die Tür des Lokals auf. Dort stand ein großer, blonder, kräftiger Kerl. Sah gar nicht schlecht aus, fand Sabrina. Der Mann blickte sich suchend um, musterte die Gäste, die an den Tischen saßen und ging dann zielstrebig auf die kleine Gruppe der Kripobeamten zu.

„Ich glaube, hier bin ich richtig“, sagte er mit unverkennbar norddeutschem Akzent.

Der Mann sprach ein bisschen lauter, als es die Gäste im ‚Parkschlösschen‘ gewohnt waren. Einige guckten sich zu ihm um.

„O Gott“, sagte Sabrina und bekam ganz rote Wangen, „der Hamburger.“

„Du hast es geschnallt, meine Liebe. Und du bist die Kaffeemaus. Hab ich mir gleich gedacht.“

„Wo kommst du denn her?“

„War mal ganz kurz in Bayern. Dienstlich. Ich weiß nicht ob ihr das kennt, Bayern. Auch nicht schlecht, aber ganz anders als das Rheinland. In eurem Präsidium haben die Kumpels gesagt, dass ich euch hier finde.“

„Ja klar“, sagte Sabrina, „Rheinländer findet man immer in der Kneipe, nicht wahr Kevin?“ Sie schlug ihrem Kollegen auf die Schulter. „Der ist nämlich ein echter.“

Jan Bartels lachte laut auf und zeigte wunderbar regelmäßige Zähne: „Hab ich doch gleich gesagt. Und dann seid ihr so pingelig von wegen Westfalen oder so.“

Rogalla rückte einen Stuhl heran: „Setz dich zu uns. Wir haben was zu feiern.“

„Hab ich schon gehört. Aber ich muss ja weiter. Morgen spielt euer VfL bei uns in Hamburg. Und zwar am Millerntor, das ist gleich neben der Reeperbahn, wenn ihr wisst, was ich meine. Da kriegt eure Gurkentruppe einen auf die Mütze.“

„Dass ich nicht lache“, sagte Sabrina.

„Du sollst nicht lachen! Du sollst mir‘n Kaffee kochen. War so verabredet, musst du zugeben. Bin doch hier nur auf der Durchreise. Fahrendes Volk muss Kaffee kriegen. Das gehört sich so, auch bei euch hier im … Na, ja, ich will es gar nicht sagen.“

„Du kannst hier einen Kaffee trinken, im ‚Parkschlösschen'."

„Jetzt sag mal! Das ist doch wirklich die Höhe! Ich hab nicht den Abstecher zu euch gemacht, damit du mir einen Kaffee in der Kneipe anbietest. Ich will den von dir haben, du widerspenstige Kaffeemaus! Nichts anderes."

Kevin sagte: „Sabrina, jetzt geh schon rüber mit ihm, und koch ihm einen Kaffee. Der lässt ja doch nicht locker. Wir sind ja auch fertig. Wir fahren gleich. Dann kriegt der Erich noch die zweite Halbzeit mit."

Sabrina ließ sich nicht lange bitten und zog mit dem Hamburger Kollegen los, der allen versicherte, man werde sich in Kürze wiedersehen, damit müssten sie rechnen. Sabrina schien gar nicht mehr so unglücklich über die Entwicklung, und die rote Farbe auf ihren Wangen war einer gewissen Blässe gewichen.

Die beiden Männer machten sich auch auf den Heimweg. Als sie vor Rogallas Haus in der Wattenscheider Emilstraße standen, zögerte Kevin für einen Moment. Rogalla spürte, dass er etwas auf dem Herzen hatte.

„Ich wollte dir noch was sagen, Erich. Vielleicht fällt es mir leichter, dies zu tun, da wir uns jetzt duzen. Weißt du? An Tagen wie diesen …"

„Ja?"

„Ich lebe mit einem Mann zusammen."

„Hab ich mir schon gedacht."

„Das ist der Steuerfahnder, von dem ich dir berichtet habe. Der mir von diesen Fall erzählt hat, wo einer erpresst worden ist, der schon eine Selbstanzeige gestartet hatte. Du erinnerst dich?"

„Hab ich mir auch schon gedacht."

„Wieso hast du dir das alles schon gedacht?"

„Weiß nicht. Nur so ein Gefühl. Bullengefühl oder so ähnlich."

„Ach so. Problem?"

„Nein, wieso?“

Kevin war die Erleichterung anzumerken: „Dann isset ja joot.“

„Willst du es auch Sabrina sagen?“

„Ich dachte, ich warte noch ein bisschen. Wird sich schon eine Gelegenheit finden. Irgendwann. Außerdem können wir ja mal abwarten, was das mit dem Hamburger so ergibt.“

Rogalla nickte. Kevins letzten Satz hatte er nicht verstanden. Er kapierte nicht, was die Umstände, in denen Kevin lebte, mit dem Hamburger zu tun haben sollten. Aber eins war ganz klar – Kevin musste selbst entscheiden, wem er was sagte. Und was den Hamburger betraf, so schien der auf den ersten Blick gar nicht so übel, wie sie alle erst gedacht hatten.

Sonntag,
17. Mai 2015

42. Kapitel

Als er in den Rückspiegel blickte, sah er, dass hinter ihm der Himmel blutrot leuchtete. Es würde nicht lange dauern, dann heulten die Sirenen auf. Das sollten sie auch. Selbst die Feuerwehr wollte doch von Zeit zu Zeit ihren Spaß haben.

Das Ergebnis seiner Bemühungen konnte sich sehen lassen. Er hatte alles richtig gemacht, genügend Benzin ausgeschüttet, fachgerecht die Lunte gelegt. Jetzt brannte die schöne Halle mit dem Namen ‚Fitness am Hellweg' lichterloh. Vom Brandverlauf her würde die Feuerwehr hinterher rekonstruieren können, dass hier ein Profi am Werk gewesen war.

In den vergangenen zwölf Tagen waren die Dinge nicht alle so gelaufen, wie man sie zunächst geplant hatte. Aber ein bisschen Vergnügen war ihm doch zuteil geworden. Die Entführung des Schauspielers hatte er ausgesprochen professionell eingefädelt und durchgeführt. Da gab es, wenn man nachträglich kritisch Bilanz zog, vom rein Handwerklichen her nicht viel zu beanstanden.

Das Problem war nur gewesen, dass Dr. Gunther Weber nicht termingerecht bezahlen wollte oder konnte. Wer wusste das schon ganz genau? Aus seiner Sicht hatte sich Weber einfach nicht an die Absprache gehalten. Vielleicht kam der wirklich im Moment nicht an sein Schweizer Konto heran, so hatte er seine Säumnis begründet. Aber das war nun wirklich nicht die Schuld dessen, den er engagiert hatte. Dann hätte Weber sich für die Erledigung seines Auftrags jemand anderen suchen sollen, jemand, mit dem er so verfahren konnte, wie es ihm beliebte. Jedenfalls nicht ihn.

Am Ende der Alleestraße hielt er sich links, bog in den Westring ein. Sein Ziel war die Autobahn. Er blieb auf der linken Spur. Der Verkehr hielt sich in Grenzen. Nur wenige Menschen liefen nachts um halb vier in dieser Gegend herum. Hier ein Pärchen, dem man die Kneipentür vor der Nase zugemacht hatte, dort ein Versprengter, der noch nicht nach Hause wollte, weil er nicht wusste, was ihn dort erwartete. Bochums brave Bürger schliefen. Bald würden sie alle von den Sirenen geweckt werden, nicht nur in Wattenscheid.

Er bog links in die Herner Straße ein, hatte grüne Welle. Erst mal weg aus dem Ruhrpott. Die Polizei musste inzwischen wissen, dass es ihn gab. Aber sie wusste nicht, wie sie ihn kriegen konnte, und das war gut so.

Als er unter der A 40 hindurch fuhr, dachte er daran, dass er am Mittwoch der letzten Woche genau hier gestanden und auf Webers Anruf gewartet hatte. Er musste warten, bis der hohe Herr sich bequemte, was ihn ärgerte. Damals regnete es, und die graue Welt, in der er sich befand, war selbst ihm ein wenig aufs Gemüt geschlagen.

Aber es war schon richtig: Wenn alles nach Plan gelaufen wäre, hätte er diese Region viel schneller wieder verlassen und nicht in das gottverdammte friesische Nest fahren müssen. Gut, dass er sich vorher über seinen Arbeitgeber informiert hatte. Das gehörte immer zu seiner Arbeitsweise. Auch ein Grund, warum er ein wenig teurer war als die Konkurrenz.

Der nächtliche Ausflug nach Hamburg war sogar ganz lustig gewesen. Es war sehr amüsant zu beobachten, dass der langweilige Ostfriese die ganze Zeit die Hosen voll hatte. Im Übrigen hatte er sich die Gegend in Hamburg gut gemerkt. Eppendorf, Harvestehude, das waren sicher Stadtteile, in denen man auch mal den einen oder anderen Auftrag erledigen konnte. Dort lag nicht unbedingt das Armenviertel der Hafenstadt. Man musste einfach mal seine Fühler ausstrecken, dann kamen die Angebote ganz von allein.

Die Begegnung mit dem Schauspieler Leon Steiner hatte ihm gut gefallen. Steiner war eigentlich ein Mensch gewesen, wie er ihm imponierte. Der war auf alle Fälle ein richtiger Typ, durch und durch unmoralisch, mit allen Verschleierungstechniken ausgestattet. Solche Leute konnte man hervorragend gebrauchen, wenn es einem Vergnügen bereitete, das gesellige Ordnungssystem der Spießbürger durcheinanderzubringen.

Schade, dass Steiner offensichtlich am Ende eingebrochen war, irgendwann nicht mehr durchhalten konnte. Der musste nun die neue Lage bedenken und andere Wege gehen. Er nahm an, dass Steiner sich jetzt einer selbstgefälligen Buße hingeben würde, auch keine schlechte Rolle. Wahrscheinlich würde der noch religiös werden in seiner grenzenlosen Eitelkeit. Hoffentlich hatte er einen großen Spiegel in seiner Zelle.

Endlich hörte er das erste Martinshorn. Er wäre auch enttäuscht gewesen, wenn er diesen schönen Klang nicht mehr hätte wahrnehmen können, weil er schon auf der Autobahn war. Er empfand doch ein bisschen Stolz. Die nächsten Sirenen würden in Kürze folgen. Er hatte der Stadt Bochum und insbesondere diesem Stadtteil Wattenscheid, der sich mit seinem Schicksal als Juniorpartner nicht abfinden wollte und deshalb wieder so viele WAT-Kennzeichen produzierte, sein Vermächtnis hinterlassen, ein bisschen auch seinen Stempel aufgedrückt. Ohne die Chance, ihn jemals kennen zu lernen, würde man hier im Ruhrpott an ihn denken. Er war eine anonyme Instanz, die wirkte und verschwand.

Von der Herner Straße fuhr er rechts auf die Autobahn 43. Nur ein paar Kilometer weiter, und er würde gleich die erste Zufahrt auf die A 2 nehmen. Das war die beliebte Ost-West-Verbindung, die ihn nach Berlin brachte. Sein nächstes Ziel. Er hatte schon einen Auftrag in der Tasche. In der Hauptstadt lebten nette Menschen. Da gab es immer eine Menge zu tun.

Küster, Rainer & Schneider, Rüdiger:
"DRACHENTOD"
Kriminalroman aus dem Ruhrgebiet, Bochum 2009,
ISBN 978-3-8196-0746-2,
248 S. kart. 18,5 x 12 cm. 2. Auflage 2010. € 12,90

Eine rätselhafte Serie von Morden macht den Bochumer Kommissaren Brenner und Rogalla zu schaffen. Nach Spielen des VfL Bochum findet man gegnerische Fans tot auf – mit einem blauweißen Schal des VfL im Rachen und mit abgetrennter Zunge. Unter den Opfern ist ausgerechnet Michael, ein Neffe Rogallas. Der Polizeipräsident ist nervös. Die Presse sitzt ihm im Nacken. Für die beiden Kommissare werden die Ermittlungen zur Zerreißprobe. Wer ist der Täter? Oder wer sind die Täter? Unter Verdacht steht der arbeitslose Max Hunold, der Michael gefunden hatte und sich danach merkwürdig verhält. Unter Verdacht steht aber auch eine Fangruppe, die sich ‚Dragonhunters' nennt und seltsame Rituale vor den Spielen des VfL durchführt. Ist es nur ein kleiner Schritt vom Ritual zur realen Tat? Harmlos ist die Truppe jedenfalls nicht. Das bekommt auch der Reporter eines Bochumer Lokalblattes zu spüren, der über die ‚Dragonhunters' eine Reportage machen will. Die Lage spitzt sich dramatisch zu, als Rogalla suspendiert wird und Brenner in eine tödliche Falle läuft.

Küster, Rainer & Schneider, Rüdiger:
"WOLFSZORN"
Kriminalroman aus dem Ruhrgebiet, Bochum 2011,
ISBN 978-3-8196-0828-5,
282 S. kart. 18,5 x 12 cm. 2. Auflage 2013. € 12,90

Als man den Arzt Dr. Christoph Auffermann tot auf der Bochumer Erzbahntrasse findet, scheint für die Kommissare Brenner und Rogalla eine normale Ermittlung zu beginnen. Doch bald zeigt die DNA-Analyse, dass die beiden vor dem ungewöhnlichsten Fall ihrer Karriere und vielleicht sogar der Kriminalgeschichte überhaupt stehen. Ein zweites Opfer wird auf die gleiche Weise hingerichtet. Der Polizeipräsident fordert die Unterstützung einer Profilerin des LKA an. Man hat es mit einem hochintelligenten Täter zu tun, der zudem, was die Auswahl der Opfer betrifft, moralisch motiviert scheint. Hilfreiche Hinweise bekommen die Kommissare auch von einer pfiffigen Praktikantin, mit der Rogalla gern zusammen arbeitet. Mehr und mehr konzentrieren sich die Ermittlungen auf den Kreis um den Bochumer Arzt. Welche Rolle spielt die geheimnisvolle und prätentiöse Künstlerin Klara Bodschwinna? Oder der Frührentner Jochen Buchholz, der Auffermanns Ehefrau sehr zugetan ist? Rätsel gibt auch der Dichter Andreas Arndt auf, der mit der Vergangenheit nur noch lyrisch fertig wird. Und ebenso verdächtig ist in dem illustren Kreis ein Zahnarzt, der nicht nur Zähne zieht. Als ein drittes Opfer aus dem Auffermann-Kreis gefunden wird, hat die Presse ihre Schlagzeilen, und der Polizeipräsident wird ziemlich nervös. Es kommt zu einem tödlichen Finale, bei dem Brenner wie gelähmt erscheint. Nach „Der Kreis des Kopernikus“ und "Drachentod" ist dies der dritte Bochum-und Revierkrimi des erfolgreichen Autorenduos.